雅
众
elegance

新
知

趣
味

格
调

犹在镜中

Ingmar Bergman
Bilder

伯格曼

电影随笔

瑞典] 英格玛·伯格曼　著

韩良忆　王凯梅　译

中信出版集团 | 北京

目 录

前　言

这本书本来打算用对话录的形式，由拉瑟·伯格斯特罗姆（Lasse Bergström）提问，英格玛·伯格曼（Ingmar Bergman）回答。整项计划始于1987年夏天，当时，伯格曼的自传《魔灯》（Laterna Magica）正进行最后的编辑作业。有关伯格曼电影的对话于1988年9月28日在法罗岛（Fårö）展开，1990年2月1日在斯德哥尔摩结束。这本书所依据的，是经整理过的约六十个小时的对话记录，在对话中，伯格斯特罗姆发问详尽，全文接着由伯格曼本人重誊、润色，在1990年6月11日完成底稿。书中图片由拉斯·阿兰德（Lars Åhlander）负责挑选；作品年表部分由贝提尔·雷德兰（Bertil Wredlund）收集资料并撰写。

译　者

梦／梦想者

野草莓

在如今还保存着的当时的照片中，我们四人头发梳理得整整齐齐，文雅地微笑着。我们那时正专注编写一本书，书名叫《伯格曼论伯格曼》（*Bergman om Bergman*）。全书的构想是要由三名学有专精的年轻记者，来问我有关我的电影的问题。那是1968年的事，我刚刚拍完《羞耻》（*Skammen*）。今天翻阅这本书时，我发现它扭曲了真相。这是一个谬误吗？诚然。这几位年轻的发问者怀抱着唯一真实的信念，他们也知道我已遭到年轻一辈新美学论者的轻视、低贬与嘲弄。尽管如此，我也绝不能怪这几位记者不客气或不专心。我在和他们交谈时，并没发觉他们正谨慎小心地重新塑造一只恐龙怪物，而我还客气地帮了他们的忙。我在书中看起来不太坦诚，防卫心理太重，而且相当害怕，连只有些微挑衅意味的问题，我都以讨好的态度回答。似乎我正痛苦地想要借回答问题来博取同情，我正恳求谅解，而谅解却是不可能的。三位记者中的一位斯蒂格·比约克曼（Stig Björkman）却是例外。

由于他是位很有才华且事业刚刚起步的电影导演，我们凭借各自的专业背景，能够谈得比较具体。这本书中精彩的部分，也得归功于比约克曼，书中选印的丰富、美妙的电影剧照，由他负责选辑。[1]

我并不怪这些对谈伙伴心中早有定见，我怀抱着幼稚的虚荣心和兴奋的心情，热切期盼和他们碰面。我幻想会在书页中尽情展现自我，经由我一生的成绩换取应得的光荣。当我发现他们的目的和我相当不同时，已经太迟了。于是我变得矫揉造作，而且诚如我前面所说，我既害怕又担心。

在1968年的《羞耻》后，经过很多年，我又拍了很多部电影，直到1983年，我决定从影坛退休。那时，我才能以整体性眼光来审视自己已完成的作品，也越来越感到自己开始能欣然谈论往事。肯聆听我说话的人，是真的有兴趣，而不是出于礼貌或是想接近我，因为我已退休，保证是无害的人了。

我和我的朋友拉瑟·伯格斯特罗姆不时谈到要写一本新的《伯格曼论伯格曼》，这一本会比较诚实，也比较客观。伯格斯特罗姆发问，我来答，这是这本书在形式上唯一与以前那本类似的地方。我们不断相互打气，突然之间，我们发觉，我们已开始着手进行了。

我所未曾预料到的是，回顾以往有时会成为一件残酷血腥的事。血腥处理虽然听上去很血腥，但我只能想到这个词：血腥处理。

基于某些我过去未曾思索过的理由，我一直避免重看我自己

1　受版权所限，本书（中译本）选印图片与原版有出入，但多数在原版选图范围之内。详见书末图注。——编注

的旧作。每当我必须重看或被某种好奇心驱使而重看旧作时，不论看的是哪部电影，毫无例外地总会觉得很不舒服，老是得拼命上洗手间，觉得焦虑、想哭、愤怒、恐惧、不开心、怀旧、感伤，等等。由于这种无以名状的内心骚动，我当然会避看我的电影。对于我的电影，我往往朝好的方面去想，即使那些拍得很差的片子也一样。我会想，我尽力了，而在拍摄状态中的电影也的确很有意思。现在如果仔细回想，仍可感觉到当时那种拍片的乐趣。于是我在记忆中穿梭，在那些昏暗不明的电影场景道路上，流连徘徊了好一阵子。

如今有必要来重看这些电影，我想，呃，"现在"时光已隔了好久，"现在"我可以应付这种情绪上的挑战了。我可以立刻挑拣出我的部分作品，让伯格斯特罗姆自己去看。毕竟，他是位影评人，能吃苦耐劳，又不至于顽固。

在一年之内看四十年来的创作，出乎意料地令人难耐，有时甚至不堪忍受。经过顽强且残忍的自省，我发觉这些电影泰半孕育自我的灵魂、心灵、脑海、神经和生殖器。一种无名的欲望促使这些电影产生，或可称之为"艺匠之喜悦"的另一种欲望，则使这些电影公之于世。

如今我必须追溯它们的根源，因而必须唤起我灵魂中那些模糊不清的X光。借着参考笔记、工作记录、恢复的记忆、日记，特别是我这七十岁老头敏感、锐利的宏观视野，以及对痛苦又半受压迫的经验的客观认知，这项探究根源的过程，会变得比较可信。

我要回到我的电影，涵泳其间，这真是件要命的事。

《野草莓》（*Smultronstället*）是个绝佳的例子。从《野草莓》

出发，我可以明白显示我现有经验的诡诈程度。有一天下午，拉瑟·伯格斯特罗姆和我在法罗岛我的私人电影院里看这部片子。拷贝很棒，男主角维克多·舍斯特勒姆（Victor Sjöström）的脸、眼睛、嘴、覆盖着稀少发丝的脆弱颈项，还有他迟疑的声音，令我深深感动。震撼力真是大啊！次日我们讨论这部电影，一谈好几个小时。我谈到舍斯特勒姆，谈到我们所遭遇的困难与逆境，但也谈到我们契合及胜利的时刻。

有件事和这项探索的过程有关，那就是《野草莓》剧本的工作记录已经不见了。（我从不保存任何东西，那是我的一项迷信。有些人会保存东西，我可不。）

当我们最后终于开始阅读这些谈话录音的文字誊本时，才发现我所说的东西和这部电影的根源毫不相干。我设法追忆工作过程，它却完全从记忆中蒸发了。我只隐隐约约记得，我是在卡洛林斯卡医院（Karolinska Sjukhuset）写的剧本，当时我正住院疗养并做健康检查。吾友斯图雷·海兰德（Sture Helander）是主治医生，我因而有机会旁听他讲课，他传授一些新鲜且不寻常的知识，诸如心身症等。我的病房很小，好不容易才把书桌塞进去。窗口朝北，视野一望无际。

那年我的工作很忙。1956年夏天，我们拍完《第七封印》（Det sjunde inseglet）后，我在马尔默（Malmö）市立剧院执导三出戏，分别是《朱门巧妇》（Cat on a Hot Tin Roof）、《埃里克十四世》（Erik XIV）和1957年3月8日首演的《培尔·金特》（Peer Gynt）。

因此，我在医院待了近两个月后，7月上旬开拍《野草莓》，

9

8月27日杀青。我立刻回马尔默市，开始排《厌世者》(*Misantropen*)。

对于1956年冬季，我只有模糊的记忆。每当我试图更深入探索这模糊的状态，就觉得痛苦。在成堆的信笺中，突然冒出来几页信纸，或一封信的残页片段。我在元旦左右写的这些信，显然是写给吾友海兰德："我们在1月6日开始排《培尔·金特》，要不是我的感觉糟透了，一切应该会很有趣。全剧团全都在等候，马克斯[即马克斯·冯·叙多夫(Max Von Sydow)]的表现会很出色，我已经看出来了。早上最糟了，我总是四点半不到就醒来，然后觉得整副内脏在翻搅。我那陈年的焦虑不住作怪，不知这是哪种焦虑，无以形容之。或许我只是害怕自己不够好。到了周日和周二（这两天我们不用排戏），我就觉得好过些……"

诸如此类。这些信始终未投邮，我猜我当时觉得自己牢骚满腹，而这些牢骚又毫无意义，我对自己或别人的牢骚都没多大耐心。身为导演最大的好处与坏处是，事实上你从来就怪不了别人。几乎每个人都有些事或人可以怪，导演却是例外。他们拥有一种不可测度的可能性，可以创造他们自己的现实、命运、生活或随便什么。我常从这个想法中得到安慰，一种痛楚的安慰和一点点的苦恼。

让我更进一步思索并进入《野草莓》这昏暗不明的房间吧。虽然工作伙伴团结一致，一同努力，但我发觉我的人际关系一片混乱。我已和第三任妻子分手，仍觉得锥心痛苦。去爱一个绝对无法与之相处的人，真是奇异的经验。我和毕比·安德森(Bibi Andersson)热情又有创造力的沟通开始瓦解，我已记不得原因何在。我和双亲痛苦争执，我既不愿意也无法和父亲交谈，母亲和我多次设法暂时修好，但是宿怨已久，误会已深；我们一直在努力，因为我们希望和平共处，结果却不断失败。

我想可以在这个情境中，找到《野草莓》幕后最强大的动力之一。我试着设身处地站在父亲的立场，对他和母亲之间痛苦的争执寻求解释。我很确定他们当初并不想生我，我从冷冰冰的子宫中诞生，我的出生导致生理与心理的危机。母亲的日记后来证实我的想法，她对于这奄奄一息的可怜儿子，一直有着强烈的爱憎交织情结。

在若干大众媒体上，我曾解释说，我后来才发现片中主人翁伊萨克·伯格（Isak Borg）的名字代表什么意义。在我对媒体所做的大多数声明中，这种"谎言"符合我在接受访问时所做的一连串多少算是小聪明的遁辞。伊萨克·伯格等同于IB，等同于Is（瑞典文里意指冰）和Borg（瑞典文里意指堡垒），很简单也很廉价。我创造的这个角色，外观上像我父亲，但其实彻彻底底是我。我在三十七岁时，断绝人际关系，阻隔于人际关系之外，自以为是，自我封闭，彻底的失败；虽然我在社会上成功了，人聪明，并然有序，又有纪律。

我在寻找我的父母，却找不到他们。因此在《野草莓》的最后一幕，充斥着强烈的渴求与希望：莎拉（Sara）挽起伊萨克的手，领他走向林间一处阳光灿烂的空地。在另一侧，他见到他的父母，他们正向他招手。

整个故事中有一条线出现多重形式：缺陷、贫乏、空虚和不获宽恕。不论当时或现在，我都不知道我在整部《野草莓》中，一直在向双亲哀求：看看我，了解我，可能的话，原谅我吧！

在《伯格曼论伯格曼》中，我对某次清晨搭车至乌普萨拉（Uppsala）之旅有过详细描绘，叙述我如何心血来潮到公园大街（Trädgårdsgatan）的外婆家，站在厨房门外，在那神奇的一刻，觉得自己可以走进我的童年。那是一个不太严重的谎言。实情是，我一直留驻在童年：在逐渐暗淡的房子内流连；在乌普萨拉寂静的街上漫步；站在夏日小屋前，倾听风吹拂大桦树枝丫的婆娑声。我在零散的时光中漫游，事实上我一直住在梦里，偶尔探访现实世界。

在《野草莓》中，我同时在不同的时间、房间、梦境、现实之间毫不费力地游走着。我不记得这游走的过程给过我任何技术性困难，后来到了《面对面》（Ansikte mot ansikte），我在从事同样的游走时，却遭遇无法克服的困难。这些梦境多半确实可信：灵车翻覆，棺木崩开，学校里悲惨的期末考，以及公然和别人通奸的妻子〔这在《小丑之夜》（Gycklarnas afton）中已出现过〕。

换言之，驱使我拍《野草莓》的动力，来自我尝试对离弃我的双亲表白我强烈的渴望。在当时我父母是超越空间、具有神话意味的，而这项尝试注定失败。多年后，他们才被转化为普通的人类，我从儿时就怀抱的怨恨也才逐渐烟消云散。到了那个时候，我们才能和睦相处，彼此了解。

因为我已忘怀当初为何要拍《野草莓》，当我得谈这部片子时，我无话可谈。这形成一个谜，越来越有意思，起码我是这么觉得。

我如今深信，我之所以会忘掉这些事，都和维克多·舍斯特勒姆有关。我们拍摄《野草莓》时，年纪差了一大截。现在，年纪的差距却已不存在了。

打从一开始，身为艺术家的舍斯特勒姆对我来说就是位了不起的人物，使别人都黯然失色。对我意义最重大的一部电影，就是由他拍的。我十五岁时首次看到这部电影，迄今每年夏天至少要重看一次，要么独个儿看，要么就和年轻的朋友一同欣赏。我很清楚《幽灵马车》(Körkarlen)如何影响我的作品，每项细微的细节我都了若指掌，不过这是后话了。

舍斯特勒姆擅长说故事，有趣且迷人，尤其是每当恰好有美女在场的话。我们正置身瑞典与美国电影史的创世纪时期，真可惜当时还没有录影机。

这些外在的事实俯拾可得，我至今仍想不通的是，舍斯特勒姆竟能夺取我的话语，转化为他自己的，并加进他自己的经验、痛苦、忧愁、残酷、逃避、哀伤、恐惧、孤独、冷酷、温情、严厉与无力感。他有我父亲的身躯，却占据我的灵魂，把两者变成他自己的所有物，连一丁点儿也不留下！他以他至高无上的力量和巨大的人格办到这一切，我帮不上一点忙，哑口无言，连一句明智或愠怒的话也说不出来。《野草莓》不再是我的电影，而是舍斯特勒姆的电影。

有件事或许别具深意，那就是当我撰写剧本时，从未想过找舍斯特勒姆任主演。是卡尔·安德斯·迪姆林（Carl Anders Dymling）建议找他来演，我相信当时我还犹豫甚久。

豺狼时刻

起初我找不到《豺狼时刻》（*Vargtimmen*）的工作笔记，然而突如其来地，它就摆在那里了。魔鬼偶尔也会帮点忙的，不过得留心注意，有时魔鬼会帮你下地狱。

笔记从1962年12月12日开始记载，当天我刚好拍完《冬日之光》（*Nattvardsgästerna*）：

> 怀抱着某种狂热和因绝望而产生的疲惫，我开始着手进行这个计划。据说我该到丹麦去写大纲，赚个一百万元。一连三天三夜我恐慌不已，不论精神上或生理上都便秘了。于是我放弃了。有种绝对的时刻，自律不再是好事，而自制危害甚烈。我写了两页，服了一整盒泻药，然后弃笔不写。

我已不记得这件事，我的确记得我到丹麦去写东西，可能是根据海耶玛·伯格曼的小说《老板，英格伯夫人》(*Chefen fru Ingeborg*)改编的剧情大纲。英格丽·褒曼（Ingrid Bergman）对这个拍片计划兴趣浓厚。[1]

回家令我觉得好过，不再紧张，起码暂时如此，处于不安全状态对创作一向无益。不过有件事很明显，我要专注投身于《我的船难故事》(*Mina Skeppsbrutna*)。我要心甘情愿地探索，我是否真的有话要说，追究是否每件事都是因误会而发生，或是因为我渴求愉悦舒服而产生。事实上，一切全是由于我一心向往去海边所造成的。我想去托洛岛（Torö），坐在桦木上，眺望亘古以来就拍打着岸边的波浪。当然还有洁白的沙滩，那么虚幻不实，又那么令人心旷神怡——平坦的沙和不断波动的海。

因此我最好动身吧！我知道会发生以下的事：豪华邮轮航行至一些孤寂的岛屿时沉没了，当时船上举行的化装舞会还没完呢？有些人挣扎泅水至岛上。

一切都要迂回地暗示出来，不要直截了当，也不要娓娓道来。所有元素要节制，像剧场那样，不要写实主义。一切都要干净利落，灯光柔和，十八世纪风味，虚幻而不真实，色彩完全不写实。

1　海耶玛·伯格曼（Hjalmar Bergman，1863—1931），瑞典小说家。英格玛·伯格曼、海耶玛·伯格曼及英格丽·褒曼三人没有亲戚关系。——译注

我开始趋向喜剧：

我认为这一定得成为具有多重意义的单一结构，分割希望与梦境。一连串谜样的角色，以出人意表的方式出现又消失。不过有件事很清楚：他不留心自己，因为漫不经心；有时毫无风采，有时又风采重现。

接着我又写道：

耐心点，耐心点，耐心点，耐心点，耐心点，别慌张，放轻松，别害怕，别太疲倦，别骤下结论说一切都不顺利。你在三天内赶出脚本，已是好久好久以前的往事了。

不过接下来又是：

是的，亲爱的女士，我看见一尾大鱼，或许不是鱼，是海底的大象，或者是河马，又或是正在交配的海蛇吧！我坐在山边深邃的洞里，完全放松。

然后，这个"自我"的轮廓更明显了：

我是世上出名的艺人，我到了这艘邮轮，他们以高酬聘请我。在海上安静地调养生息，虽然令人愉快，对我来说，却是奢望……

然而，其实我已到了金钱于我已不具重要意义的年纪了。我独身一人，结过几次婚，耗去我不少钱。我有许多子女，我和他们不太熟，有些甚至完全不认识。作为一个人，我彻底失败，因此我转而努力当个优秀艺人。我还想说，我不是即兴演出的艺人。我花费不少力气来排练，极尽卖弄之能事，船难之后，在岛上的这段时日，我已大致记录了几个新构想，希望回到工作室后，能把它们发展出来。

12月27日：

我的喜剧进展得如何了？是有点儿在动了。这整件事关乎我的精灵，友善的精灵，残酷、恶毒、愉悦、愚笨、令人难以置信地愚笨，善良、热情、温暖、冷峻、无知、焦虑。他们共谋要对付我，越来越神秘、暧昧、诡异，有时饱含威胁。事情就是这样，我得到一位平易近人的同伴，他给我不同角度的见解和怪念头。不过，他逐渐开始变了，变得越来越危险、越来越冷酷。

有些人认为，我在《假面》(Persona)之后拍《豺狼时刻》是退步了。事情没这么简单。《假面》成功地做了突破，令我有勇气继续探讨未知的事物。有几个原因使这部电影比其他的影片更为人接受，它具有实在事物：有个人沉默不语，另一个说话，从而制造出对立。然而，《豺狼时刻》比较浮动不定，形式与主题上有自觉性的解体。如今我看《豺》片，我了解，它是关于一个戒心浓厚、隐性的分裂人格角色，这类角色在我早期与后来的作品中都出现过：《面孔》（*Ansiktet*）中的安曼（Aman）、《沉默》（*Tystnaden*）中的艾丝特（Ester）、《面对面》中的托马斯（Tomas）、《假面》中的伊丽莎白（Elisabet）、《芬妮与亚历山大》（*Fanny och Alexander*）中的伊斯梅尔（Ismael）。于我而言，《豺狼时刻》意义重大，因为它企图围堵一大堆难以定位的难题，并且深入其中。我大胆跨出几步，但未竟全程。

如果《假面》失败，我会根本没胆量拍《豺狼时刻》。《豺》片并不是倒退，而是朝着正确方向踏出的蹒跚一步。

在阿克塞尔·弗里德尔（Axel Fridell）的一幅铜版画中，一群怪异的食人族正准备攻击一个小女孩。大家都在等着幽暗房间中那根蜡烛熄灭，一个衰弱老人试图保护小女孩，有个穿着小丑服的真正食人族，守候在阴影里，等蜡烛烧完。天色越来越黑，只见屋里鬼影幢幢，令人心惊肉跳。

原来建议的最后一幕：我要把自己吊挂在天花板的梁上，我想这么做已有好一阵子了，这样一来我才能和我的鬼魂们为友，他们正在我脚下等着我，在我自杀后，他们将有一顿丰盛的晚餐。双重门扉被推开，在乐声［帕凡舞曲（Pavane），一译"孔雀舞曲"］中，我和那位女士手挽手走进去，走向铺着琳琅满目餐具的桌边。

我有个情妇，她住在本土，在夏季时替我照顾产业。她身材高大，沉默寡言，性情安详。我们结伴过海到岛

18

上，结伴步行到家，结伴共进晚餐。吃饭时，我把家用款项递给她，她突然笑出声来。她有颗牙掉了，笑时露出裂缝，让她觉得难为情。她并不是很美，但是我很喜欢她，我们已共度了五个夏天。

《冬日之光》代表道德上的胜利与更新。我一直为自己想取悦人的需求感到难为情。因为害怕不讨人喜欢，我对观众的爱更复杂了。我除了想抚慰艺术的自我，也希望安慰我的观众，等一下，这还不算糟呢！我害怕失去对人的某种控制力量……畏惧失去生计。有时候人会觉得迫切需要射击空包弹，把所有讨人欢心的事物弃之不顾。冒着后来得被迫更妥协的危险（电影业的无政府状态可是无人理会的），有时候，毫不歉疚、理直气壮地挺身而出，展现人类痛苦的处境，反倒叫人心灵感到解放。惩罚当然会接踵而至，我在这方面的首次尝试：《小丑之夜》所获反应之凄惨，令我至今余悸犹存。

更新也是主题，在《冬日之光》中，我割舍宗教辩论，放弃说明结果。或许观众并不会像我这样觉得这一点很重要，这部电影是场剧烈冲突后留下的墓碑，而这场冲突就像我意识中的一条神经线燃起熊熊大火。上帝的形象动摇了，我仍未放弃人负载着神圣目的的想法，手术终于完成了。

当时是1962年圣诞节左右，接下来近两年时间，我一直没去处理《豺狼时刻》中的食人族。

1964年6月15日，皇家剧院（Dramaten）休暑假暂时关闭，我蹒跚走出剧院，精疲力竭。《沉默》已首映，我们在欧诺（Ornö）的房东不肯再把房子租给我们，因为房东觉得好房客不该拍色情片。我们原来盼望到岛上避暑——内人凯比〔即凯比·拉雷特（Käbi Laretei）〕工作也很辛苦——要到那座安静、与世隔绝的小岛，唯一的办法是坐船。现在我们一整个夏天都得留在于什霍尔姆（Djursholm），这可不太妙。天气热坏人了，我搬到朝北的客房，才能凉快一些。罗-约翰逊（Ivar Lo-Johansson）谈到"牛奶女工的白色鞭子"，对于管理剧院的人来说，白色鞭子就是永无休止地看剧本。假定剧院一季上演二十二出戏码，那么剧院经理审阅过的剧本恐怕有十倍。为了不让自己老是想到下一年度的计划，我重新拾笔写剧本。我沉浸在音乐与沉默之中，凯比在客厅练钢琴，这形成我们两方互相侵略的状态，演变成听觉上复杂的恐怖行动。有时我开车到达拉洛（Dalarö），坐在悬崖边，眺望海湾。

在这样的情绪中，我开始写《食人族》（*Människoätarna*）：

像只沮丧的蚯蚓，我爬出安乐椅，朝向书桌，开始调整自己以适应既定模式。我觉得不习惯而且不愉快，我每写一个该死的字，书桌就摇摇晃晃，还叽叽嘎嘎作响。我必须换张桌子，或许坐在椅子上会好些；我移坐椅上，腿上搁了枕头，好了一些，但还是不舒服，笔也难写得要命；不过，房间倒是蛮凉爽怡人的，我想我要留在客房里。大纲：故事有关阿尔玛（Alma），她二十八岁，没有孩子。

《食人族》的故事就是如此这般开始的，我扭转了透视观点，因此一切都是从阿尔玛的观点来看。

> 如果这一切都变成一场游戏，在郑重地端详镜中映照出的那个人时，一方面浮夸地描绘镜中影像，另一方面又投注暧昧但预设的兴趣，则游戏会变得毫无意义，反正它总是可能变得没意义。

可以说，这已经不再是一出喜剧了。

"油尽灯枯"并不意味着使事情简化，反而是更趋复杂，你投入太深，做了太多。每个备用电池都用上，旋转加速，判断的重要性减弱，错误决定开始占上风，你无法正确做决定。

在《豺狼时刻》中，没有这种情形发生。虽然拍片时，我担任皇家剧院总监，正值最忙碌的时光，但是这部电影的对白保持精简的调子，虽有点太过文艺腔，不过并不令人讨厌。

有一阵子，我希望回归色欲的主题，我指的是有幕我觉得拍得不错的段落，就是约翰（Johan）杀死殴打他的小鬼那幕。

唯一美中不足的是，小鬼应该一丝不挂。要是更进一步，约翰也该一丝不挂才对。

我们在拍这段戏时，这个念头在我脑海一闪而过，不过我没有力气和勇气要马克斯·冯·叙多夫这么做。要是两位演员都赤裸上阵的话，这幕戏会更直截了当、干净利落。当小鬼攀附在约翰背上掌掴他时，前者仿佛正到了性高潮，使劲地压挤山脊。

21

　　那么，为什么约翰去和维罗妮卡·沃格勒（Veronica Vogler）幽会前，林德赫斯特（Lindhorst）[1]要替约翰化妆呢？我们打从一开始就明白，这是种没有真正情感的热情，一种色欲的激情。在第一幕戏里，即已点明这一点。后来阿尔玛阅读约翰的日记，从而了解他和维罗妮卡的关系会造成灾难。

　　经过林德赫斯特的化妆后，约翰成为小丑与女人的混合体，后来前者又让约翰穿上丝袍，使得约翰阴柔味更重。白色小丑具有多重意义：美丽、顽强、危险、徘徊在死亡与毁灭的性感之间。

　　身怀六甲的阿尔玛代表活生生的生命，诚如约翰所说："如果我耐下性子，日复一日为你素描……"

1　林德赫斯特是约翰在城堡遇见的人。——译注

而恶魔无疑正以一种调侃似的、但又果决而恐怖的态度，硬生生拆散约翰和阿尔玛。

在风一阵阵刮过的黎明时分，约翰和阿尔玛从城堡走回家时，她说："不论我有多害怕，都不会从你身边逃开。还有件事，他们想要拆散我们，他们想要独占你，如果我在你身边，他们会比较难下手。他们无论如何也没法逼我离开你，我一定会留下。我要留下来，越久越好……"

接着那致命的武器摆在他们中间，约翰做了选择。他选择恶魔的梦想，而舍弃阿尔玛简单明了的现实。从这里，我逐渐遭遇一大堆难题，其实只有透过诗或音乐才能解决。

我出身的背景，无疑具有取之不尽的素材，可以用来大书特书神经兮兮的恶魔。

在《魔灯》一书中，我曾设法阐述这一点：

> 我从小生长的环境，被几项观念所主导：诸如罪恶、告解、惩罚、宽恕、恩宠，还有亲子之间关系的具体要素，以及上帝。几项观念之间具有天生的逻辑，我们都照单全收，而且以为我们都已十分了解。
>
> 因此，惩罚是不需要证据即可证明、也毋庸置疑的事物。惩罚可以迅速、简单，像打耳光或打屁股；也可以复杂至极，历经数代修正，越来越讲究。
>
> 犯大错会受到以儆效尤的惩罚，从罪过被发觉的时刻开始受罚。罪犯向较低阶的当局认罪，譬如女仆、母亲或是住在牧师宅内的任何女性长辈。

认罪之后的立即后果，是被人冷淡。没人主动和你谈话或搭理你。就我所了解，这是为了让罪犯渴望受到处罚与宽恕。吃过晚餐、喝完咖啡后，大伙儿被叫进父亲的房间，侦讯与认罪再次展开。接下来，有人取来拍地毯的棍子，你得自己说自己该被打几下。决定惩罚的次数后，取来一块绿色硬垫子，你的裤子和内裤都被脱下，在垫子上，有人牢牢扣住你的脖子，棍子一遍遍击下。

身体上的痛楚其实算不了什么，令人难受的是那场仪式与羞辱。我哥哥尤其不好过，母亲往往坐在他的床边，轻拭他被打得皮开肉绽、血痕遍布的背。

挨完打，你得亲吻父亲的手，他会宣告你已获得宽恕，解除罪恶的负担，得到释放与恩宠。虽然你当然不准吃饭、不准听故事就得上床睡觉，但是心中却觉得轻松得不得了。

还有种偶然的惩罚会令怕黑的孩子很不舒服：把他关在特制的橱柜里。厨娘阿尔玛告诉我们，在那座橱柜里，住了一个小怪物，专门吃顽皮小孩的脚指头。我清清楚楚地听到黑暗中有东西在走动，害怕极了。我记不得当时我是什么反应，可能是爬到架子上，或吊挂在挂钩上，以免脚指头被吞吃掉。

这一切在《芬妮与亚历山大》当中又重现，不过那时我早已重见白昼的光明，能够平心静气地加以描绘，而不会自己吓自己。

在《芬》片中，我也可以满怀愉悦地拍片。在《豺狼时刻》中，客观形成的距离尚不存在。在《豺》片中，我只是在做实验，方法或许确实，却有如无的放矢，都消逝在黑暗中，并未中的。

以前，我往往毫不迟疑地就说《豺狼时刻》水准不够，也许是因为这部电影触及我太多压抑的自我。《假面》具有张力，焦点明确；《豺狼时刻》却朦胧模糊，探讨的东西连我自己都觉得陌生，诸如浪漫反讽剧、幽灵电影等。有场戏至今仍令我觉得好笑，就是男爵轻轻松松地飘上天花板，说："别注意我，我只是觉得嫉妒。"另一场戏也颇有趣，老妇人把脸摘下，说："这样子听音乐比较清楚。"接着她又把眼睛放进甜酒杯里。

在城堡里进晚餐时，魔鬼们看来虽然有些怪怪的，但大致正常。他们在庭园里踱步、交谈，还欣赏傀儡戏，一切都很祥和。

然而，他们所过的生活痛苦难耐，彼此永生永世纠缠不清。他们互殴，互相啃噬对方的灵魂。

有短短的一阵子，他们的痛苦舒缓了：当小傀儡戏院里奏起《魔笛》（Die Zauberflöte）时，乐声带来短暂的和平与安慰。

摄影机拂过每个人的脸，旋律就像密码：Pa-mi-na意指爱，爱还存在吗？帕米娜（Pamina）还活着，爱还存在。摄影机停在丽芙·乌曼（Liv Ullman）脸上，代表爱的双重宣告，丽芙当时正怀着我们俩的女儿琳恩（Linn）。就在我们拍摄塔米诺（Tamino）进入宫廷的那一天，琳恩诞生了。

约翰似乎转化为雌雄同体的怪物，维罗妮卡裸体躺在解剖台上，应已死亡。他以漫长得无止境的动作触摸她，她醒过来，笑出声，秀秀气气地啄吻着他。等待这幕已久的魔鬼们对这个情景十分满意。有人瞥见他们在后头，成群或坐或躺，有几个已飞上窗头和天花板。约翰接着说："谢谢你，镜子碎了，碎片映照出什么？"

我无法给出解答。在《傀儡生涯》（*Ur marionetternas liv*）中，彼得（Peter）也说了同样的话。当他做梦梦见妻子被谋杀时，他说："镜子碎了，碎片映照出什么？"

我仍然给不出好答案。

假 面

我相信《假面》和我担任皇家剧院总监的经验有莫大关系，那段经验就像喷火枪一样，加速我的成熟，以直截了当的方式，使我和我这一行业的关系具体成形。

我刚拍完《沉默》，这部电影力气十足。我之所以会立刻投入《这些女人》（*För att inte tala om alla dessa kvinnor*）的拍摄中，是因为得对瑞典电影公司（Svensk Filmindustri）表示效忠，然而这再次证明我实在是不擅长及时叫停。

我在1962年圣诞节前后，当上皇家剧院总监。我理当立刻知会瑞典电影公司，我们应该暂时搁置所有拍片计划；不幸的是，我觉得中途封杀筹备已久的电影，并不合理也不太可能。

基于不怕死的乐观心理，再加上对工作的莫名狂热，我告诉找我去主掌剧院的教育部部长和我自己：我应付得来。

1963年新年来临，我这个新官走马上任，掌管起处于四分五裂状态的剧院。下一季的剧目和演员合约都还没着落，组织与行政萎缩得可怜。由于经费不足，本来就三天打鱼两天晒网的剧院翻修工程中断，我发觉自己陷入难以解决且莫名其妙的混乱情境之中。

我逐渐发现，我的责任不仅限于提升艺术水准，吸引观众前来欣赏表演，我更得从头开始整顿剧院。

不消说，我整个人被这份工作占满了。第一年蛮有意思的，我们运气不错，宣告客满的红灯常亮，卖座率奇高，我甚至承担得起季末的两项大惨败。1964年6月的一个礼拜中，我在剧院举办哈瑞·马丁松（Harry Martinson）剧作《魏国三刀》（*Tre knivar från Wei*）的首演，又在电影院主持《这些女人》的首映。

我在1964年秋天回到皇家剧院，接下来一年有几项优异的成就。我执导易卜生的《海达·高布乐》（*Hedda Gabler*），女主角由耶特鲁德·弗里德（Gertrud Fridh）担任，还执导了莫里哀的《唐璜》，但是来自剧院内外的阻力越来越大。剧团到欧瑞布洛市（Örebros）参加一座新剧院的启用典礼，团员死的死、病的病，我自己发烧达华氏102度，却仍和大伙儿同行，结果染上肺炎，还有急性盘尼西林中毒。

我虽然病倒，但仍设法照料剧院事务。最后，4月份我终于住进索菲娅皇家医院（Sophiahemmet），接受适当的照顾。我开始写《假面》，主要是不想荒废手的功能。

那时，《食人族》计划已取消。瑞典电影公司和我都认为，在夏季从事这么浩大的拍片工程，是很不切实际的事。这意味着，这一年的拍片计划有了缺口，有部电影失踪了。

于是在1965年4月，我开始振作。当时我仍受肺炎医治不当的后遗症之苦，剧院行政主管方面也不时找碴。我开始在想：我何苦来哉？有什么好在乎的呢？剧院可能发挥力量吗？其他力量是否已取代艺术责任？

我会有这样的想法，理由很正当。

倒不是我逐渐憎恶起我的职业。虽然我这个人颇神经质，但是我在职业上却不会神经质。我始终有能力把恶魔放在战车前，使他们被迫为人所用。然而同时，我私人的生活也备受恶魔折磨、羞辱。也许你会发觉，玩跳蚤把戏的人，往往爱让跳蚤吸他的血。

我在医院养病时，逐渐了解到，皇家剧院总监之职正吞噬着我的创作力。我铆足全力，害得自己身体都垮了。我如今有必要写些东西，来去除空虚感，还有那种原地踏步的感觉。我领取荷兰伊拉斯姆斯（Erasmus）奖时撰写的一篇文稿，适切地表达我当时的情绪状态。这篇文章定名为《蛇皮》（*Ormskinnet*），是《假面》的前言：

> 我内在的艺术创造力永远在饥渴，我安详满足地承认这项需求。不过我这辈子都未曾扪心自问，这项饥渴为何又如何开始，不断寻求喂哺。这些年来，饥渴的程度日减，我觉得亟须探索原因。
>
> 我还记得，在我很小的时候，每当完成什么时，我总有想炫耀的强烈需要，不论是画好一幅画、把球击向墙壁，或头一回学会游泳。
>
> 我记得我渴求引起大人注意我的存在，从不觉得别人对我的注意已够了。当现实不再足以应付所需，我开

始幻想，向同辈编造有关秘密探险的疯狂故事。那些讨人厌的谎话，每一回都遭人质疑而无所遁形。最后，我不再搭理同伴，把梦留在自己的世界里。一个寻求和人接触、充满幻想的孩子，很快地变成受过伤害、爱做白日梦而且狡猾的人。

然而，除了在梦中，爱做白日梦的人并不是艺术家。

很显然，拍电影会成为我的表达方法。这种语言超越文字，文字技巧是我所缺乏的。这也超越我很不擅长的音乐，还有令我无动于衷的绘画。我突然有机会能和周遭的世界沟通，这种语言在灵魂之间传递，在感觉上几可逃脱知性的限制。

怀着幼年时期狂热的饥渴，我投身于自己选定的媒介，二十年来昏乱地供应梦想、感官经验、幻想、神志不清的妄念、神经衰弱、受约束的信念和纯粹的谎言，始终不厌倦。饥渴从未餍足，一再重现，金钱、名气和成功源源不绝而来，但基本上都是我狂乱作为下的无意义产品。我这么说，并不是要否定我可能已完成的事。把艺术当成在完成自我有其价值，尤其是对艺术家而言。

因此容我直言不讳，艺术（并不仅限于电影艺术）让我感觉其意义微不足道。

文学、绘画、音乐、电影和戏剧，都会自顾自地孕育生长。新的变化、新的组合自生自灭，从外表看来，动作急促紧张。艺术家急于对自己，也对日渐冷漠的观众，投射这个世界的图像；而世界已不再询问自己在想什么，又有什么感觉。在若干孤立的领域，艺术家受到惩罚，人们认为艺术是危险的，应该压抑或导正。不过，大体说来，艺术是自由、厚颜无耻、又不负责任的。诚如我所说：艺术永远在紧凑甚至狂热地行动。我个人认为，它就像一张爬满蚂蚁的蛇皮。蛇死亡已久矣，肉被食一空，毒液早被吸干，但是它的躯壳仍可移动，充斥喧嚣的生命。

我希望也相信别人会有比较持平且客观的看法，我不厌其烦地唠叨这么久，而且还坚称希望持续创作艺术，原因十分简单（我根本不想提纯粹物质上的动机）。

原因就是：好奇。一股永无止境、永不餍足、一再复苏、令人难以按捺的好奇心，驱使我向前，从不给我宁日，一直保持强烈的饥渴。

我觉得自己像囚禁已久的犯人，突然摇摇晃晃地闯入绝对的、喧闹的生活中，带着满腔猛烈失控的好奇心。我留神观察、四下注意，一切都那么不真实、奇幻、骇人而荒诞。我捕捉到飘扬的尘埃，或许是部电影，这又有何意义呢？这一点也不重要，但我却觉得有意思，我不断坚持那是部电影。我开始独自应付我捕捉到的物体，或开心、或失意地忙碌着。我和蚁群互相推挤，我们正忙于一件浩大的工程，蛇皮在移动了。只有这个才是我的真理。我不求别人认同这一点，而且如果把它当成永恒，也未免太贫弱了。把它当成艺术行动的基础，再持续个几年也就够了，起码对我而言是如此。

为了自己的缘故而当艺术家，有时并不见得愉快，不过有个很大的好处：艺术家和其他为了自己而活、孤独存在的人一样，有同样的处境。我们合在一起，或许可以组成一个同盟，在清冷虚空的苍穹下、温暖污秽的大地上，各自自私地存在着。

《蛇皮》的写作和《假面》有直接关系。工作手册中4月29日的札记记载了这一点：

> 我要设法做到下面几项规定：
> 七点半和其他病人同进早餐。
> 接着立刻起床，从事晨间散步。
> 上述时间内不准看报纸或杂志。
> 决不和剧院联络。
> 不接信件、电报或电话留言。
> 傍晚可以回家看看。
> 我觉得最后战斗快来了，不可再拖延，必须弄清状况，否则伯格曼铁定会下地狱。

显然，从这时开始，危机更深了。当我试着要从逃税风波[1]

1　1976年1月，伯格曼正在排戏时，被警察拘留，调查他逃税的事件。官司虽不严重，但这一事件已对他造成毁灭性的影响。三个月后，他离开瑞典，前往德国。他说："我无法再住在使我名誉受损的地方。"伯格曼在西德过了六年半自我流放的日子，拍了三部电影，然后回到瑞典，拍摄《芬妮与亚历山大》。——译注

中振作时，也给过自己同样的规定，一板一眼成为我求生的方法。

从危机中，《假面》诞生成长：

> 那么她是个女伶，别人会这么说她吗？
>
> 她沉默不语，这没什么稀罕的。
>
> 我要从医生告诉阿尔玛护士前因后果的一幕展开，这是第一个基础的场景。看护者和病人日渐接近，就像神经和肉的关系。不过她并不开口说话，她厌恶自己的声音，她不想虚假。

以上摘自我所记的首批工作笔记，日期为4月12日。我还写了别的东西，后来并未执行，不过仍和《假面》有关，尤其是片名。"当阿尔玛护士的未婚夫来看她时，她头一回听见他是怎么说话的，她注意到他是怎么碰触她的。她发觉他的一举一动仿佛在演戏似的，觉得好害怕。"

当你在流血时，会觉得很难受，这样子你是不会表演的。

这个阶段的经历是很沉重的，我觉得自己的生存备受威胁：

> 人是否可以把这件事保留在内在？我的意思是，或许这是灵魂协奏曲中不同音调组合而成的乐章？无论如何，时空的因素一定没那么意义重大。一秒钟一定可以延伸在一段长长的时间内，包含许多台词，之间没有任何关联。

在完成的电影中可以清楚地看到这一点。演员在屋内进进出出，却没有移动任何距离。只要合适的话，事件都被延长或缩短。时间的概念消失了。

接下来的事情要回溯至我的童年：

> 我想象见到一条白色磨损的胶卷，它在放映机上转动，声带上的字逐渐清晰可见。最后在我想象中的那个字眼浮现了，接着有张因胶卷磨损而看不分明的脸出现，那是阿尔玛的脸，是沃格勒太太［即伊丽莎白·沃格勒（Elisabet Vogler）］的脸。

我小的时候，知道有家玩具店出售用过的硝酸胶卷，每米售价五欧尔[1]。我把三四十米的胶卷浸在浓苏打液中半小时，感光剂溶化，画面消失。一条条胶卷变得纯白无瑕且透明，没有一点画面。

用不同颜色的印度颜料，我可以画上新的画面。战后诺曼·麦克拉伦（Norman McLaren）的直接手绘电影问世时，我丝毫不觉得稀奇。在放映机上转动的胶卷，放射出画面和一幕幕情景，是我早就尝试过的玩意儿。

到了5月，我仍不时发烧：

> 这个诡异的热病，还有这么孤独的思索，我从未如此享受又如此难受。我相信，如果我努力尝试，我终究

1　瑞典辅币名，100欧尔合1克朗。——编注

或可获得以前争取不到的某样独一无二的事物。动机的转化。这样事物自然而然发生，毋庸回顾它怎么会发生。

她逐渐了解自己。透过沃格勒太太，阿尔玛护士看到了自己。

阿尔玛说了一个冗长又陈腐的故事，有关她的生活、她对一个已婚男人的爱、她的堕胎及卡尔·亨里克（Karl Henrik），她不爱他，和他的床第生活也不理想，然后她喝起酒，变得和蔼可亲，又哭了起来，哭倒在沃格勒太太的臂弯间。

沃格勒太太很同情她，这一幕从早上至晚饭时光，再到傍晚、深夜，又到清晨。阿尔玛对沃格勒太太越来越亲近。

我认为在这里最好安排不同的文件出现，比如沃格勒太太给林德克维斯医生的信。信的内容拉拉杂杂，但多半是对阿尔玛护士幽默有趣却具洞悉力的描绘。

我假装自己已长大成人，人们拿我当回事，总令我惊讶。我说：我要这个，我希望那样……他们敬重地聆听我的见解，往往按我吩咐的去做，甚至对我多加赞美，因为我是正确的。我不去思考一项事实，就是所有这些人，全是小孩在扮大人。唯一的差别是他们已经忘记，或是从未思考他们其实是孩子的这个事实。

我的父母常把**虔诚**、**爱**和**羞愧**挂在嘴边，我真的努力过。不过只要有上帝在我的世界里，我甚至连接近我的目标都没办法，光是羞愧还不够谦卑。我的爱比基督或圣徒之爱少，连我自己母亲的爱都不如。我又因为一向存疑，而始终不够虔诚。如今，上帝离开了，我觉得**所有这些**都变成我的了；对生命的**虔诚**，在我毫无意义的命运前方的**羞愧**，还有对其他饱受惊吓、折磨、冷酷的孩子的**爱**。

接下来的文字是5月间写于欧诺的。我当时正逐渐接近《假面》与《蛇皮》的要旨核心。

沃格勒太太渴求真理。她到处搜寻，有时似乎找到可以掌握的持久事物，然而突然之间又消失了。真理消散无踪，更甚地，真理变成虚假。

我的艺术无法融解、转化或忘怀在照片中的那个小男孩，以及为信念而燃烧的那个男人。

我无法理会大灾难，它们不能令我心有戚戚焉。或许我可以饥渴地阅读这类暴行，怀抱恐怖的色情，但我从不能对那些画面释怀。它们让我的艺术成为狡诈的把戏，一种漠然的玩意儿。问题也许在于，如果艺术有生存下去的机会，而不仅是一种休闲活动，不只是抑扬顿挫、马戏团把戏、无意义的呓语还有自以为是的满足——如果尽管如此，我仍可照样做我的艺术家，我不再会把它当成一种逃避的成人游戏，而神智清明地循着世人皆可接受的陈规，在罕见的一些时刻，让我和我的同侪能有片刻的安慰或反省。我所投身的职业的重责大任，终可支持我，而且只要没人认真地质疑这个事实，我就可以继续按照求生本能来剖析自己。

"于是我觉得从我嘴里出来的每个声音、每个字都是谎言，是空泛乏味的剧作。只有一件事可以拯救我，使我不致绝望、崩溃，那就是保持沉默。探索沉默背后的清澄，或起码设法收集还可以找到的资源。"

在沃格勒太太的日记里，可找到《假面》的基础，对我来说都是新鲜的想法。我从事的活动，和社会或世界从未有直接关系。《面孔》的中心也有另一个沉默寡言的沃格勒，拍这部电影纯粹是好玩，仅此而已。

工作手册的最后几页有决定性的改变：

大争吵之后暮色低垂，夜晚来临。正当阿尔玛沉睡或即将入睡的时候，仿佛有人在房里走动，好像有雾渗进房内，让她无法动弹，就像有种巨大无边的焦虑笼罩着她。她硬撑着起床去呕吐，却什么也吐不出来，她想回到床上，这时看见沃格勒太太卧室门半开，她走进去，发觉沃格勒太太昏迷不醒，看来像是死掉了。她怕极了，抓起电话，话筒里却没有信号声。她回到死人身旁，窥视后者。突然之间，她们交换人格。确切情况我并不清楚，但是就这样她断断续续敏锐地感受到另一个女人的灵魂，一切是这么的荒谬。她见到如今已是阿尔玛的沃格勒太太，沃格勒太太说话的声音本是阿尔玛的。她们

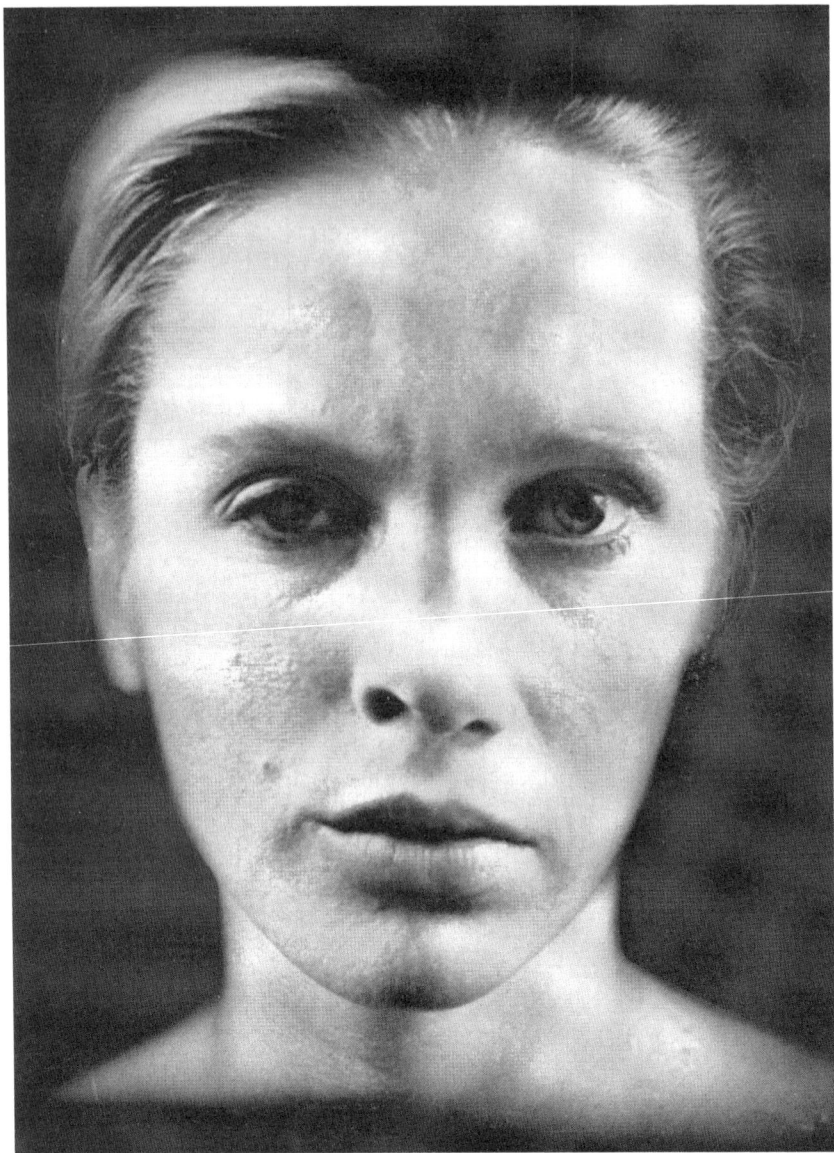

面对面坐着，并且交谈，语调抑扬顿挫，变换着手势。

她们互相折磨、反唇相讥和彼此伤害，她们欢笑、嬉闹。

这是一幕"镜子戏"（spegelscen）。

争吵是双重的独白，独白来自两个方向，一个是伊丽莎白·沃格勒，一个是阿尔玛护士。

斯文·尼科维斯特（Sven Nykvist）和我原本打算用传统打光方式拍丽芙·乌曼和毕比·安德森，效果很差。我们于是决定把她们脸孔的一半隐藏在全然的黑暗中。

从这里自然而然地有项演变，在独白的最后部分，两张半明半暗的脸合而为一，成为**一张脸孔**。

大多数人的脸都是有一侧比另一侧迷人，丽芙和毕比合而为一的半张脸，是比较不好看的一侧。

我收到冲好的片子时，请丽芙和毕比到剪辑室。

毕比惊惶地说："丽芙，你看起来好怪！"丽芙则说："不，是你，毕比，你才怪呢！"她们同时否决了自己那半边较不好看的脸庞。

《假面》的剧本不像正规的电影剧本。

编写电影剧本时，也得处理技术上的挑战。譬如说，你得写出配乐部分，接下来就只要把乐谱架在谱架上，让乐团演奏就得了。

我无法到摄影棚或外景场地，心想着"船到桥头自然直"。你不能老是寻求即兴。除非确定我能回到小心拟定的计划中，否则我不敢即兴。我准备开始拍摄时，不相信神来之笔。

读《假面》的剧本，可能会以为它是即兴之作，但其实是推

敲许久，历经艰辛才写好的。尽管如此，我拍其他电影时，都没像这部电影这样一个镜头一拍再拍。我所谓的重拍，并不是指在同一天内重复拍某一段，而往往是在我阅读日志后，觉得不满意而决定重拍。

我们在斯德哥尔摩开镜，开头的时候很不顺利。

不过，我们逐渐挥去阴霾，一切豁然开朗，每当有人说"我们再做好一点，这样那样做，可以调整得不同一些"时，没有人会生气，大家都觉得好玩。当大家不互相诿过推责时，情况就已搞定了。在拍片时，大家都带着强烈的个人感情，使得影片增色不少，片场一片和乐。虽然工作繁重，但摄影镜头和对我言听计从的工作伙伴，却让我感到无边的自由。

秋天我回到皇家剧院时，觉得有如重返奴隶船。我强烈感受到剧院毫无意义的行政工作和《假面》带来的自由之间的差别。我曾说过,《假面》拯救了我的生命,这话一点也不夸张。要不是它给我力量,我可能已经被击垮了。我破天荒头一遭真的不再在乎电影能否被大众接受。这件事具有深远的意义。打从我进瑞典电影公司挥汗担任撰稿奴隶开始,就一直蒙受《圣经》训诲,叫我要不计一切写人人可以理解的东西,这项训诫现在终于可以下地狱去了。(那里正是它归属之处!)

如今,在我看来,在《假面》与后来的《呼喊与细语》(*Viskningar och rop*)中,我已随心所欲了。由于我在工作时觉得自由自在,我得以触及只有电影摄影才能揭示的、无法以言语形容的秘密。

面对面

在《魔灯》中，我写了以下的文字：

　　《面对面》这部影片企图结合梦境和现实，梦境和
现实结合在一起，泾渭不分。现实溶解，成为梦境。在
《野草莓》《假面》《沉默》和《呼喊与细语》中，我曾
游走于梦境与现实之间，毫无阻碍。这一回却困难得多。
我需要灵感，却做不到。梦境垄断一切，现实模糊不清。
偶尔有几场戏办到了，丽芙·乌曼像头狮子挣扎不已。
靠着她的力量与才华，电影才变得紧凑。不过即使她也
拯救不了高潮戏，原始的呐喊够热切，却显然消化不良，
这是我囫囵吞枣地阅读之后的结果。

《面对面》的情况更复杂万端。在《魔灯》中我轻描淡写，
更早以前我根本不去提它，或宣称那是个愚蠢的作品，即使这样

听来都有些令人起疑。

如今我是这么认为的：从电影一开始，包括主角企图自杀的戏，整部《面对面》都完全可以为人接受。故事说得清楚、简明扼要，素材并无真正的缺陷。假如电影下半段能保持上半段的水准，片子应可成功。

1974年4月13日的工作手册记载如下：

> 好了，现在我已推掉《风流寡妇》(*The Merry Widow*)，能够不去理睬那位烦人的女士［芭芭拉·史翠珊 (Babara Streisand)］让我大大松了口气。我也已和有关基督的那部电影说再见了，那得耗费太多时间、精力和唇舌，我如今渴望走自己的路。在剧院，我老是照着别人的路走；拍自己片子的时候，我要做自己的主宰。
>
> 这种感觉越来越强烈，探究现实背后秘密的欲望也日渐浓厚；我想用最少的外在姿态，来做最大极限的表达。现在我得说件极度重要的事，那就是我不想按自己的老路走了。我仍然认为，《呼喊与细语》在此技术层面上，达到了极限。

我还写道，盼望着手拍摄即将开工的电影《魔笛》(*Trollflöjten*)，"来看看我的想法是否仍和7月时一样"。

> 就技术上来说，在戴尔巴 (Dämba) 片场搭个很棒

的房间，是件令人开心的主意。借着在房内走动的不同形态的人，可以描绘已逝的事物。在另一个房间的壁纸后面，有位秘密人物，她影响了事物的演化以及当前这一刻发生的事；她存在在那里，却又其实并不存在。

我一直有个构想：在墙或壁纸后面，有个雌雄同体的庞然怪兽，操控着神奇房间内的一切事物。

当时戴尔巴摄影棚仍未拆除，我们拍《婚姻生活》(*Scener ur ett äktenskap*)也是在那里。这个摄影棚麻雀虽小但五脏俱全，十分实用。我们住在法罗岛，并在岛上工作。压缩、精简的过程总令我振奋，因此我想象着我们可以利用小摄影棚相当有限的空间来拍片。

接下来到7月1日，工作手册上没有任何记录：

《魔笛》的拍摄告一段落了，这是我一生中的辉煌时刻，每天都如此接近音乐，真令人愉快，感觉温馨亲切。

因此我并未察觉事情变得既沉重又复杂。我伤风感冒，而且真的变得神经质。我的存在黯淡无光，有时我觉得自己精神不太正常。

回到法罗岛后，我开始仔细撰写《面对面》的大纲：

她把孩子送出国，丈夫也出差去了，他们住的房子要重新装修。她搬回史特朗法根（Strandvägen）的娘家，娘家的公寓坐落在动物园桥（Djurgårdsbron）旁，离奥斯卡教堂（Oscarskyrkan）不远。她想这段时间用来工作正好，我们的女主角非常盼望独居在这个避暑城市，全心投入工作。

感觉不到被人所爱的危险；察觉没人爱的恐惧和痛苦；企图遗忘没有人在爱你。

这需要时间，在8月的某一天有以下的记载：

如果把画面颠倒过来会怎么样呢？梦境变成现实，日常的现实变成虚像：夏季里的一天，卡拉广场（Karlaplan）周遭的马路一片寂静。星期天，教堂钟声荒寂地响着。破晓前微明时分，充满有一些炽热、病态的渴望。安静的大公寓里，灯光亮起。

接着事情开始拼凑起来，上了轨道：

浮现现实小岛的七个梦境！灵肉之间的距离，肉体像是某种异形事物,把肉体与感情分开。感到羞辱的梦，异色的梦，忧郁的梦，恐怖的梦，滑稽的梦，消灭的梦，母亲的梦。

接着我幻想整件事情是场化装舞会，在9月25日,我如是写道：

我比以前更加犹疑、困惑，或者我只不过是忘了以前是怎么回事？我的理性思考被种种不相干的观点弄得一塌糊涂，这些观点我甚至不想去厘清，因为我发觉它们笨拙得要命。

我逐渐开始了解，在这部电影帮助之下，借着这个让我可以顽强抗拒到底的剧本，我想要探究自己的复杂面。谈到《面对面》时我老觉得心不甘情不愿，或许是因为我只肤浅地触及少许私密的复杂面，却未真正地探究到内在，或揭开它们的真相。同时，我已把重要的事物出售殆尽，而且一败涂地。我一直在原地打转，痛苦不堪。我精疲力竭地把其中一个复杂点暴露于天光下。坐下来写剧本，此时唯有你自己、一支笔、一张纸和时间。

突然之间，电影**应有**的样子（从工作手册中）长出来了：

她坐在祖母家的地板上，雕像在阳光里动了起来。在楼梯上，她看到一只咧嘴露出牙齿的大狗。接着她的丈夫来了，他打扮成女装，她去看医生，她自己是精神病医师。她说，虽然她绝对了解过去三十年来她所遭遇的一切事情，但她却不了解这个梦。老妇人从肮脏的大床上起身，用病眼注视着她。但是祖母和祖父互拥，祖母抚摸祖父的脸，对他低声细语地呢喃，而他却只能咿咿呀呀地发声。

在这一切的背后，在帷幕之后，有人在低声交谈，谈着有关她的性事，或许该放大她的肛门吧。她立刻现身，另一个人神态自若地爱抚着她，愉悦得不得了。但是，就在此刻，有人来向她求助，绝望地哀求着她。她突然动怒，继而焦虑，因为紧张并未消除。不过，尽管如此，拟定谋杀玛丽亚（Maria）的计划并加以执行，令她心里轻松不少，她有这个念头已经很久了。虽然事后，更难找到人来照料她，叫她不要害怕。然而，如果她换件衣服，去参加派对，那么大家都一定会看到，而且了解她是清白的，转而怀疑其他人。

可是所有人却藏在面具后，他们突然跳起一种她不会跳的舞。在水晶灯耀眼的室内，大伙儿跳着孔雀舞。有人说，跳舞的人当中，有些已经死了，他们来这里参与庆典。桌面黝黑得发光，她的双峰抵住桌面，身子逐渐下滑，有人舔舐她的全身，尤其是双腿之间。这不令人觉得讨厌，而充满肉欲。她放声而笑，一个有双红润大手的暗发女孩，躺在她身上。走调的钢琴奏起美妙的乐声。就在这一刻，宽广的老式双扇门开启，她的丈夫带着几个警察走进来，他们指控她谋杀玛丽亚。她激烈地辩解，赤身露体地坐在这通风良好的长方形房间地上。那独眼女人握住她的手，把她的手指放在唇上，做出嘘声的指示手势。

《面对面》应该这么拍才对。

如果当时的我有现在的经验，又有当时的力气，那么我应当可以把此一素材转化成可行的方法，而不会有一丝迟疑。那将会成为一首神圣的电影诗作。

对我来说,这并不是在延续《呼喊与细语》,而是凌驾了《呼》片。在这里，所有说故事的形式终于溶解了。

这剧本就像一列火车，加足蒸汽就要开动，故事得以实现。前半部形式越来越具体，唯一尚未解决的，是那个独眼妇人。

10月5日:

> 我可以永无止境地悲叹着欲望、无聊、困难、挫折和怨恨，但我不要这样。虽然我以前从未这样提不起劲又犹豫，或许我碰触到一种想脱茧而出的哀愁吧！它从何而生，又存于何方？世上还有人像我这样吗?

我的排斥与抗拒当然和我背叛自己的想法有关。我如履薄冰，不断寻求保持平衡。

10月13日，星期天:

> 灰心颓丧逐渐化为决心，因为我觉得在像当奴隶般地写作后，隐藏了真正的电影。只要我奋勇向前，也许电影会从黑暗中跑出来，这样就不会白费工夫了。毋庸置疑，有狂喊、哭号和怒吼等着发出巨响。问题在于，我是否有能力把它们释放出来。

以下记载也有关联，10月20日:

我能否接近隐藏着我的绝望与自杀念头的那一点？
我不知道。

生命诞生的实情是这样的：抱着我，救救我，对我仁慈一点，紧紧抱我，紧紧抱我，为什么没有人关心我。为什么没人来扶着我的头？我的头太大了。拜托，我冷得要命，我不能这样下去。再杀了我吧！我不想活。这不会是真的，看我的手臂多长，一切都好空虚。

大声哭喊的并不是珍妮（Jenny）！

11月1日我写道："今天我首次整个写完了，从头到尾都写完了。"接着我开始从头写过，不断修正、重写。

11月24日：

今天我们去了斯德哥尔摩，第二幕开始，是客观上相当活跃的一幕，我没有十分雀跃、期待。我要会见厄兰·约瑟夫森（Erland Josephson），看看他怎么说。我衷心希望他能对我坦言相告，只要他开口劝我，我会放弃这个拍片计划。我目前心里一丝欲望也没有，从事大而无当又费钱的计划，会毫无用处。《第十二夜》（*Twelfth Night*）也令我感到焦虑，这一回我要做件以前从未经历过的事，便觉得困难重重，几乎不太可能完成。我纳闷这会不会是身心长期剧烈活动后已不堪疲累了，事情可能就是这样。一切都在流荡浮动，我自己都觉得有点厌恶。同时，我又明白这种厌恶的感觉主要是因为我难以开步向前走，我害怕人，害怕会做不好，害怕生活，害怕做任何动作。

接着我得开始在皇家剧院执导《第十二夜》。

1975年3月1日：

周五回到法罗岛。《第十二夜》首演成功，部分剧评大声叫好。彩排顺利迅速，就像开派对。在这段时期，除了绝对必要，我刻意不去碰《面对面》。我要专心重写梦境部分。

4月21日，星期一：

今天是在法罗岛的最后一天，明天我们要去斯德哥尔摩，下周一开拍。我觉得很好，不像平时那么难过。事情好像会很好玩，而且很有挑战性。换句话说，我有了欲望。写剧本后产生的沮丧消逝无踪，就像生过一场大病。美国之行令我振作，对我们的资金着落也有助益，我们可以信心十足地期待未来。

7月1日：

拍完片回到法罗岛，拍片速度相当快，一下子就拍了一半，一下子就只剩五天，一下子就拍完了。大伙儿坐在史托马斯园（Stallmästaregården）餐厅举行派对，有人致辞，有人抽着雪茄，气氛带着忧郁，心中五味杂陈。我不太知道这一切是怎么进行的。制作《魔笛》时，大家都知道做得不错，这一回我却什么也不知道。到最后我觉得精疲力竭，现在戏拍完了，丽芙问我有何感想，我说我的感想太多了。

在美国时，制片人迪诺·德·劳伦提斯（Dino De Laurentiis）问我："能不能为我拍什么？"我听见自己回答："我想拍部心理惊悚片,有关一个人的崩溃和她的梦境。"他说:"听起来妙极了。"我们就这样签下合约。

这本应是我生命中的快乐时间，我已把《魔笛》《婚姻生活》和《呼喊与细语》抛在身后，在剧场获得成功。我们的小公司出品别人的影片，钱滚滚而来，正是承担艰巨任务的恰当时刻。我的艺术自信达到顶峰，我已随心所欲，每个人都愿出钱给我拍戏。

在拍《面对面》期间，大家都兴致高昂，这当然很重要。没人在乎我一再重拍梦境场面，不断翻来覆去地更改。我甚至把我的老佛里德版画派上用场，家具被白雪覆盖，小女孩手持蜡烛伫立，烛光照亮那恐怖的小丑。

两段梦境戏达到我的要求。其中之一是独眼妇人走向珍妮，抚摸后者的头发。另一段是珍妮遇见在车祸中身亡的父母，这一段至少很诚实，作为一个场面挺不错的。当珍妮开始殴打他们时，他们爬到火炉后面，哭了起来。不过这幕戏在一个层面上导演手法失误：珍妮应该全然冷静，而不是和她父母同样激动。我当时不太了解，不过，在这一点上捕捉到了确切的梦境气氛。

电影其他部分则全部太用力了，我摇摆不定，行径就像我在剧本前言中警告不可犯的：充斥陈腔滥调。

我在一只发黄的纸箱里藏了一篇很烂的短篇小说，写作于二十世纪四十年代。夜里，小男孩躺在祖母家睡不着，两个小矮人从地板上跑过，他抓到其中一个，用手压扁，是个小女孩。这篇故事谈的是小孩的性和冷酷。我妹妹始终顽强地坚称，这是乌普萨拉的黑暗衣橱带来的影响。那是外婆独特的处罚方法，不是我父母的。在我自己家里，我被关进衣橱时，总会玩我放在里面的玩具和会闪红、绿光的手电筒，用手电筒可以玩电影游戏，这其实蛮不错的，一点也不吓人。

被关进外婆家老式衣橱里就可怕多了。不过我已完全压抑那段回忆，对我来说，外婆一直代表光明。

现在我让她在珍妮的主题曲中惊鸿一瞥，却无法清楚呈现我的回忆。回忆太突兀又太痛苦，我立刻把它束之高阁，留在黑暗当中。我陷入全然的艺术困惑中。

即使如此，仍有一项事实出现。外婆也可能有双重脸孔。

我记得很小的时候，不经意听到外婆和爸爸在隔壁房间吵架。他们坐在桌旁，喝着茶，外婆突然提高声音，我以前从未听过她用这种语气说话。我记得当时我吓坏了：原来外婆有另一种声音！

我对这件事记忆朦胧。珍妮的祖母应该在吓人的光芒中突然出现，而当她回家时，她的祖母仍是忧伤的小老太婆。

劳伦提斯对这部电影很满意，片子在美国广受好评。或许有人胆敢说，它呈现了以往无人尝试过的新鲜东西。如今，我看《面对面》时会想起鲍勃·霍普（Bob Hope）、平·克劳斯贝（Bing Crosby）和多萝西·拉莫尔（Dorothy Lamour）合演的老闹剧片《摩洛哥之路》（Road to Morocco）。他们三人遭遇船难，乘着救生筏在海上漂流，背景是投射在影片上的纽约市。在最后一幕，鲍勃·霍普故意倒地，尖叫并口吐白沫。另外两人惊讶地瞪着他，问他在搞啥名堂。他迅速恢复冷静，说："这么做才能得奥斯卡奖。"

当我看《面对面》以及丽芙精彩忠实的表演时，我忍不住想到《摩洛哥之路》。

呼喊与细语

第一个画面不断重现：一个白衣女人在红色的房间里。有时画面会顽强地一再出现，我却弄不懂它们想要我干吗。接着它们不见了，又出现，情景一模一样。

四个白衣女人在红色房间里。她们到处走动，彼此耳语，举止神秘。那时我正忙着别的东西，但是既然它们不死心地再三回来，我领悟到它们想要我做些事。

在《呼喊与细语》的剧本里，我也指出过这一点：

> 下述的一幕，已萦绕在我脑海一年。当然啦！起初我不知道她们的名字，也不晓得她们为何在贴红色壁纸的房间里，沐浴在灰色的破晓晨光中走动。我一次又一次把这个画面从我脑海中驱除，拒绝用它来拍电影（或随便其他什么玩意）。但是这些画面一直赶不走，我勉强认同了它：三个女人正在等待另一个女人死亡，她们

轮流照料她。

工作手册最初多半在记述《接触》(*Beröringen*)，1970年7月5日：

> 虽然我满怀不甘，剧本还是完成了，命名为《接触》，
> 是个好片名。
> 我要休假到8月3日，再开始紧锣密鼓地展开筹备
> 工作。我觉得沮丧不安，如果能不拍就太好了。

《接触》原该替片老板收回大笔银子，我通常可以拒绝诱惑，而比较少屈服。不过，有几回我完全屈服，下场总是自食恶果。

拍片之初，本意是要把《接触》拍成英语、瑞典语混为一体的电影。原始版本这项用心却荡然无存，英语说给片中讲英语的人听，瑞典语说给瑞典人听。我想这可能比完全英语的版本还好忍受一些。全英语版是应美国方面要求而制作的。

我如此这般拍出来的故事，以一项极端私密的事情为本：一个有情感的人的秘密生活，逐渐变成他唯一真实的生活，这真实的生活又逐渐变成虚幻的生活。

毕比·安德森直觉认为这个角色不适合她，我说服她接下，因为我觉得在替外国人拍片这项艰难工作中，我需要忠实的朋友，何况毕比说得一口流利的英语。

虽然毕比接下角色后不久又怀孕了，使得表面上实事求是、按部就班的工作增加不少困扰，《呼喊与细语》的拍摄作业仍在

这段令人沮丧的时期里不断向前推动。

我同时也在潜心思考一个新奇引人的构想，即**静止的摄影机**。我想把摄影机放在房间单一的位置，只准向前或向后一步。剧中人移动，和镜头形成关系。摄影机只能记录，不可带感情或参与。此外，我还深信，动作越激烈，镜头越不可投入戏中，它应保持客观，即使动作达到情绪高潮时也一样。

尼科维斯特和我苦思良久，考虑该怎么掌镜。我们想出的方法不同，整件事变得太复杂，最后干脆放弃。

在《呼喊与细语》中找不到上述构想。当你发觉你想做的事，会因形成巨大复杂的技术问题，从而干扰结果、造成阻碍而非产生助力时，就该把它束之高阁。

工作手册，1970年7月10日：

> 无事一身轻，高枕无忧，任世事纷扰，一样也不在乎。我快完全生锈了，只需简略记下我对《呼喊与细语》的若干想法。

> ［片名其实借自某篇有关莫扎特四重奏的乐评："听来仿佛窃窃私语（Viskningar）和哭喊（rop）。"］

> 我想用丽芙，还应该有英格丽［即英格林·图林（Ingrid Thulin）］，我也很希望找哈里特［即哈里特·安德森（Harriet Andersson）］，因为她也是谜样的女人。我还想找米娅·法罗（Mia Farrow），且让我们瞧瞧找

不找得成，或许成哦！有什么理由不成呢？接着还要一个沉郁、认命的女人，也许用古内尔［即古内尔·林德布洛姆（Gunnel Lindblom）］吧？

7月26日：

艾格尼丝［Agnes，借此名向斯特林堡（August Strindberg）致敬］是那双观察的眼睛，以及记录一切的良心。这样或许会太掉以轻心，但行得通。阿玛利亚（Amalia）阿姨坐在马桶上，吃着肝酱三明治，叨念着她消化不良的毛病，她的肠子，还有她的大便，而且她从不关厕所的门。在房内深处（我们听到她不时尖叫），肥胖的贝娅塔（Beata）总是光着身体，充满肉欲，怒气冲冲，她不准出门。在这幢房子里，时间停止存在；在这些房间里（这可能就是外婆家）。

我想我们不该做任何解释，访客就已在那里，毋庸多言。

我不清楚艾格尼丝会不会不受某一个姐妹欢迎，后者苍白瘦小，富有洞察力，知识渊博。她陪伴艾格尼丝，而艾格尼丝越来越喜欢她。

不过，她总在解说奇怪的事，从不解释艾格尼丝想知道的事。她戴着眼镜，笑声有点刺耳，人却温柔和善，她有个小毛病，我想是吞咽困难之类的毛病。

决不可按学院派的那一套，让艾格尼丝先见到第一位，再依序见到第二位、第三位，那太呆板乏味了。

她越深入这房子，就越能触及她自己。她站在幽暗的红色房间里，我要仔细地描绘这些房间。她自然会十分惊讶，不，她一点也不惊讶。对她来说，一切似乎都如此自然而然。

8月15日：

要有主题和不同的动作，譬如说，第一个动作会有关"纠结的谎言"。或许情况会演变为，每个女人代表一个动作。第一个动作改变这个母题："纠结的谎言"持续二十分钟，一气呵成，不受干扰，直到话语到最后变得毫无意义，行为进入非逻辑的状况中，令人无法理解。也许可以割除所有解释性的部分，拿掉一切不必要的辅助性台词和走位。"纠结的谎言"。

第一个动作。

8月21日：

一切都是红的。《接触》的一位美国宣传人员送我一本厚厚的书，有关女画家莱昂诺尔·菲尼（Leonor Fini）。在她的女人肖像中，可以找到艾格尼丝·冯·库森斯特纳（Agnes von Krusenstjerna），以及我对《呼喊与细语》的描述。奇怪的巧合。不过大致说来，我觉得她的画作是香气四溢但充满警告意味的范例。

我所有的电影都可用黑白画面来想,《呼喊与细语》是例外。在剧本中,我载明我想到把红色当成灵魂的内在。我小的时候,认为灵魂是影子般的龙,像青烟一样的蓝,像有翼的怪兽般翱翔天际,半鸟半鱼,但是龙的躯体里面全是红色的。

我过了六个月才回头再写《呼喊与细语》。

1971年3月21日:

读了我写的《呼喊与细语》的札记。在若干点上,事情变得清楚了些,不过大体说来,构想未变。总而言之,这主题对我仍有强烈的吸引力。

各幕必须环环相扣,不说自明。以下的事可能会客观地发生:下午,一片寂静。画面从一个房间到另一个,宽大、红色的房间,充斥家具、镜子、各种物品。远处有人在移动,是索菲娅(Sofia)举步维艰地在走动。呼喊安娜(Anna)。卧房门。索菲娅被扶回床上躺下。她害怕躺着。她害怕周遭一切东西。

索菲娅怕极了,发出难听的声音抗拒死神。她不屈不挠,没人比她更刚强。

克里斯蒂娜(Kristina)现在守寡,从前的婚姻并不愉快。她真的如此吗?为什么呢?这会有意思吗?我想我走错路了,有更重要的事。还是找出是什么使这部电影看来如此迫切吧!

短短的印象：

玛丽亚和克里斯蒂娜相对而坐。她们哭过，两人都表示绝望，诚心诚意。她们握着对方的手，互抚脸颊。

傍晚，莉娜（Lena）走进垂死之人躺着的房间，忙东忙西，她躺在病人旁边，玩弄后者的乳房。

克里斯蒂娜说："一切都是纠结的谎言。"她准备走进去陪卧房里的丈夫，压碎一块玻璃，以便伤人和自伤，她把碎片放进自己的下体。

玛丽亚全神贯注在她自己身上，被自己美丽而无懈可击的身材所吸引，在镜前一待就好几个小时。她小声咳嗽，害羞有礼，近视，柔和。

（一部抚慰人、给人安慰的电影。如果我能达到这一点，会产生重大意义，否则拍这部电影就会毫无益处。）

3月30日：

要是艾格尼丝是那个垂死的人，而她的姐妹来探视她，电影会怎么样？唯一照顾她的，是侍候她的莉娜。艾格尼丝头脑清醒，畏惧死亡。她的觉悟与谦卑，她的脆弱与力量。

我从3月底开始动笔写《呼喊与细语》，直到6月初，在此期间几乎像隐士般独居在法罗岛。同一段时期，英格丽·冯·罗森

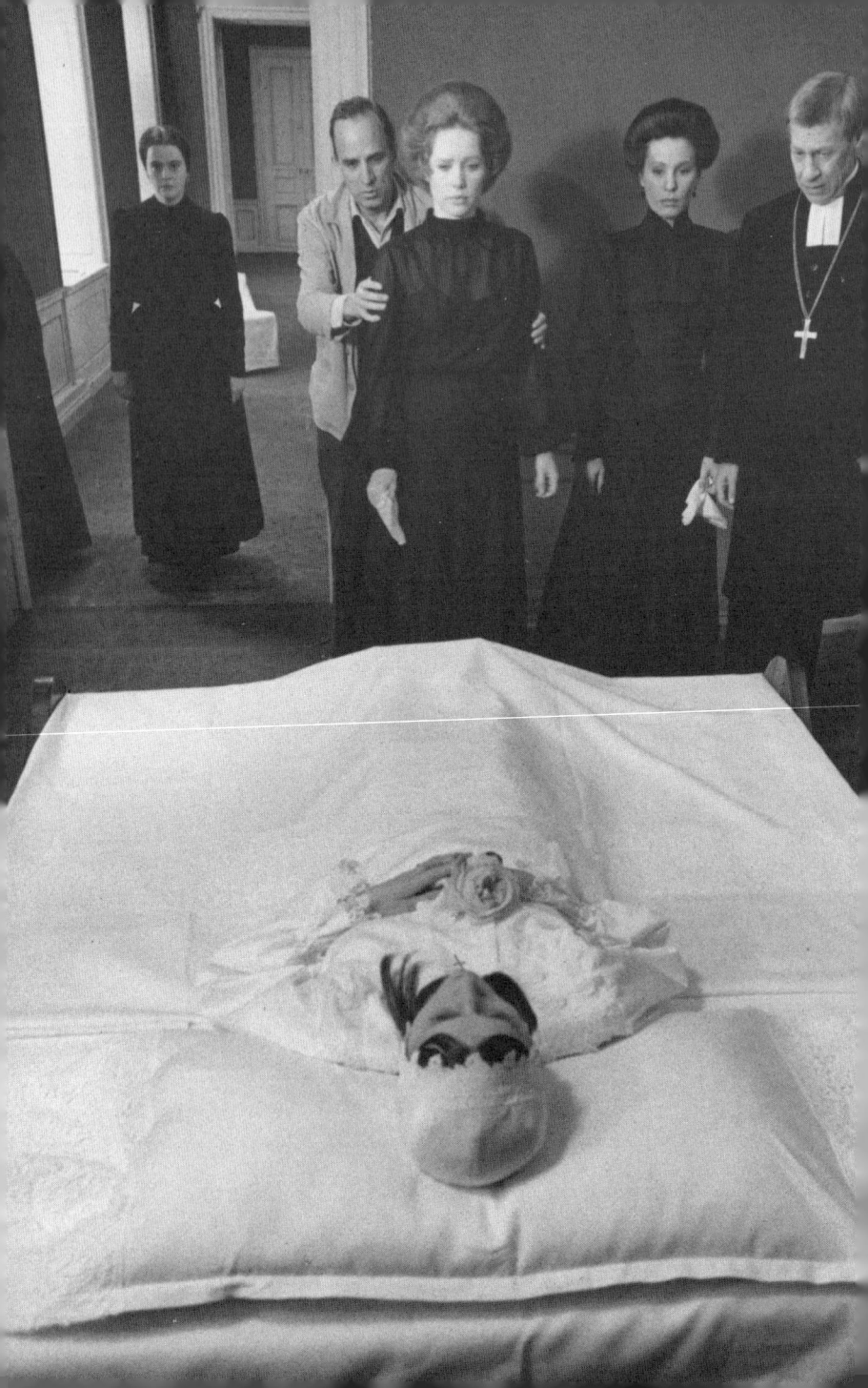

（Ingrid von Rosen）结束十八年的婚姻。9月，电影开拍，11月杀青，英格丽和我结婚。

4月20日：

我不能被外界一切事物困扰，因为英格丽把我们的私事的新发展告诉了我。我必须设法贯彻意念写剧本。去他的，我只能束手听任事情发展，必须心无旁骛地工作。每一天都好长、好大、好轻，就像牛一样，是大得令人受不了的畜生。

艾格尼丝　垂死的人
玛丽亚　最美的一个
卡琳（Karin）　最坚强的一个
安娜　侍候人的那个

对死亡的描绘不要滥情，让它出现，露出狰狞的面貌，赋予它适当的声音与尊严。

接着，那一步来了。艾格尼丝在电影一开始就已垂死，但她并没有真死。她在房中床上，呼喊其他人前来，泪水从她的脸庞滑落。接受我！让我温暖！留下来陪我！别抛弃我！只有安娜注意她的哭泣，待她温柔，用身体替她取暖。

她的两个姐妹静止不动，脸朝向破晓的天际，恐惧地倾听着死人的哀叹。不过，现在房里一片沉默。她们对望，晨光太微弱了，她们几乎看不见对方的脸。

我现在要哭了。

不，你不会哭的。

玛丽亚转向镜子，张开双手，手仿佛成为陌生的物体。她大喊：我的手变得如此陌生，我不再认得了。

卡琳是被抛弃的那个，她内心受创甚深，双腿间也有问题，子宫深处与双乳好似瘫痪了。她突然觉得好厌恶。

玛丽亚有些谜样，我看得见她，但她老是在躲藏。

艾格尼丝总是独自一人，因为她一直在生病。她内心却不刺痛，不愤世，不厌恶，什么也没有。

我单独一人在这里，体验到一种奇怪的感觉，觉得自己有太多的人性，像牙膏不断从破掉的牙膏管中漏出，不愿留在我的体内。这是一种体会到重量、容量的诡异经验。也许是灵魂的容量吧！像烟雾般从我体内涌出。

4月22日：

我相信这部电影——或随便是什么——包含了这首诗：一个人快死了，但是在死亡之路却半途停滞，就像陷身梦魇中。这人哀求温柔、慈悲、释放或管它是什么。另外两个人也在那里，他们的动作、思考和这活死人有关。还有另一个人成为拯救她的人，安抚她沉静下来，跟随陪伴着她。

我相信这是一则神话或编造的故事，或随你叫它什么，必须极度精确，有敏锐的耳朵。这迫使我无法对自己马虎，但也不会紧张得抽搐。

4月23日：

今天，当我像往常一样每天外出散步时，这些女人获得说话的能力，她们表明她们也想谈话，她们其实希望有合适的机会让别人了解她们，而不说话怎能办到这一点？

我构想有一幕，是两个姐妹小心翼翼地把生病的姐妹带到公园，欣赏秋景，看看她们小时候一起荡过的秋千。

还有一幕是在晚餐时，两姐妹共同用餐，一身黑衣，神态沉静。沉默的安娜在桌旁服侍她们。

另外一幕是姐妹们绝望了，互相抚摸对方的脸、手，却无法开口说话。

4月26日：

我应该把这部电影献给艾格尼丝·冯·库森斯特纳，我相信我借着阅读她的小说，接收到最奇异也最明显的鼓舞。

4月28日：

是不是已开始比较清楚了呢？或者还是呆立着，脸偏向一旁，不愿开口对我说话？（伯格曼，你得记住，你就要和冰雪聪明的女人合作！她们能够描绘一切事物！）

4月30日：

虽然今天我觉得头痛、呆滞，还有些沮丧和讨厌，但也许我仍应写一两句台词。早上去散步时，还是觉得蛮愉快的。我已不再在乎《接触》了，它简直乏味透顶。

有时我心里模糊地想要一气呵成地写下去，不去理会干扰或"一幕幕场面"，要是能做到这一点的话就好了。

不必要的事物都是错的，唯一必要的，是沉着的本质。

序场以红房间里四个白衣女人开始。

详细而不留情地描绘艾格尼丝之死，可能是必要的。

艾格尼丝还没有死。

艾格尼丝没有死，哀求帮助。

安娜的牺牲。

门外两个女人，艾格尼丝停止埋怨，手足。

终场：四个女人在房内走动，现在她穿着黑衣。艾格尼丝已死，站在地板中央，双手交握放在脸前面。

（这一场已确定，不会更改了。要不这么做就什么也别做。我不能放弃萦绕我脑中已久又如此耐人寻味的这个影像。它不会有错，虽然常识或我其他什么无聊的感官一直告诉我，我应该置之不理。）

就这么办吧！

5月12日：

把剧本写成是致演员与技术人员的一篇亲切的长文，我想会很不错。对一直在发生的、看得见的事物发表意见。抛弃不知所云的呓语，只和拍这部电影的人保持密切的接触。

5月23日：

我想我走上歪路了。我偏离具体流动的梦境，走进某种枯燥的心理分析,只在巨细靡遗地描绘；既缺实质，也不灵动。绝对不可如此，这在某种程度上，显示出我提不起劲而且麻木无感。

5月26日：

医生来探诊，沉郁、苍白、和善、呆板。他治愈安娜的小女儿，玛丽亚的女儿则安适地睡在讲究的育儿室里。诱惑。医生和玛丽亚在镜前。此外，他老是叫她"玛丽"。丈夫扬言要举枪自尽，他知道她不贞，等等。

更甚者，我今天觉得自己的体重足足有五吨外加好几百公斤。

电影于1971年秋天开拍，我们发现很棒的地点，在玛丽弗雷德（Mariefred）郊外的泰克辛城堡（Taxinge Castle）。城堡里破烂不堪，但是占地宽广，有我们所要的一切：饭厅、补给、技术工作空间、外景场地和行政区域。我们住在玛丽弗雷德旅馆。我们并未在电影院里摆出各份报纸，但是在编辑台上，已做了调整，以便符合目的。

颜色经过仔细测试，我和斯文开始用彩色拍片时，尽可能地测试每个小节，不仅限化妆、发型、服装，而是针对每样物体：壁纸、帘幕和地毯，每件物品连细节都不放过。每样会在室外拍的东西，都拿到外面试拍，演员在外景的化妆亦然。我们开拍前，每项细节都在摄影机前试拍过。

四位女演员聚集一堂时，可能会产生严重的情绪冲突。但是女孩们的表现良好、忠实，对我助益甚大。最重要的是，她们都才华横溢，我没得抱怨，我也没有抱怨。

沉 默

《沉默》原名*Timoka*，这纯粹是巧合。我看到一本爱沙尼亚小说的书名，却不知道这个字眼的意思，我觉得是很不错的外国城市名，这个名字意指"属于刽子手"。

1961年9月12日的工作手册：

我在为《冬日之光》赴赖特维克（Rättvik）与锡扬斯堡（Siljansborg）勘景的途中，傍晚，我和尼科维斯特讨论光线。当其他车子迎面而来，或是我们超过其他车子时，都有种复杂的感觉，让我想起不由自主的梦境，没有开始和尽头，没有目标，朦朦胧胧，遮遮掩掩。四个年轻力壮的女人摆布着一张轮椅，有个骨瘦如柴的老男人坐在椅上，像个鬼魂。老人被碰撞了一下，他耳聋又近乎全盲。她们边吃吃地笑着谈话，边把他拉到阳光下。屋外阳光普照，果树繁花似锦，一个女人绊倒，趴在轮椅旁，其他三个女人控制不住地放声大笑。

下面记载隐藏《沉默》的第一份大纲：

老人走过锡扬斯堡旅馆，他正要去领圣餐，他在开启的门边驻足一会儿，这扇门分隔一个幽暗的房间，和一个贴着金黄壁纸的光亮房间。阳光照射在他的头盖骨，他的脸因为寒冷而变得青白。在一个洛可可式的橱柜上，一瓶红花灿烂夺目地绽放，上方悬挂着维多利亚女皇画像。古老医院里的诊疗室和设备，扁平足的弗里达（Frida），太阳灯，浴室。死人尸体在育儿室玩具橱上摇摇欲坠。

我哥哥和我的房间里，有座高高的、漆成白色的橱柜，我时常梦见我打开橱柜门，会有一个老得不得了的死人从里面倒下来。

红色封皮的色情书，举行葬礼小教堂的毛玻璃透着晕黄的灯花，凋萎花朵的气味，涂抹尸体的油膏，哀悼面纱上的泪水，湿掉的手帕。垂死的人谈着食物、猪的喉咙和排泄物，他的手指还会动。

我的札记继续写下去。一个男孩进入文中，老人和一个非常年轻的男人在路上：

我和年老的诗人朋友结束在国外漫长的旅行，正在回瑞典途中。他突然出血，昏了过去，我们必须在最近的城市停下，一位医生透过翻译说，我的朋友得立刻住院动手术。这就是事情发生的经过。我在附近的旅馆要了房间，天天去探病。在这段时间，他不间断地创作。白天，我在这个灰扑扑的荒寂城市四处游览。各幢楼房屋顶的警铃不住地刺耳地响着，钟声四起，杂亥戏院上演春宫秀。诗人开始学讲这个国家费解的语言。

也可以是带着一个儿子旅行的一对夫妻，丈夫生病，太太游览城市，儿子则单独留在旅馆房间内，或在走道上侦视他妈妈。

异国城市是我长期关注的母题，在《沉默》之前，我写过一部从未完成的电影。事关两个特技杂耍艺人，他们失去伙伴，困在德国的一座城市——汉诺威、杜伊斯堡之类的。当时天寒地冻，二次大战已近尾声。在隆隆不绝于耳的爆炸声中，他们的关系受到摧毁。

在《沉默》与《蛇蛋》（Ormens ägg）中都谈到这个母题，在《祭典》（Riten）中，又出现失去伙伴的主题。

如果我深入探讨，我相信这个城市的主题来自西格弗里德·西韦尔茨（Sigfrid Siwertz）的一篇短篇小说，出版于1907年的《圆圈》（Cirkeln）包含数个发生在柏林的短篇故事，其中一篇叫"黑暗的胜利女神（Den mörka segergudinnan）"[1]，这篇小说一定曾像

1　原作名应为"Det mörka segermonumentet（黑暗胜利纪念碑）"。——编注

一颗子弹一般，直射入我青稚的心灵。

这篇小说促使一个梦境一再重现：我置身庞大的异国城市，正要去城市禁忌的那一部分地区。那里并不是阴暗奇异的区域，却糟糕透了。在那里，现实的法律与社会的规则根本失去效力，无奇不有，一切都会发生。我不断做着这个梦，令我困扰的是，我一直是在前往那禁忌地区的阶段，从未到达。我总是在快到时醒来，或进入另一个梦。

二十世纪五十年代初，我写了一个广播剧本，叫《城市》（*Staden*），对战争即将到来或刚结束时的气氛进行描绘，有异于《沉默》。这城市建筑在坑坑洞洞的破败地基之上，房屋倒塌，地面上都是无底的深缝，马路断裂。这个剧本描述一个男人来到这座陌生却又有谜样熟悉感的城市，内容和我与妻儿分离以及我在私人与艺术上持续的失败有关。

再进一步探索异国城市主题的源起，则要谈到我对斯德哥尔摩的第一个经验。十岁左右，我开始在街头流连游荡，通常的目的地是伯格贾尔路，对我来说那是神奇的所在，有窥视表演和名叫美心（Maxim）的小电影院。只要花七十五欧尔，就可摸进去看当时属于限制级的电影，甚至爬上楼到放映间那个老同性恋那里去。橱窗里有女用紧身腰衣、灌水器和略带色情意味的印刷品。

今天回头去看《沉默》，我必须说，它的若干场戏过于文绉绉了（就像一艘载重不太平衡的船）。

有关姐妹之间的冲突对立多半如此，安娜与艾丝特之间最后那段有些腼腆的对话也完全不必要。

此外，我就没有异议了。如果有更多资金与时间，有些细节

可做得更好，几场街道上的戏和杂耍表演的场面，等等。不过，我们尽量使这些戏能被人理解，有时资金不多其实反倒好。

《犹在镜中》(*Såsom i en spegel*)和《冬日之光》的影像风格十分节制，甚至朴素。一位美国发行商语气绝望地问："英格玛，你为何不再移动摄影机了？"

斯义和我决定，《沉默》不要毫不朴素，这部电影在影像上的色欲感，直到现在想起来都令我高兴。简而言之，拍摄《沉默》时既开心又有意思。况且，女演员们都才气纵横、有纪律而且几乎总是心情愉快。

《沉默》也使她们声名鹊起，成为国际影坛炙手可热的明星。然而，其他国家却仍旧不了解她们各自独特的才华。

初期的电影

折磨——爱欲之港

1941年夏天，我满二十三岁，逃到达勒卡利亚（Dalecarlia）的外婆家。我的生活纷乱，曾数度被征召服役，因为溃疡而终得免役。

母亲独居在沃罗姆斯（Våroms），我只偶尔写信给她，而且都是应付了事。住在达勒卡利亚，让我远离生活中复杂的是非，令我放松心情。我这辈子头一次能一气呵成、不受干扰地写作，最后写完十二个舞台剧本和一出歌剧剧本。

我把其中一个剧本带到斯德哥尔摩，交给时任学生剧院主管的克拉斯·霍格兰（Claes Hoogland），剧名叫作《卡斯柏之死》（*Kaspersdöd*）。1941年秋天，我获得机会执导这出剧，结果差强人意。

斯蒂娜·伯格曼（Stina Bergman）因此请我到瑞典电影公司一谈，她看过这出剧，觉得我有值得开发的戏剧才华。她给我一份合同，付酬让我为瑞典电影公司的编剧部工作。

斯蒂娜是剧作家海耶玛·伯格曼的遗孀，当时主管瑞典电影公司的编剧部。舍斯特勒姆1923年移居好莱坞时，伯格曼夫妇也跟进。对海耶玛来说，赴美打天下有如一场灾难，不过斯蒂娜得以钻研好莱坞体制，迅速吸收新知。她加入瑞典电影公司，使得这家电影公司多了一位广泛了解美国电影戏剧技巧的编剧主管。

美式电影戏剧技巧明显而严格，观众时时刻刻都可确定故事发展，角色的身份性格不得有一丝让人怀疑之处，故事不同点之间的转折必须小心处理。高潮须平均分配，精心设计后明确分布在剧本各处，最高潮一定是在结局。台词必须简短，不准有文艺腔。

我的首项任务是前往锡格杜纳（Sigtuna）基金会，以便重写一位名作家惨不忍睹的剧本。我的开支由瑞典电影公司支付。三周后，我带着剧本回来，剧本得到的反应热烈。这部电影后来并未拍摄，但我成为按月支薪的编制内编剧，有了一张书桌、一部电话，以及坐落于昆斯加丹路（Kungsgatan）三十六号顶楼的一间办公室。

结果我上了艘奴隶船，由斯蒂娜发号施令。当时的同事有林德斯特伦（Rune Lindström），他的《天国游戏》（Himlaspelet）十分成功；此外还有拥有哲学博士学位的沙尔伯格（Gardar Sahlberg）。在另一间比较气派的办公室里，则是（导演）古斯塔夫·莫兰德（Gustaf Molander）的老搭档格斯塔·史蒂文斯（Gösta Stevens）。全员到齐时，我们总共有六位奴工。我们朝九晚五，坐在桌前，设法把交给我们的长短篇小说或剧情大纲改编成剧本。斯蒂娜态度和善但坚决。

我当时新婚不久，和妻子艾丝·费舍尔（Else Fisher）住在亚伯拉罕堡（Abrahamsberg）一间一房一厅公寓里。艾丝是编舞家，这个行业的酬劳也不很优厚，我们时常阮囊羞涩。为了改善处境，我尝试在强迫得做的奴工外，写作自己的故事。

我记得在我完成结业考试后的那个夏天，曾在一本蓝皮本子上写了一篇短篇小说，记述最后一年的学生生涯。

我带着这篇小说到锡格杜纳基金会，那时瑞典电影公司又派我去那里写另一个脚本。我每天上午写规定的脚本，下午则用来写《折磨》（Hets）。因此当我回到昆斯加丹路三十六号时，交了两个剧本。

起初没有什么反应，直到莫兰德凑巧看到《折磨》。他致函迪姆林（他在1942年当上瑞典电影公司总裁），表示这个故事虽有不少令人讨厌、不愉快的东西，但也包含许多喜悦与真理。莫兰德说，应把《折磨》拍成电影。

斯蒂娜把莫兰德的信拿给我看，同时温言斥责我太爱描绘黑暗、恐怖的事物，"有时候你就像海耶玛一样"。我视之为权威的批评，内心隐然感到骄傲，海耶玛·伯格曼原是我的偶像。

瑞典电影公司当时正决定为二十五周年庆举行特别庆祝活动，要拍六部高品质电影，敲定的导演之一为阿尔夫·斯约堡（Alf Sjöberg），然而他们却无合适的剧本给他，斯蒂娜于是想起《折磨》。

在我还搞不清楚状况前，我已坐在斯约堡位于动物园岛（Djurgården）的家里，为他的魅力、知识和狂热所慑服。他为人亲切、雍容大度，我突然被领进一个热切渴望进入的世界，我已被迫栖息在外缘太久了。

虽然斯约堡踌躇再三，仍准许我在拍片现场担任场记。我的表现糟透了，但是斯约堡对我百般忍耐，我完全为他倾倒。

对我来说，《折磨》是个执着且略有些激烈的故事，讲述学校与青春的折磨，斯约堡则看到其他层面。他透过各种不同的艺术设计，把电影转化为梦魇。他更把拉丁教师卡利古拉（Caligula）拍成一个秘密纳粹党人，从而使得饰演该角的男演员斯蒂格·贾瑞尔（Stig Järrel）应当为金发且不显眼，而不应该是黑发、张牙舞爪、穷凶极恶的家伙。斯约堡与贾瑞尔赋予这个角色内在压力，最后成为整部电影的决定性力量。

电影快杀青时，当时还是剧评人的赫伯特·葛兰夫尼奥斯（Herbert Grevenius）打电话给我，问我是否有意主持赫尔辛堡（Helsingborg）的市立剧院。我必须向斯约堡请假一天，和剧院董事会签约。斯约堡笑着拥抱我说："你真是疯了。"

电影几乎已完全拍完时，我首次当了电影导演。根据《折磨》原本的终场，除了阿尔夫·克林（Alf Kjellin）以外，所有学生都通过结业考试，克林从后门走进雨中；卡利古拉在窗边挥手。大家都觉得结局太阴郁了，我必加写一场戏，在垂死女孩的家里，校长和克林坦诚交谈，卡利古拉在底下的楼梯咆哮。在新的结局中，克林沐浴在破晓的光明中，步向逐渐清醒的城市。

由于斯约堡另有要事，我奉命拍摄最后的外景戏。这是我首次拍电影，我兴奋至极。工作小组扬言要收工回家，我大吼大叫，不停诅咒，害得许多居民被吵醒，自窗内探首。当时是清晨四点。

《折磨》结果是六部电影中唯一叫座的一部，我在赫尔辛堡第一季的表现也十分成功。我执导六出剧，深受观众欢迎，剧评

家纷纷从斯德哥尔摩来看戏。简而言之，我们做得很不错。

早在《折磨》开拍前，我就一天到晚恳求迪姆林准我拍自己的电影，却一再遭到拒绝。这时，他突然给我一个丹麦剧本，剧名为《母亲的心》（Moderdyret），编剧为莱克·费舍尔（Leck Fischer）。迪姆林答应我，只要我能从这些夸大其词的呓语中提炼出好剧本，就让我拍。

我开心得不得了，利用晚间快速写好脚本。交稿后，奉命重写两遍，最后决定在1945年夏天开拍。受到《折磨》成功的启发，电影命名为《危机》（Kris）。

结果，这个片名真是名副其实。

我还记得拍片第一天，简直恐怖得令人费解。

任何电影拍片第一天都令我感到压力沉重，我一向如此，包括拍《芬妮与亚历山大》时在内。不过，拍我自己第一部电影的第一天，是我影艺生涯的首日。我准备详尽，仔细思考过每个场景，准备好每个镜位。理论上，我确切知道自己要什么，但实际上，每件事却都弄得糟糕透顶。

有出西班牙古典剧叙述一对爱侣百般受到阻挠，不得相见，当他们最后终得相聚的那一晚，他们从不同的门各自进房，却倒地暴毙。

我的情况正是这样。

那一天热得要命，我们在玻璃屋顶的摄影棚内拍片。摄影师格斯塔·瑞斯林（Gösta Roosling）不习惯当时所用的复杂灯光器材与笨重的摄影机。他擅长在清静的环境下，使用轻便的外景摄影机。他的助手缺乏经验，录音师则是个活生生的灾难。女主角丹妮·林德（Dagny Lind）以前没在电影镜头前表演过，因为怯场而处于半昏迷状况。

大体说来，当时应该每天八小时拍八个镜头。第一天我们拍了两个，后来看毛片时，却发觉镜头全部失焦，画面边缘还可见到麦克风。丹妮·林德像在念舞台剧台词，布景也舞台味浓厚，整件事无疑是个大灾难。

在《魔灯》中，我谈到拍电影的辛苦：

> 我立刻了解我正在应付一样我无法驾驭的玩意儿；我也了解到，我极力争取来担任女主角的丹妮·林德并非电影演员，欠缺经验。我寒心但清楚地见到，他们都知道我无法胜任。我不时先发制人地大发雷霆，来对抗他们对我的不信任。

公司主管很早就想放弃这项拍片计划，迪姆林看过三周工作日志后介入此事。他建议我们从头来过，我深深感激他。

我另一个守护天使是舍斯特勒姆，他在片场担任艺术顾问之类的角色。

就像机缘巧合，我每到哪里，舍斯特勒姆就会出现。他牢牢抓着我的颈背，就这样和我在摄影棚外的柏油路上走来走去。我们多半沉默，他有时会突然说些简单易懂的事，诸如："你把场面拍得太复杂了，你和瑞斯林都应付不了这么复杂的场面。从正前方拍演员，他们喜欢这样，而且这是最好的方法。不要老是和大家过不去，他们只会因此生气，把事情做得更糟。不要把每件东西都弄成主题，观众会喘不过气来。从这里到那里的一个动作，应该拍成就是从这里到那里的一个动作，而不必让它像个从这里到那里的动作。"我们一遍又一遍地在柏油路上来回走着，他握住我的颈子后面，实事求是，切中实情，而且不对我动怒，虽然我是那么令人讨厌。

然而，情况演变得愈来愈恶劣，没有一件事称心如意。我们到赫德莫拉（Hedemora）拍外景，住在市区旅馆。那年夏天淫雨不断，创了纪录。我们三个星期只拍了四场戏，原本应拍二十场。我们玩牌、喝酒，大家都闷闷不乐，最后我们奉命打道回府。

剩下的外景在动物园岛拍完，远征赫德莫拉之行毫无意义。第二个灾难接踵而至，在《危机》中，有场戏是吃软饭的杰克［斯蒂格·奥林（Stig Olin）饰］在情人母女工作的美容院外举枪自戕，美容院后面有家音乐厅。

我找遍斯德哥尔摩，都找不到合适的场景。突然有一天，建筑师跑来找我，宣布要在片场里盖一条这样的街，"和你想要的一模一样"。我顿时幻想，上司无论如何还是喜欢我的电影，相信它会成功，盖条马路是给我的奖赏。

我没领悟到的是，我被当成罗松达片场（Råsunda）与斯德哥尔摩总公司之间权力斗争的一颗棋子。片场每年拍片约二十部，雇了数百位员工。在莫兰德掌管下，片场作业庞大、独立。莫兰德城府颇深，他仇视总公司的迪姆林等一班人。

他们的计划如下：英格玛·伯格曼是迪姆林的党羽，我们得把这部电影弄得一塌糊涂。我们打从一开始就指出，让伯格曼拍《危机》根本是神经病。搭建一条复杂的街景可以增加拍片预算，这部电影早已超支甚多。这势必促使《危机》在经济上一败涂地，毁掉伯格曼，削弱迪姆林的地位。他们的计谋确为良策。

街景盖起来了，除了建筑物正面外，还搭了活动舞台，连这个也算在我的电影的账上。马路上铺了青石，大家都很开心。

最后，我们准备来拍美容院外的这一场戏。杰克准备自戕，在他头上，戏院霓虹灯招牌明灭不定。砖墙已砌好，天正下着雨，救护车就位，柏油路面的水光闪闪发亮，我因为过于自大，加上错以为握有无上权力，而觉得晕眩。

每逢晚上拍戏总是这样，电工和剧务有点儿醉了。我们把摄影机架在高台上，以便摄取全景。他们正准备抬下摄影机时，一名剧务头朝下绊倒在地，笨重的摄影机压住了他。在现场待命的救护车送他到医院，工作人员坚持停工回家，但我不肯中断拍片。大家都快快不乐，现场一片沉默，他们心不甘情不愿地遵命行事。那晚我回家时，已准备放弃。

意外受伤的剧务大难不死，《危机》拍片工作拖拖拉拉，工作人员和我之间的敌意日深，我们几乎对每件事都意见不合，时有争论。我怀疑自己怎么竟能学会从事这一行。

亲切的舍斯特勒姆一直以同是导演的态度对待我，漫长的拍摄作业完成后，我又获得一位盟友，就是这部片子的剪辑师奥斯卡·罗山德（Oscar Rosander）。

片子杀青后，沮丧的我带着泣血的心和满腔怒火去找他，他以唐突但友善的客观态度接待我。他不留情地指出，我的电影里有哪些地方很糟糕、恐怖，或令人无法接受；他自己很喜欢的地方则不吝于赞美。他也传授我剪辑的奥妙，其中有项基本真理：在拍片时就同步开始剪辑流程，剧本已创造韵律。我知道不少导演对此持有异议，但是就我看来，罗山德的教诲十分扎实。

《危机》于1946年2月首映，不折不扣地大惨败，那时我已回到赫尔辛堡剧院。剧团方面没有一丝怨言。片场主管莫兰德已公开表示，如果伯格曼回来，他就辞职。我已一败涂地。

接着罗伦斯·马姆斯迪特（Lorens Marmstedt）来了，我跟着斯约堡和他见过几次面。他有一次说："才气洋溢的人总令我衷心喜悦，你来找我，替我拍片。"那是在《折磨》获得成功后。

在《危机》首映后数日，电话铃响了。罗伦斯在电话里说："亲爱的英格玛，那真是部糟糕的电影，简直烂得要命！依我看我的建议还有效吧？"

马姆斯迪特是独立制片人，拥有一家备受好评的小制片公司泰拉电影公司（Terrafilm）。他受瑞典民俗博物馆（Sveriges Folkbiografer）[1]的卡尔·纪彭（Karl Kilbom）委托，要制作两部电影。第一部是奥斯卡·布莱登（Oscar Braathen）的挪威剧作《好人》（Bra mennesker）。葛兰夫尼奥斯据此写了脚本，罗伦斯希望我看一看。

葛兰夫尼奥斯是二十世纪四十年代首屈一指的剧评人，也是我的好友。事实上，就是他找我去当赫尔辛堡市立剧院的总监。他也凭着和托斯顿·汉马伦（Torsten Hammarén）的关系，在1946年替我打通了通往哥德堡（Göteborg）市立剧院之路。

我读了他的剧本后，觉得太沉闷了。马姆斯迪特同意我的看法，问我需要多久时间来改剧本。我答应说，给我个秘书，我在周末期间会写好。

接下来三十六小时，我和一位生气勃勃的美人坐在一起，由她来记录誊写新剧本。新剧本也许并不见得较好，但起码打破流水账似的味道，或许长处就在此。

对罗伦斯来说，这并不算豪赌，我的见习费这一回是由民俗博物馆支付。剧本获通过的三周后，我们迅速开拍，演员由马姆斯迪特负责遴选，拍片进度也设定好，电影必须在四周内杀青。

---

1 曾介入制作、发行、放映等工作。——译注

罗伦斯是严格的老师，他要求甚严，百般批评，并且逼我重拍他觉得贫乏的段落。他会说："我已和哈瑟·埃克曼（Hasse Ekman）谈过，他看过毛片。我也和纪彭谈了。我必须一切坦白，你有可能被换掉。你必须牢记比耶·马尔姆斯滕（Birger Malmsten）不是让·迦本（Jean Gabin），**最重要的是**，你并不是马塞尔·卡尔内（Marcel Carné）。"

我笨拙地分辩说，我觉得有几场拍得还不错。罗伦斯用他清澄的浅蓝色眼睛看着我："我可不懂你怎会有这种自满的心理！"

我大发雷霆，绝望又觉得受到侮辱，不过我得承认他说得没错。他每天不厌其烦地看毛片。虽然他会当着工作人员的面斥责我，我也只得接受，因为他热情地参与这部电影的诞生与发展。我记不起在拍《雨中情》（*Det regnar på vår kärlek*）期间，他有哪一次赞美过我的表现。

但他确实给我上了一课。他说："你和伙伴看日志时，你们的情绪一团混乱。你不计代价要拍好，因此自然需要对你的漏失自圆其说，并夸大你所见的事物。你们互相支持，这很合乎道理，却很危险，会制造心理诡计。不要狂热，也不要吹毛求疵，让自己归零，看东西时不要混杂情绪，这样才能把一切事物尽收眼底。"

终我影艺生涯，这项劝告都对我助益良多。

电影于同年（即1946年）11月首映，影评尚可。那些曾全面诋毁《危机》的人，如今抱着正面的观望态度。马姆斯迪特拿来一项新计划，这回还是要替民俗馆拍，是芬兰－瑞典作家马丁·索德耶姆（Martin Söderhjelm）的剧作《开往印度之船》（*Skepp till Indialand*）。

作者自己也写了脚本，但不合用。罗伦斯建议我们俩一块儿去戛纳，我写脚本，他去赌轮盘。我们可以趁空档一道吃点、喝点好东西，顺便见见合适的女演员。

我们共度一段好时光，我住在豪华饭店顶楼的小房间，从房里望出去，看得到铁道和两面防火墙。我着魔似的不停写着。不到两周，脚本完成了，索德耶姆的台词所剩无几。

我们还没来得及温习，电影就开拍了。这一次我违背马姆斯迪特的意愿，绝对坚持由耶特鲁德·弗里德演女主角。她极富才华，按传统标准却算不上美女。罗伦斯看过她的试镜后起了戒心，要求重新替她定妆，结果让她看起来仿佛法国通俗剧中的庸俗妓女。

和《危机》如出一辙，这部电影有若干部分很有力气与活力。镜位恰当，演员表现也恰如其分。有那么短短的几个时刻，我的确在做电影。

我拍完《开往印度之船》后，沉浸在自以为伟大的气氛中。我觉得自己棒透了，可和我的法国偶像平起平坐。马姆斯迪特起初反应良好，后来他到戛纳影展放这部片子，慌张地打电话给我，叫我剪掉四百尺胶卷，以免献丑。我却突然妄自尊大起来，告诉他这部杰作一尺都不准剪掉。

在瑞典的首映惨不忍睹，由于时间紧迫，拷贝没有事先检查，直接从冲印厂送到皇家剧院的放映间。我们并未举行试映，因此所有影评人都齐集一堂来看首映。我和女主角耶特鲁德及男主角马尔姆斯滕都出席会场，很快发觉拷贝的声带发生意外状况，根本听不见对白。我打电话到放映间，叫放映师调整音量，结果音量变得更小。屋漏偏逢连夜雨，第三、四本又放颠倒了，换言之，第四本先放出来。情况越来越严重，观众都已发现不对，我去敲放映间的门，放映师反锁在里面不肯应门。我隔着紧掩的铁门和他谈判良久，才说服他在第四本中途暂停放片，从头由第三本开始放。

首映后我们在宫多伦（Gondolen）餐厅举行酒会，那回是我毕生仅有一次喝到不省人事。

结果我在阿提勒利路（Artillerigatan）一幢公寓的台阶上醒来，当天上午我应搭机到哥德堡，为市立剧院的彩排做准备。我惨不堪言地支撑到机场，哈瑟·埃克曼坐在候机室，他看起来神清气爽，笑容可掬，身边坐着迷人的伊娃·汉宁（Eva Henning）。埃克曼正在看影评。

他用他的父亲格斯塔·埃克曼（Gösta Ekman）每回在电影惨败后说的话来安慰我，他说："明天照样会有报纸。"

《开往印度之船》造成重大灾情，首映拷贝出的问题，给我有益的教训。我回到瑞典电影公司拍《爱欲之港》（Hamnstad）时，只要有空就去录音部门和冲印厂，学会有关声音、冲片与印片的一切。我也学到了摄影机与镜头的知识，再也没有技术人员可以唬住我，我开始了解该如何达成我要的效果。

尽管如此，马姆斯迪特并未放弃我。他以民主的态度指出，现在正是拍一部至少差强人意的电影的最佳时机。若非如此，我的电影导演生涯就会接近尽头。

《开往印度之船》和《雨中情》是为民俗馆而拍，现在马姆斯迪特建议我为他的泰拉电影公司拍部电影。我必须指出，马姆斯迪特是个狂热的赌徒，可以一整晚都下注在同一个数字上。

他已买下女作家达格玛·埃德维斯特（Dagmar Edqvist）小说《黑暗中的音乐》（*Musik i mörker*）版权，故事是有关一位盲眼的音乐家。如今我被迫埋葬心中的恶魔，我用不着他们了。

我读了小说，觉得它太闷了，我坦诚告诉罗伦斯我的观感，他说他不打算提别的案子。最后我们协议一起和埃德维斯特见面，她是位迷人的女性，有趣、温暖、聪明，并且非常有女人味又美丽。她和我要合作写脚本。

电影在1947年秋天开拍，我只记得当时我无时无刻都记挂着我必须把片子拍得有娱乐性，并且避免任何形式的沉闷，我别无其他企图心。

《黑暗中的音乐》结果成为得到推崇的莫兰德式电影，受到外界肯定，票房相当不错。

马姆斯迪特押对了宝，我谢了他，回到瑞典电影公司。莫兰德当时正用我原作的剧本《没有面孔的女人》（*Kvinna utan ansikte*）拍片，电影相当卖座。此外，主管阶层也已发觉，《黑暗中的音乐》创下票房佳绩。因此，我被请回来并不是偶然的。

罗伦斯并未生气，而且不久后又来帮我。

《爱欲之港》故事说得并不很好，我的任务是要从奥勒·兰斯伯格（Olle Länsberg）繁复的素材中，找出适合拍电影的故事。我们还不很了解实际困难在哪里，就已开始拍片。

我强烈受到罗西里尼（Roberto Rossellini）和意大利新现实主义影响，试图尽可能多拍外景。问题出在，虽然我有上述打算，却有太多部分在摄影棚内拍，和瑞典电影的内景传统产生决裂。

监　狱

　　《爱欲之港》在10月首映，成绩不错。我和当时的妻子艾伦（Ellen）共赴我童年时期在达勒卡利亚住的避暑小屋，写作《监狱》（*Fängelse*）的剧本。

　　当时正值深秋，我们兴致高昂。两个房间里的火炉和厨房炉灶上的火熊熊燃烧着，艾伦在客厅里编舞，我在卧室写以后成为我首部个人化电影的剧本。我们心灵平静，关系融洽。不工作的时候，我们出去散步，一走就是许久。《爱欲之港》的成功确实有益处，那段时光十分美好。

　　早在夏天，我即着手写作比吉塔·卡洛琳娜（Birgitta Carolina）的故事，那是部中篇小说，名叫《真实的故事》（*Sann berättelse*），所指的是当时在瑞典周刊杂志上盛行的一种文体，叫作"真人真事"。我想用下述方式表达：在激烈滥情与真实的感觉之间不加压抑地摆荡。我极喜欢这个片名，觉得有反讽意味。

　　不过，对瑞典观众的喜好了如指掌的制片人马姆斯迪特说，人们可不会了解反讽，只会觉得被激怒。他叫我另取片名，起先我想到*Fängelset*（意为"监狱"，有冠词），后来决定只要叫*Fängelse*，去掉冠词在二十世纪四十年代是很稀松平常的做法。事实上，这个片名比《真实的故事》还糟。

我很迟疑，把剧本交给马姆斯迪特时说："你不见得一定要理会，不过如果你有时间，可以看看。"我根本不去试着找瑞典电影公司，因为我知道找了也没用。

两天后，马姆斯迪特打电话给我，迂回地说："很感人……我不知道……也许吧……感人，但不动人！搞不清楚，或许吧？你多快可以拍完？"

"十八天，不少于十八天。"我说。接着我们讨论起演员，他到处打电话，告诉每一个人："片酬别想比照平常的价码，因为这是部**艺术性**的电影，大家得为艺术牺牲。"我自己没拿半毛钱，只可分红十分之一，而这部电影根本没有红利可分。

《监狱》上映了，影片本身无错可挑，是部典型的四十年代电影。有人认为由马尔姆斯滕饰演的男主角托马斯在片中是新闻记者兼作家，在四十年代的文艺圈里应十分活跃，但是如此推论失之浅薄，因为我和瑞典四十年代的文艺圈毫无渊源，文艺界人士和我完全没有接触。即使他们曾想到过我，看法可能和欧伦（Gunnar Ollén）一样。在瑞典电台负责选核剧本的欧伦曾在退回我的剧本*Mig till skräck*的退稿信中说："英格玛，可惜你可能永远不会成为真正的作家，不过继续努力。祝福你！"

换言之，《监狱》必须用低成本才可能拍。马姆斯迪特答应我，只要我把预算控制在一般水准以下，他会放手让我拍。我们可用的胶卷也受限制：不准多于八千米。重重的难题激起我的斗志，我写了篇文章，谈到经济与实际上的要点：

> 拍部便宜的电影，拍部瑞典片场历来最便宜的电影，如此可自由地根据自己的良心和良知来创作。
>
> 基于此一理由，我大肆删除各项预算。计划如下：减少拍片工作天。限制搭景。不用临时演员。不用或只用很少的音乐。不准逾时工作。限制底片使用。不收音或不打光来拍外景。在实际拍片时间外排戏。一大早开工。注意不要拍太多素材。严密裁减脚本。
>
> 程序听来不很吸引人，你要拍长戏，但要长得不落痕迹。
>
> 借这样的安排，导演可争取较多时间，不会中断，并可专心。他没有机会去剪除不合用的东西，少了喘息的时间或在韵律上玩把戏。在摄影机上做好剪辑。

拍长镜头的构想当然极度危险，我实行这种冒险，在技术上还不成熟，不过我只有如此才能拍《监狱》。

我必须极尽搏节之能事。我们向另一部电影免费借了场景。在阁楼与通往阁楼的楼梯走道的场面，摄于动物园岛的诺维拉（Novilla），不过电影多半拍摄于加德（Gärdet）片场。我们只用了三面墙，不断更换壁纸，变换门窗的位置。

故事大纲与脚本中存在的一个重要主题，在完成的影片中不见了，我百般努力要拍出来却失败了。比吉塔·卡洛琳娜在住宿旅店遇见一位画家。原来故事中的这一段描述如下：

鲍林太太的客厅摆放老式的家具，地上铺着厚厚的地毯；墙上悬挂多幅意大利风格的油画；各处散放着小雕像；角落有座高高的瓷砖火炉，并没有燃着火；巨大的沙发与扶手椅；水晶吊灯从天花板悬吊而下；两扇窗帘紧掩的窗户，面朝街道，紧挨着菩提树。在一面墙上，黑色的时钟沉缓作响；一个大腹五斗柜上，一座小型的法国风格华丽时钟急促地滴答响；火炉架上则摆了些小玩意、贝壳和鲍林太太亲戚的照片，一切百年未变。

"再过一会儿太阳就要升起，那时我要给你看些奇妙的东西。"安德烈（Andreas）郑重地说，"这些东西始终令我惊奇，让我对这个老房间还有曾有人长期共居的其他老房间感到畏惧。不过，稍等一下。现在太阳已从街的尽头逐渐升起了，阳光偷偷射到这里来了。你看！你看到了没有？"他兴奋地指着墙壁。

"你难道没看到它在墙上？在那里，那里，还有那里！"

他把她拉近墙壁，第一道阳光射在其上。

"现在看到了吗？"他问，声音微微颤抖，"看这里，还有那里……那里！"

她原已注意到壁纸花样十分特殊，现在她突然发现，当阳光轻抚墙上时，在跳动的光线中，浮现无数张脸孔。

"我看到了!"比吉塔·卡洛琳娜低呼。

"对,很奇妙吧!"安德烈说。

接下来,他不敢再多说,以免打扰墙上正上演的这出神秘的戏剧。因为再过几分钟,不只阳光射到的地方有脸孔,整面墙上都会出现脸孔,有数百甚至数千张。

比吉塔·卡洛琳娜在寂静中,仿佛听见大片的耳语,低微且遥远,不过她可以清楚地辨别。大家在同时说话,有些正在笑,有些在哭,有些听来和善,有些严厉冷漠。有的声音苍老,有的稚气,还有年轻女人的声音,以及老人刺耳的高音,浑厚威严的男中音和邻家大叔好脾气的笑声混杂。全部声音听起来有如某种抽象音乐,像海浪拍打岸边,升起又低落。

"贴了壁纸的这面墙就像照片簿,"安德烈说,"而这个房间就是神奇的相机。曾来过这里的人都被拍了照。看这里!"他边说边拉她过去,手指着一张正张着嘴、半带戒备意味的脸,那是他自己的脸。

时钟突然报时,现在是五点三十分。垃圾车在马路上隆隆驶过,阳光转向,脸孔消失,声音逐渐远离,房间从淹没的时间里回来,恢复本的中产阶级模样。

乌普萨拉的外婆家有扇门也贴了壁纸。外公逝世后,她把公寓一分为二。饭厅里贴壁纸的那扇门,是从这一半的公寓走到另一半被封起来的通路。或者门后只是一个橱柜。我从未打开,我不敢。

要牢记，现实之间的分野，决定了我从一开始直到现在的人生。我的创作成果贫乏，只有几个穿越流动的边界。在《监狱》中，我绝未成功。壁纸这段戏后来的下场是字纸篓。

有很长一段时间，我根本不愿承认《监狱》。在《伯格曼论伯格曼》中，可以很清楚地看出我的这种态度。

不过，如今我已能从整体的角度来看我的作品，这部片子似乎有种清澄的气质。虽然我缺乏经验，但这部电影的摄影掌控合理，颇能令人心旷神怡。

《监狱》的演员阵容优秀。在这一方面，马姆斯迪特很大方，也很令人钦佩。他说服忙碌的当红演员哈瑟·埃克曼和他当时的妻子伊娃·汉宁参加演出。汉宁那时刚演完埃克曼的《宴会》（*Banketten*），颇受好评。埃克曼为人忠诚热心，给我很大帮助。

伊娃·汉宁把纯粹的哀伤气味带入影片中，造成意料之外的效果。她曾对我这个导演说："事情是否像这样：我们小时候热衷收集的东西，长大后却任意浪费掉，这个东西是不是叫作——精灵？"伊娃·汉宁以她的朴素、温暖和幽默感，演出漂亮的一场戏。

桃乐丝·丝薇兰（Doris Svedlund）饰演的比吉塔·卡洛琳娜也很可爱。我觉得很重要的一点是，她看起来不应该像是典型的瑞典电影妓女。《监狱》毕竟是有关灵魂的戏，而她正是那灵魂，桃乐丝散发着她自己的谜样光芒。

托马斯和比吉塔·卡洛琳娜在阁楼用小型玩具放映机放的那出闹剧，是我小时候的玩意儿。剧情叙述一个老人被关在一间神秘房间内，各式各样暴行发生在他身上：一只蜘蛛从天花板滑下；一个大坏蛋拿着长刀出现，准备杀他；恶魔从衣柜中跳出；以骷髅头模样出现的死神在百叶窗前咯咯笑着。

这场闹剧拍得很快且有效率，戏里有三个演员，意大利的布拉加契三兄弟（The Three Bragazzies）。他们曾在中国杂耍戏院表演，战争爆发后留在瑞典。

他们一大早就到摄影棚，我们从服装间挑了些戏服。约兰·斯特林堡（Göran Strindberg）架设四具散光灯，打直射光，灯前罩着防油纸，以免制造阴影。我告诉他们故事，布拉加契兄弟就像孩子般演了起来。

我们在午饭前就全部拍完，立刻送去冲印。第二天上午就冲印完成。伦纳特·瓦伦（Lennart Wallén）和我一起在泰拉电影公司的剪辑室剪好这场闹剧，我们把马姆斯迪特找来，举行我们的全球首映会。

马姆斯迪特先是开怀大笑，最后热泪盈眶，接着他请我们喝香槟。

渴

《渴》（*Törst*）是比吉特·滕罗特（Birgit Tengroth）的短篇小说集，出版时曾造成轰动。瑞典电影公司购下版权，葛兰夫尼奥斯写了很棒的剧本，把不同的故事连缀成一个连贯的故事，有平行的情节和倒叙。

我的直觉正确，找了滕罗特自己来演薇欧拉（Viola）。我强烈觉得，需要她在许多层面上和我合作。她谨慎又有技巧地帮我完成女同性恋的段落，这在当时是备受非议的题材，当然，电检单位把她和米米·内尔松（Mimi Nelson）之间的对手戏剪了不少，使得这场戏的结尾变得不太容易懂。

滕罗特在导演方面也有贡献，令我永难忘怀，她让我学到新奇但具有决定性的事物。

两位女士坐在夏日的黄昏中，共饮一瓶葡萄酒。比吉特已醉了，接过米米替她点燃的一支烟，接着慢慢地把燃烧的火柴移近自己的脸，放在右眼前方不动，直到火熄灭。

这是比吉特的构想。我记得非常清楚,因为我从未这样拍片。以几乎令人无法察觉、富有暗示性的小细节来建立情节,后来成为我拍电影的特色。

这部片子有一大半情节发生在穿越战后破败的德国的一次火车旅程上。在《监狱》中,我开始实验较长的镜头,为了开发这项技术,我们搭建了一节车厢景,可分段拆开成不同部分。当时使用的笨重摄影机,因而得以在车厢内、走道上自由移动。

《监狱》拍了很多长段的场面,实基于经济理由。在《渴》中我则想寻求简化:复杂的摄影机运动应该变得看不出来。

片场的火车搭建得并不很好:仔细看可以见到接合的痕迹。我想要的从车窗望出去的建筑物废墟要在德国实地拍摄。出于经济原因,无法办到这一点。土法炼钢的结果使得效果不太能说服人。

不过,《渴》在摄影方面仍展现可观的活力。我开始发觉自

已拍电影的方法。我已能控制这项技艺，拍出来的东西多半能达
到我的要求，这永远令人兴奋。

插科打诨／小丑

面 孔

从1952年至1959年新年期间，我在马尔默市立剧院执导舞台剧，因此，构思于1958年夏季的《面孔》反映了那段时光的经历。

那段时光我工作饱和，日子过得很波希米亚。毕比·安德森和我住在狭小、拥挤的两间半房公寓，坐落在林翰斯伐根（Limhamnsvägen）一片叫作星光之屋（Stjärnhusen）的区域。马尔默市立剧院在这些房子建造之时，明智地收购了其中几间。房子位于城市右侧，搭汽车或公车都可轻易迅速地到剧院。

我们除了周二以外都住在剧院，周二晚上没有舞台剧表演，改为举办交响乐演奏会，我们每逢这天晚上聚会。我已买了我第二台16毫米有声放映机，开始正经地收藏电影，我们安排电影之夜。

在工作上密切合作，使大家觉得休戚与共，不论在这之前或以后，我都再也没有这种感觉。当时共事的一伙人都说，那是我

105

们生命中最美好的时光。辛苦认真的工作与专业的合作，可以产生良好的结果，抵抗神经紧张、足以坏事的精神崩溃和分裂。

换言之，《面孔》和当时的情境有相当大的关联。我们和马尔默市民之间关系平淡，很少和外界接触。

我担任赫尔辛堡剧院总监时的情况则全然不同，赫尔辛堡市民觉得有演员住在城里很有意思。每逢周六，我们会应邀至法曼的糕饼店，免费大啖蛋糕和浮着鲜奶油的巧克力，我们也时常受邀到当地居民家大吃一顿。街对面有家杂货店，各种食物琳琅满目，还设有厨房。我们只需花一克朗，就可买到一顿丰盛的晚餐。我们也能以少得可怜的房租，租到一幢十八世纪古老楼房里的几间公寓。不过，豪华大饭店的主管不准我们在主餐厅进食，但是他们欢迎我们到后面较小的餐厅用餐。在晚间表演结束后，我们只花一点七五克朗，就可享用煎马铃薯、饮料和啤酒。要是身上没钱——我们常常阮囊羞涩，还可以先赊账，欠账数目越积越高。如果我们答应唱歌、朗诵或演戏娱乐嘉宾，我们就会应邀到城堡或深宅大院去接受招待。我们觉得自己深入这个城市的生活，市民热情又好客。

马尔默则是不同类型的城市。当然啦，在餐厅里，我们会得到好位子，人们对我们的一举一动流露友好的兴趣。不过，他们并不和我们打交道，餐厅与酒吧也不准赊账。

我们为观众表演，但是和他们却无交情。这种气氛在《面孔》中，由领事艾格曼（Egerman）的家来做代表。领事为人亲切、温和，他不接受陈规，而且基于可以谅解的理由，当他发现妻子和下级阶层群众混在一起时，会感到惊惶。

干我们这一行的人常常体会到，只要一直戴着面具，我们可以非常迷人。人们看到我们在灯光下表演工作，会相信他们的确喜爱我们。但是我们不戴面具出现，或更糟的，开口要钱，我们立刻变得如同草芥般不值一顾。我要说，当在舞台上时，我们有百分之百的魅力。下了舞台，则不到百分之三十五。我们设法说服自己和彼此，我们始终是百分之百，这就是我们最基本的错误。我们沦为自己幻想的受害者，我们臣服于激情，和圈内人婚嫁，忘了我们的起始点是我们的职业，而不是在幕落之后我们在街头的模样。

按我记忆所及，《面孔》中的警方主管是特意设计的标靶，代表批评我的人。那是个无伤大雅的玩笑，针对的对象是那些想操控我的人。当时的剧评人自认有责任不断敦促我做这做那，他们也许喜欢公开掌掴我。

卫生官员的角色也有所影射。

多年来，我并未恶意地描绘我所认识的人，《野草莓》中时有口角的夫妇——斯蒂格·阿葛兰（Stig Ahlgren）和比吉特·滕罗特是例外，令我遗憾。《面孔》中的卫生官员维格鲁斯（Vergérus）是另一个比较有趣的漫画式人物。我描写这个角色，是因为无法克制地想小小地报复哈瑞·辛（Harry Schein）。

哈瑞·辛是当时邦尼尔（Bonnier）很有分量的文化刊物《文艺杂志》（*Litterära Magasin*）的影评人，他人很聪明又自负，所写文章在圈内广泛获得回响。我觉得他对待我太过羞辱，他后来坚称他并没有这个意思。

更甚者，辛娶了英格丽·图林，并数次表示她应该放弃电影与戏剧，鼓励她从事绘画与工艺。

我想出一个世故的办法来困惑辛，我知道英格丽·图林热切地想持续演员生涯，便说服她加入马尔默市立剧院剧团。我想向辛证明，他错了。他从来就不喜欢犯错。

哈瑞·辛为了和妻子见面，必须固定来回于马尔默与斯德哥尔摩之间。

毕比和我因此很自然也有些审慎地开始和英格丽与哈瑞有了社交往来。我个人并不完全诚实，我内心深处想象着他那类人和我这类人之间有无法弥补的鸿沟。他想要整倒我。虽然我们表面上客气，心里对彼此却有难以形容的仇视。我必须强调，这已是久远的往事，哈瑞如今已是我的好友。

不过，在那个时候，把哈瑞·辛当成卫生官员维格鲁斯的原型，正中我的下怀。

维格鲁斯对曼达·沃格勒（Manda Vogler）说：

"我觉得可以对你倾吐秘密，今天一整个晚上，我都在和自己对你与你那备受敬重的魔术师丈夫的同情心理搏斗。

"你一走进房间，我立刻被你们的脸孔、沉默与天生的尊贵气质所吸引。这真是不幸，要不是有点醉了，我不会告诉你这件事。"

曼达回答："要是你这么想，那你最好别惹我们。"维格鲁斯答："我办不到。"曼达："为什么?""因为你们代表我最痛恨的事物，这是无法解释的。"

这个故事实际上的重点，当然是两位一体的安曼与曼达，每样东西都绕着她和她谜样的性格打转。

她代表对人类神圣的信仰。在另一方面，沃格勒则已放弃了。他卷入最低级的戏剧，而她知道这一点。

曼达对维格鲁斯直言不讳，奇迹发生过一次，而她负载着这个奇迹。虽然她完全明白沃格勒已失去信仰，她仍然爱他。

沃格勒尽管疲惫得要命，却仍重复如今已无意义的魔术把戏。杜巴尔则是剥削者，是艺术推销员。他就是伯格曼，正设法说服片场老板迪姆林，他最新的电影有用处并且有品质。

在态度极尽怀疑能事的片场主管面前，我成功地把《面孔》推销出去，让他以为这是部异色喜剧。

即使片场主管阶层也不能再否认我已成功。我这么说是很公平的。他们一直死命地否认，对主管财务的朱伯格（Juberg）来说，这已成固定仪式，每回我有片子要开拍，他总拿着账簿走进主管

办公室，说明我最新的一些电影带给公司的严重损失。

然而，如今有了原本大家都不看好的《夏夜的微笑》（*Sommarnattens leende*），这部电影和《野草莓》都出乎意料地在瑞典与国外大获成功。他们开始把伯格曼的电影卖到外国，这是以前从未出现的新状况，电影公司的反应就好像老小姐突然发现自己被几位最热情的男士追求。电影公司方面对海外销售毫无经验，公司内的确有小规模的输出部门，不过我甚至不敢确定那部门的人会说任何外国语言。他们完全不懂行情，往往使我的电影沦入强盗手里。美国则是例外，有两位年轻人已在那里成立一家发行公司，叫作雅努斯电影公司（Janusfilm）。他们满怀理想却很贫穷。他们辛苦工作，想推广我的电影。

《面孔》的演员阵容中有位老祖母，由纳伊玛·维夫斯特兰德（Naima Wifstrand）饰演，表演得很有智慧。她高龄两百，是个女巫，会弄翻烛台，让玻璃炸碎。她是有古老传统、货真价实的老巫婆，她也是全剧中最聪明的人。她贩卖自己调配的春药，把赚来的钱存下来；现在她打算退休，变成平凡无害的人。

除了安曼／曼达外还有另一个中心人物 ——演员约翰·斯佩格尔（Johan Spegel）。他死过两次，就像《呼喊与细语》中的艾格尼丝，他死了，但被堵在幽冥路的半途。斯佩格尔死了，却又没真死：

> 我还没死，但已开始在这个地方作祟。事实上，我做鬼比做人好。我变得有说服力，身为演员时，我从来不能让人信服。

111

是他立刻看穿沃格勒的伪装："一个需要隐藏真实面孔的冒牌货？"

在沃格勒举行大规模降灵会前夕，他们再度碰面："他们在暗影幢幢的幕后见面，身边的帷幕有星星图案和秘密标记。"斯佩格尔的脸转朝向黑暗。

> 我这一辈子都在做一个祷告，配置我、使用我。但是上帝从未了解我已变成如此坚强与全心奉献的奴隶，因此我被弃置不用。不，这也是谎言。你逐步走入黑暗，动作本身是唯一的真理。

斯佩格尔稍早还说：

> 我一直想要把刀，一把可以暴露我五脏六腑的刀。切除我的脑、我的心，让我和我的内脏分离。割掉我的舌、我的性器。用一把锋利的刀来刮除所有不纯的东西，这样所谓的气，才能从这副无意义的皮囊脱壳而出。

这听来或许暧昧，但的确有其中心意义。这些话反映对"纯粹艺术"的渴望。我想，有朝一日，我会有勇气让自己不会受到腐化，甚至或可把我的意图与预谋抛诸脑后。

我会对《面孔》有这样的反应，是相当自然的事，且让我举卖淫为例。

我常常觉得自己在操持持续不断但相当愉快的卖淫业。我的工作是要瞒骗观众，从早到晚都是娱乐事业。毫无疑问的，我有很多乐趣，但是实际上，我内心存在强烈的渴望，我让斯佩格尔表达出来。

《面孔》的脚本完成于1958年6月4日，电影于6月30日开拍，一直拍到暑假结束8月27日左右。那个时候我们又得回到剧院。

虽然内容阴沉，拍摄《面孔》时气氛却很美好，主要是因为大家在马尔默时代已建立默契，我们就像一群具有同志情感的小丑。后来，我在《祭典》中再度处理《面孔》的主题，情况却完全不同，气氛差了许多。

祭　典

　　《祭典》最初的故事大纲是我在1967年2月27日所写就的一段对话，当时正值《羞耻》一片的工作期间：

　　"那么，艺术家先生，请说明一下你们到底做了些什么？并且又是如何进行的？"

　　"您真要我说，阁下？（笑声）那只会令您生气。"

　　"我不会生气的。"

　　"哦，会的。您在此地的原因便是要把事情变得更严重，若是您不生气，便没有执行该任务的动力了。您根本无法忍受我们这种人，对不对？看着我，法官先生。（温和地）就是这么回事。"

　　"不，法格先生（Fikus），事情绝没有那么单纯。"

　　"我知道事情并非那么单纯，因此，我愿意示范我们当时的作为——我们称之为……"（他停了下来，显得有些犹豫。）

"你如何解释你们的越轨行为？"

"我们称之为'代为祈祷'（förbön）。"

"'代为祈祷'？代谁祈祷？"

"我也不知道，法官先生。我们只是突然有种欲望，想要去举行一个仪式、一种魔法、一种信仰告白；进入一个虚幻世界、一片迷蒙的云雾之中。阁下想必也偶尔会有感到脆弱的时刻吧，情形或许就像孩子般的无助。哦，不，我们不应论及阁下的。"

"请说重点，先生！"

"哦，是啊。我的朋友做了一副吓人的面具，在一出我们共同制作的戏里，他戴着那副面具出现。那是一出关于岳母的戏；也许我该提及我自己也在戏中饰演一个可怜丈夫的角色。"

他拿出一副恐怖的面具，那是一个有着绿发、两眼会动的老妖怪，极度扭曲的嘴旁还生了几颗疣，并且下巴蓄有胡须。

"换句话说，你被捕的时候……"

"当时我身着女装，擦了香水，态度十分镇定；我朋友则除了一对义乳以外一丝不挂。那可以说是非常私隐的一刻，当时，天色昏黄，我站在窗边，两手握着一个……一个……（轻喊出）一个容器，应该说是一个酒杯，里头装着红酒。我就那样站在微明的光线之中，外头正下着雨，但雨势不大，我想，应该只是微微细雨。

此外,还有树叶轻轻摩擦的声音。我就那样站在窗边[转身面向马库斯(Markus)],亲爱的马库斯,站到我后头,让法官瞧瞧,就像当初我们所在的位置一样,用你的左手拿着面具,右手摸着心脏。"

"唔,你们到底要做什么?"

"抱歉,阁下。我实在很为难,要我们在此地、在你面前再重复一次我们当初的小游戏,或不管你们要称它为什么,都简直是太——(哭喊出来)——痛苦了。我的意思是说,若有一丝不对劲,便全盘皆输了。"

"快一点,从实招来,我可没有那么多的闲工夫。"

"唔,我当时注视着杯底忽明忽暗的酒液,轻声呼唤着:上帝,现身吧!一旁的马库斯则将面具高举于我肩后,好让老妖怪的脸能被窗外微弱的光线照到,然后面具的脸才能像这样地反映在酒面上,然后我轻声说着:感谢上帝御临。之后,我便像这样朝那反影弯身,将酒喝下。但就在那个关键时刻,马库斯突然大笑不止,使得严肃的气氛骤然消散,而且我也忍不住放了一个屁。他甚至将之形容为一个十分恰当的颂歌尾声。而我俩就在那刻被逮个正着。"

这就是《祭典》一片的起源。两名同性恋男子站在窗边,两人都或多或少裸露着身躯。他们并没有太注意自己正站在窗边的这个事实,再不然就是他们想象自己正站在窗边。窗外靠着一条街道与一座公园。路人看见这样的景象便报了警。屋内的两名男子正进行着一个游戏。马库斯是位雕刻家，他制作了一副恐怖的面具用以象征另一位不知姓名男子的岳母大人。然后两人便突然玩起古老的"奉举圣体"仪式（elevationsriten）了。

换言之，原始的想法更露骨、更容易理解，也比后来完成的电影版本更令人不舒服。

我从关于酒神信徒的研究论述中读知这种奉举圣体的仪式，并与拉斯·列维·拉斯塔迪乌斯（Lars Levi Laestadius）商量在剧院中的主厅制作一项演出［欧里庇得斯之《酒神女信徒》（Bacchae）一剧］，希望由耶特鲁德·弗里德饰酒神狄俄尼索斯（Dionysus），马克斯·冯·叙多夫饰彭透斯（Pentheus）。我们于是展开各项准备计划，但情势并不看好。马尔默市立剧院唯一的任务仅在于将民众吸引至剧场。于是在"弊多于利"的考量下，我们只好狠心割爱。剧院当时正处于存亡关头，而这个演出计划却不十分妥切。

古希腊的时候，剧场与宗教仪式之间的关系是密不可分的。观众早在日出之前便已抵达仪典会场。戴着面具的祭司则在黎明时分出现。之后，当太阳自山头升起照射舞台中央的时候，大家会看到那儿有个竖起的小型祭台，祭台上的大型器皿则盛着待祭动物的血液。这时有一名戴着象征神祇的金色面具的祭司会藏在其他祭司的背后，待太阳升得更高的时候，两名祭司会在一个精确的时刻将祭器高举，以便让观众看到血液上所映照出的金色面具反影。这时，群鼓急鸣，牧笛狂响，台上的祭司们也高声齐唱颂歌。几分钟之后，主祭才举起祭器将里面的血液喝下。

我最初的想法是应可同时拍摄《祭典》与《羞耻》两片。《羞

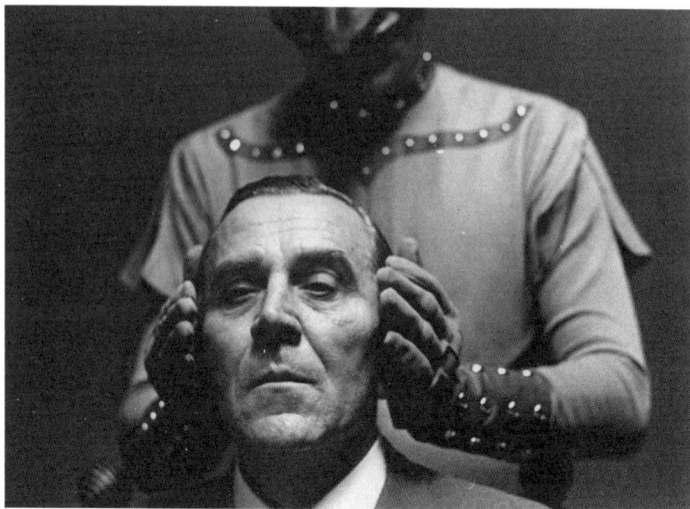

耻》一片几乎全都是外景戏，但我们还是搭建了一间同时亦可充当摄影棚的屋子。如此，下雨天的时候，我们便可待在室内把玩摄影机，而这就是我将《祭典》一片称作"摄影机与四位演员的运动"的原因。

我迅速且平实地将《祭典》的拍摄脚本写出，但由于一些其他因素，该片并未如预期般可与《羞耻》一片平行进展。然而，我却不愿松手。我设法吸引英格丽·图林、古纳尔·布约恩施特兰德（Gunnar Bjornstrand）、埃里克·赫尔（Erik Hell）以及安德斯·埃克（Anders Ek）等人来加入这个快速的制作。我们将花一周的时间排练、九天的时间拍摄。

《祭典》一片并无太多的照明，影片的挑衅意味亦十分明显，因此，不论在内部的戏剧部门，抑或评论界，均造成震惊。

当我在皇家戏剧院的任期届满之时，曾引发内部严重的不满。

我们使得曾似"睡美人休眠的城堡"般的剧院整个复活过来；我们，如瑞典俗谚所述，"将教堂设置在村镇的中心"，即谓在首要的地方安置首要的事物；我们将剧场各部分巨细靡遗地重新装置；我们开始上演时事性戏码；我们提供剧院的主厅给儿童剧团，演出中国厅则配予学校的剧团做表演；我们甚至还到外地巡回公演；我们持续加速演出的频率，每季作品产量竟高达二十多出戏剧演出；我们几乎是竭尽所能地运用了属于剧院的每一分资源。正因如此，使得我们／我不断地遭到不满者的非难。

众人的愤怒与不满必须找到发泄的管道，而那正好就是《祭典》这部电影。

我想我多少有些自觉地将自身的影子分布至片中的三个角色之中。

塞巴斯蒂安·费舍尔（Sebastian Fischer，安德斯·埃克饰）的为人：无责任感、好色、反复难料、幼稚、情感不稳定、随时有精神崩溃的可能，但或许有些创作力，具严重的无政府主义倾向，纵欲、懒散、温和亲切、残忍。

汉斯·温克曼（Hans Winkelmann，古纳尔·布约恩施特兰德饰）却十分有纪律、待己甚严、富有责任感、遵从社会规范、脾气温和、有耐性。

我相信名为西娅（Thea，英格丽·图林饰）的那位剧中女子则是我在半自觉状况下，一种自我直观的描绘的尝试。她面目模糊、岁数不详、服从，有一种取悦他人的需求。她时有向上帝、天使与魔鬼说话的冲动；她自认是位圣人，祈求圣痕显现（stigmatisation）。她敏感到一种令人难耐的地步，有时甚至无法

119

忍受身上穿有衣物的感觉。她既无建设性也无摧毁力。她是一个负责接收外星球秘密讯号的抛物体。

这三者相生相成、牢不可分，任何一者均无法抛离另外两人而独自存活运行。只有在三者相互形成的张力下，才有成就功绩的可能。这是一种自我剖析的野心，是试图去描绘自我运作的实际状态，并设法了解其间的驱动力从何而来。

西娅有几名姐妹：《犹在镜中》中的卡琳曾在该片中越过墙纸，与一名蜘蛛神说话；《呼喊与细语》中的艾格尼丝曾在片中陷于生死两极的中途；在《面孔》一片中的安曼／曼达则不断地更换她的性别。或者，她在《芬妮与亚历山大》一片中还有一位叫作伊斯梅尔的表兄。他则必须终日被反锁房内。

从这样一个三位一体的角度看来，我在皇家戏剧院的那几年过得并不好。不论是塞巴斯蒂安或是西娅均无任何存活的空间，唯一有发言权的只有律己甚严的汉斯·温克曼。另外两人一概沉默、虚弱、萎败。

经过这番诠释之后，西娅自我描绘的一段话应就可以被理解了：

> 我故意扮作圣徒或是烈士的姿态，这也是"西娅"
> 之名的由来。我可以在走廊上的大桌坐上几个小时，瞪
> 着我的掌心发呆。有一次，我的左掌一阵发红，却并未
> 见血。我假装牺牲自己以救赎汉斯或塞巴斯蒂安。我故
> 作狂喜之姿，与圣母对话，深思信仰与怀疑、反抗与困
> 惑。我是一个负疚过重的罪人。因此，我会拒绝我的信

仰，原谅自己。这不过是场游戏，在游戏之中的我总都一样，时而具备十足的悲剧色彩，时而进入无极的亢奋状态，且行来毫不费力，就像流水一般从容不断。

我向一位医师抱怨我的病况，他说旅行生涯对我的精神状况有害，他于是开了"家庭、丈夫、小孩"这样的处方给我，亦即"安全感、秩序、日常生活"这些东西，他又将这些元素称为"现实要件"。他指出一个人不可以将自我与现实隔绝，如同我之前的行止。然后，我问他是否大多数人均认为人的一生即等同于现实，抑或还有他种不同现实的可能。他的回答则是：一个人必须尽可能地去让自己过得好一点。我告诉他：我绝非不快乐。之后，他只是无奈地耸耸肩，并开出一张处方。

本来的想法可能是：连片中可怜的法官（埃里克·赫尔饰）都会带着一种宽容的态度，不过，我却觉得此点表现得并不特别成功。

他恳求三位艺术家应将他视为凡人，却为时已晚。他犯下了强奸罪，即将问斩。被判刑的那名男子甚至在刽子手的刀斧落下时还在为自己求情。

当我今日再回头重看《祭典》这部电影，发现其实影片与对白均可再有不同，虽然该片结构紧密，部分剧情也甚具娱乐效果，却不乏晦涩难懂之处。譬如塞巴斯蒂安在法官面前崩泄内心感受一幕，便为一例：

我从未宣誓进入任何一个教派，我也不需要任何神祇，或祈求永生的救赎。我就是自己的神，我有一群属于自己的天使与魔鬼，我住在安全的海底深处，不论是狗叫、孩子哭、日出、日落，都吓不了我。再没有人可以吓得了我。无论是有风侵扰我的海洋及黎明，抑或有鸟在水面那头爆发惊叫，都不会让我心生恐惧。因为在绝对的静止状态中，我可以向自身祷告，祈求平安。

但在十二年之后，塞巴斯蒂安却再度感到惊慌失措。关于此点，我们日后会再多做讨论。

小丑之夜

关于《小丑之夜》这部电影实在没太多好说。你甚至可以说它是一场心魔大战，一场布阵妥当的心魔大战。剧本是在莫斯巴克广场（Mosebacke torg）的一家小旅馆里写的，也就是南方剧场（Södra Teatern）所在的同一栋建筑中的那家旅馆。旅馆房间很窄，却可俯瞰整座城市与达数英里之遥的海湾。在旅馆与剧院之间有个秘密的回旋梯互通。晚上我可以听到剧院上演滑稽歌剧的乐声，有时，演员与他们的访客甚至会在旅馆中的餐室里举行派对。就在此地，《小丑之夜》的剧本在不到三周的时间内孕育完成。我记得我将妒忌的魔鬼们安上鞍辔，并令之负重奔行，剥削其劳力。整个剧本一气呵成，从头到尾我都没有停下来重做思考，或添增什么内容。

故事源自一个梦，而我也在剧中人弗洛斯特（Frost）与阿尔玛的回忆中描述了这个梦。那是一个显而易解的梦。在那之前的几年，我正陷入狂恋。我以工作的需要为借口，怂恿我的情人将

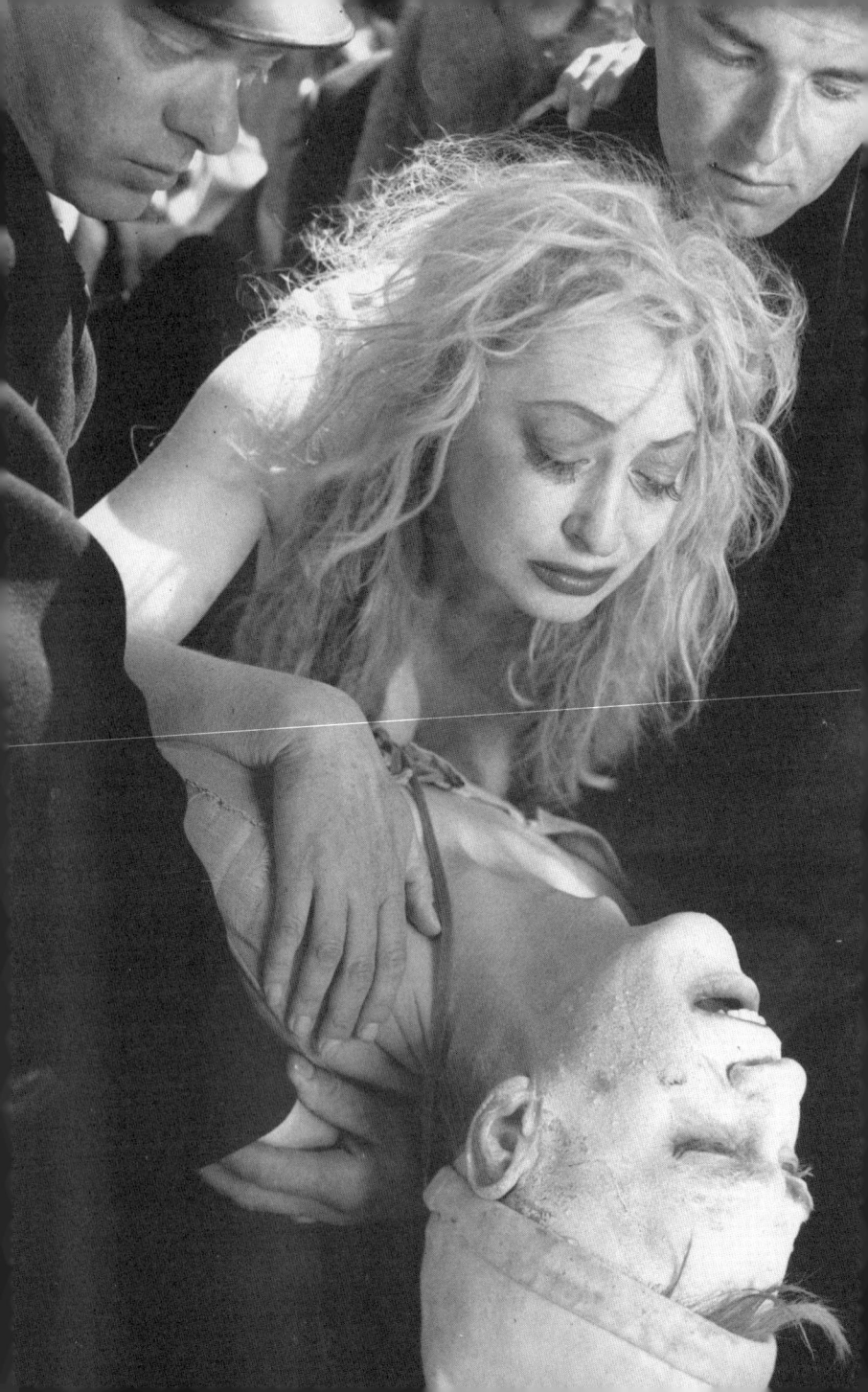

其个人丰富的性经验详细道出。不料我听了之后难抑妒忌之情，竟致身心备受煎熬。之后，原始的羞辱情结与妒火二合为一，形成了一种岌岌可危的情势。若以音乐的术语来解释，你可以将弗洛斯特与阿尔玛之间的"插曲"（episode）视为主旋律，然后在接下来的完整时间架构内，则分别衍生出数次的变奏，其中皆以情欲与羞辱为该曲音乐的基础和弦。

《小丑之夜》是一部比较诚实或说是厚颜暴露私隐之作。马戏团老板艾伯特·约翰逊（Albert Johansson）极其喜爱团里的混乱生活型态，并与一名唤作安妮（Anne）的女子热恋。但他也会不时地想要回到从前与其妻子安全的中产生活之中。简而言之：他是一个情感矛盾、狂暴混乱的个体。艾克·葛伦堡（Åke Grönberg）之所以在剧中饰演这个角色，完全是因为该角色摆明了是为他所写的，因此与杜邦（Ewald André Dupont）及埃米尔·雅宁斯（Emil Jannings）所合作的《杂耍班》（Varieté）一片并无关系。事情甚至还要更单纯。试想：若是一名又瘦又瘪的导演要在剧情中刻画自己，他当然会先找一名又肥又胖的演员来饰演他自己啰。

葛伦堡原本是一名喜剧演员，据称性情温和、体格圆胖。但在饰演艾伯特一角时，他却展现了另一种潜力。在拍片期间，他多半显得狂野、愤怒，因为他已将自己带入了一块陌生不安的区域。然而，偶或轻松下来的时候，他也会对着我们唱唱歌，从民歌、从前的流行曲到内容低俗的一些民谣，不一而足。我对他是又爱又恨，我想他对我也有同样的感觉。

而创作力却在那样的张力下引爆了。

若谓《小丑之夜》一片有受到其他电影的影响，那也绝不会是杜邦的《杂耍班》。《杂》片剧情虽在类似的空间背景发生，但就影片的主题来说，却与《小丑之夜》全然相反。在《杂》片之中，雅宁斯杀害了他的爱人；但在我的片子里，艾伯特却企图超越了他的嫉妒与羞辱，因为他有着一股无可抵挡的需求去爱他周遭的人。

我们在外景地待了很长的一段时间，拍摄了所有不同天气的户外戏。逐渐地，我们与马戏团里的人及那些动物们进入了一种高度依赖的共生状态，不论你由哪个角度来看，那都是一段极为狂乱的时期。不过，正如我先前所说的：我对《小丑之夜》这部片子并没有太多好说的。

影片杀青之后，我与哈里特·安德森至阿里尔德（Arild）度了一个假，那时虽然还未开始该片的剪辑工作，但我对拍摄的情况相当满意。喜悦之余，我竟在我们居住的公寓楼房中写了一部喜剧。我写剧本的时候，哈里特就在海滩上做日光浴。那个喜剧故事就叫作《恋爱课程》（*En lektion i kärlek*）。

在《恋爱课程》接近完工之时，我又开始为桑德鲁片场（Sandrew Studio）忙起《花都绮梦》（*Kvinnodröm*）这部电影，因为在《小丑之夜》大败之后，我答应了鲁恩·华德克朗兹（Rune Waldekranz）将为片场拍部喜剧。表面上看来，《花都绮梦》这个故事是由两个《小丑之夜》一片的主题延伸出的变奏所组成。截至当时，我与哈里特已结束了情感关系，两人都觉得颇为伤感。这种情绪使得该片无法轻松起来。但可以确定的是，两个故事之间的确存在一种有趣的互通关系。不过，《花都绮梦》这个故事却严重为我的沮丧所伤，以致无法起飞。

　　温和一点来说，《小丑之夜》这部电影引起了极其混杂的反应。一位住在斯德哥尔摩的权威影评人说他"拒绝以肉眼检阅伯格曼先生最新的吐泻物"。对于来自多方的敌意评价而言，这句话是极具代表性的。不幸的是，我却不能宣称自己全然不为所伤。

蛇 蛋

我在《魔灯》中写道：《蛇蛋》在艺术成就上之所以会失败，应归咎于我将那座城市命名为"柏林"，并把时间定在二十世纪二十年代，"假如我成功地创造出自己梦中的城市，那从来不曾存在也永远不会存在，却以精致的细节、气味及声响呈现其自我风貌的城市。假如我成功地创造了那样一座城市，那么我不但能够以全然的自由和归属感长驱直入；更重要的是，我还能带领观众进入一个不属尘世、却和他们秘密相亲的世界。但是我并没有成功，在《蛇蛋》中，我冒险闯入了一个没有人认得、连我自己也不认得的柏林"。

现在，我相信使它失败的原因远较上述复杂。我对时间及社会背景的选择，或许真的有待商榷，但是谁也不能否认当初投注在片中布景、服装及角色分配上的苦心。这些细节全经过专业人员悉心处理。如果你纯粹以电影艺术的观点来看《蛇蛋》，就会发现它具有完美的整体感，它说故事的方式确实也有沦肌浃髓之效。整部电影没有一刻是懒怠的，反而显得过度兴奋，就好像吞食了大量的类固醇一般。

可惜它丰沛的生命力只是一种表象，其中却包藏着失败。

筹划初期，我本想为萦绕多时的一个老点子翻案——两位空中飞人因为另一位表演伙伴丧生而受困异域的故事。他们被困在一座战云弥漫的城市里，两人每下愈况的惨境，正好和那座城市的毁灭相互呼应。《沉默》和《祭典》也源自同一个主题，但我认为这个主题还有发展成第三部电影的余地。不幸的是，我在筹划剧本期间所做的第一个决定就将我引入歧途。

当时是1975年11月初，那年夏天我读了约阿希姆·费斯特（Joachim Fest）所写的希特勒传，还在工作手册中引述其中的一段话：

> "通货膨胀为现实涂抹上一层怪诞的色彩，不仅压碎人民服从社会秩序的意愿，更毁灭了他们对事物恒常性的认同，逼迫他们习惯活在不可忍受的气氛之中。整个世界的理想、礼俗及道德都在崩溃，其后果不可测知。"
>
> 因此这部电影必须在阴影及阴影的真实性中成形。这即是天谴！此刻是1923年的11月，冷得像地狱，没有木材点火，人们的钞票要用重量来计算，整个世界都颠倒了。
>
> 人物介绍：
>
> 亚伯·罗森堡（Abel Rosenberg），三十八岁，失

业的马戏团表演者。他在毫不知情的状况下，害死了自己的兄弟。

汉斯·维吉斯（Hans Vergérus），和前者年龄相仿，或许稍微老一点，大约四十五岁。是一位正在进行可疑实验的科学家，对人类及人性行为皆持暧昧的态度。

曼拉·伯格曼（Manuela Bergmann），三十五岁，正在走下坡的妓女，受到非人的待遇却还不肯放弃。在她被剥削的灵魂中，有五百种严重伤害。

当时我尚未感受到自己税务案的冲击力，不过那段描述德国崩溃的文字却刺激了我的创作欲望。我一向对混乱与秩序之间难以操控的平衡感深感兴趣，我认为莎士比亚晚期剧本中的张力，主要就是由这种冲突造成的（当然他还运用了许多其他的技巧）：一边是充满秩序、受道德礼俗约束的世界；另一边则是这几种力量彻底的崩溃——一场无法防御的混乱，突然闯入常序的现实中，并将之彻底摧毁。

我当然没有警觉到自己已将失败的种子揽入怀中，因为我企图把两位表演者困于危城的主题和维吉斯偷窥狂的主题结合在一起。

第二个主题，我早在1966年就开始把玩，当时我写了一些东西，却完全不确定它未来会发展成什么样的故事：

他开始研究人们在遭遇到人为事件时的脸部表情及反应，起先他并无恶意，只是把自己拍到的片段播放出来而已。有一天，他拍到一个正在自杀的人，接着他又去拍摄一位被他杀害的人。他找到的下一位主角是一个饱受凌辱的女人。最后他决定自己来创造题材：他从精神病院里弄出一个患有严重失忆症的男人，再安排他去跟一个女人在一起。这两个人在他们可以自主的空间内安定下来，一起生活，甚或相爱。在一旁记录的他心生仇恨及嫉妒，于是开始介入操纵这两个人的日常活动，从中制造猜忌及冲突，一步一步攻破他们的防线，使他们终于走上彼此毁灭的路。到了这个地步，他别无选择，只好研究自己，他把摄影机对准自己，服下一种会令人极端痛苦的毒药，记录下自己缓慢的死亡过程。

事实上，这个题目已经可以拍成一部电影了。后来我不断在类似的主题周边徘徊：像是一直没拍成的《没有爱人的爱》（*Kärlek utan älskare*），还有连剧本都没写完的*Finn Konfusenfej*。

造成《蛇蛋》一败涂地的原因，是偷窥狂这个主题和两位表演者的故事完全不搭调。他们之间的关联只存在于我对世界大灾难与理想破产的幻想之中，再加上我分崩离析的私人生活：11月19日，税务官员对我发出第一份备忘录，新闻媒体也以迅雷不及掩耳的速度用头条配合报道。

工作手册：

下午、夜晚。恐惧、焦虑、羞愧、耻辱、愤怒。被别人这样指控，却无力为自己辩护。这个法庭不由得我提出任何解释，就已经预先判我有罪。老实说，我在这整个事件一开始的时候太掉以轻心了。我听从朋友们的建议，心想既然他们是靠这行吃饭的，当然不会错。每件事都已安排妥当，交给最适当的人选去办理。

当然，其实这并非症结所在。真正的问题出在我的反应上。我像一个孩子，充满恐惧地倒向指控我的人。我想同意他们的说辞，我想告解、做个乖小孩，我想为自己的行为付出代价。

一种危险的情绪突然从我孩提时代的黑暗恐惧中跳脱出来。我做了坏事！虽然我并不知道自己犯了什么错，却有罪恶感。我的常识企图分析情势给自己听，却徒劳无功。羞愧已在我身体里根深蒂固，公之于世的污名只会更强调这个感觉。我的常识为早年的尖叫及泪水哽咽窒息，变得声音微弱——因为当年并没有上诉这回事，你早早就被判定有罪或无罪，唯一能使你平静下来的，就是惩罚、悔恨（即使你并没有对不起任何人），以及最后的谅解——那是一股不知从何处飘送过来的恩慈。于是严苛的声音突然变得温和；一旦罪人受到惩罚之后，包围在他周围的死寂也就冰释了。他被惩罚、又重新被接纳；他被洗涤、被原谅，不需要在圈外挣扎，又是家里的一分子，又有了归属感。

那就是我的感觉：焦虑在我的肠子里乱窜，到处张牙舞爪，胃里好像装了一只发狂的野猫。我像得了怪异的高烧症，双颊如火。这个病我已经四十年都没有再患，如今却必须在众目睽睽之下重温旧魇。

度日如年。经过这一切，我的生活会变成什么样子？我还可能继续工作吗？发生这样的丑闻，我的创作欲望还会复苏吗？面对这样的现实，我还有力气继续玩我的游戏吗？原来当时的情况是这样的……我现在记起来了。此刻的我和当时的我感到同样无力，就像一个被卷入漩涡的人一样，毫无抵抗的能力。我想奔向黑暗、瘫痪、歇斯底里，我想向自暴自弃的诱惑投降。那个时候的我，既是五十七岁的我，同时也是七岁的我。最起码我也应该打心底厌恶那些精明厉害的官僚，是他们带给我这么多折磨。但我连那一点都做不到。五十七岁的我小声地说："别计较啦！这是他们分内的工作嘛！"而七岁的我更是从来不敢怀疑执法人的权威与可信度。七岁的我永远都是错的——他这么对五十七岁的我说，五十七岁的我当真就相信了，反而对自己的常识充耳不闻。尝试用平静、就事论事的声音说：这整个事件只是人类社会一场关于羞辱的悲喜剧中一段令人恼火的小插曲，所有的角色和台词早就预设好了。没有谁会在乎，没有谁会受到真正的威胁，除了一些幸灾乐祸的人之外，没有谁会有特别的感觉——除了那个躲在五十七岁身体里、精神残疾的小丑！他让五十七岁的我饱尝屈辱、羞愧、恐惧和自弃之苦而不停颤抖，日复一日，夜复一夜。

就会有这么荒谬的事！

如果我能让自己静下心来仔细思考，这次的经验对塑造亚伯·罗森堡这个角色来说，绝对是最佳的素材。他的感觉一定和我的一模一样，只有我能够做最贴切的描述，因为我知道被别人指控的感受是什么、有多么可怕。你会变得甘愿接受惩罚，甚至盼望惩罚早一点开始。在那一瞬间，有一小点愉悦自你体内散开，冒出小小的泡泡，使我兀自笑出声来。这毕竟是个好兆头——在一片焦虑的汪洋之中，我居然还能找到一点点愉悦。或许五十七岁的我终究能够制服那个尖叫不停、嗜罪成瘾的小孩——有可能吗？管它的！就假装这是可能的吧。我的心因为这为时一秒钟的想象突然平静下来。

或许留在此处、保持镇定、不冲动、不受制于困窘、屈辱是可能的！留下来，不要企图逃走，忍受一切，同时利用这次经历，学习以健康、客观的态度去据理力争，发泄愤怒。或许这个经验对自己反而有益。

两天之后我写道："噢，昨天和今天我都能够写作！虽说仍是因为意志力的成分大、灵感的比例小，毕竟还是有点感觉，就好像自己已经写完一幕戏似的。"

事实上，我手中的创作工具已被掠夺，却仍然固执地把《蛇蛋》的剧本拼凑出来。在这段时间内，律师们不断进行"协商"，将大事化小，同时也开始与税务局沟通。我很平静，但那份平静只是一个表象。

1976年1月26日，税务稽查员前来拘提我。当时我刚结束

《面对面》的剪辑工作；古内尔·林德布洛姆正准备替我的公司Cinematograph开拍《天堂广场》(*Paradistorg*)，我已敲定要和她及乌拉·伊萨克森（Ulla Isaksson）开会，讨论剧本及角色安排的问题。同时我也开始在皇家剧院排演《死之舞》(*Dödsdansen*)，《蛇蛋》的剧本也正式完成。

但实际上一切都不对劲！创作的工作已被干扰。我幻想自己可以运用一个未成气候的情况，迫不及待地派遣自己的创造力前来支援，以为它是万能的，可以同时当医生、护士和救护车。

接下来整个计划开始支离破碎，我也收拾行囊离开了。凑巧我需要前往德国为自己拍的德国片做宣传，碰上劳伦提斯，他认为《蛇蛋》相当诱人，于是提供我一个工作机会。当时，我身边带着《呼喊与细语》《婚姻生活》，还有《魔笛》这几部片子，我的名字颇具"票房号召力"，因此最后谈妥的导演报酬也颇为可观。

虽然我还可以照常过日子，但其实已经毁了——一种极危险的状态。那次经验留下来的毒素变成了我的引擎和燃料，我顽强抵抗，以为这么做会带给自己更多力量。

在开拍之前，我去医院为保险做例行体检，医生告诉我，我的血压高得很不正常，难怪那一阵子每次我在慕尼黑街上走路，总觉得好像在发烧，两颊绯红。本来以为只是不适应当地海拔六百公尺的高地气候。直到那次事件发生之前，我的血压一向都很低。

我开始吃降血压的药，但毫无成效——吃药只会让我人格分裂。

现在我能以轻松的心情辩解说：那全是因为当时我对每件事的反应都错了。我想用最快的速度拍完一部电影，只为了向全世界证明我仍然有这个能力。我受到《蛇蛋》的蛊惑，再加上周围的人都在鼓励我，告诉我那个故事有多么妙。拍摄工作变得繁复浩大，我不断对自己说：这将是我自己到目前为止拍过最棒的电影。我像得了狂犬病一般，所有储存的力量奔泻而出，化为行动。

自己正在创造一部传世经典的幻觉一直持续到剪辑阶段。同时我还在和王宫剧院（Residenztheater）协商要推出斯特林堡的《一出梦的戏剧》(*Ett drömspel*)。那也是一部超级大制作：剧院聘请四十位优秀的演员参加演出。可是整个计划错误百出，尤其是布景设计更可怕。

每天早晨我走路去剧院时，都必须经过旧陆军博物馆的废墟。有一天我突发奇想，觉得有一处废墟正是《一出梦的戏剧》的理想布景。

等到我去剧院观察完工后的布景，我的第一个冲动，就是想转身回家，永远都不要再回去。整个布景巨大无比，演员们站在台上就跟小蚂蚁一样。其实我们根本不用演戏，只要把幕拉起来，给观众看那堆废墟，然后就可以谢幕了。那个背景说了整出戏！

我在1923年出版的老《Simplicissimus》[1]中发现一幅炭画，粗略地描绘在冬天黄昏里交通繁忙的柏林街景。虽然我们为了寻找适合的场景，走遍了柏林及其他的城市，却找不到一处可以和那幅画媲美的街道。更巧的是，画中的街名叫作"伯格曼大街"

---

1 创刊于1896年的德国讽刺杂志。——编注

（Bergmannstrasse）！我费尽唇舌，终于说服制作人在巴伐利亚（Bavaria）片场里把整条街——包括街上的电车轨道、两旁的后院、小巷和圆顶建筑的大门——全部搭建起来。整个工程所费不赀，我兴奋得连头都晕了。

这些事件彼此关联，《一出梦的戏剧》里的废墟和伯格曼大街全是同一种疯病下的产物，都是我患了高血压和精力过盛症的结果！

警钟不断在响，我却不想去听。

为了替我的男主角亚伯·罗森堡物色演员，我和英格丽去了美国。我先找到达斯汀·霍夫曼（Dustin Hoffman），问他愿不愿意演亚伯。他在仔细研究过剧本之后，提出各种睿智的分析，可惜在我再三催促之下，他表示觉得自己并非恰当的人选。他在抽身的时候还安慰我，说他相信跟我合作应该会是个愉快的经验。

接下来我联络到罗伯特·雷德福（Robert Redford），并跟他约在我们下榻的比佛利山（Beverly Hills）旅馆见面。他的态度友善且积极，却不相信自己可以扮演好一位会表演马戏的犹太人。

虽然我对霍夫曼及雷德福都产生极大的敬意，却并没有醒悟到他们俩的先后撤退是一个危险的预兆。

后来我转而求助彼得·法尔克（Peter Falk），我一直认为他是个很好的演员。他对那个角色持乐观态度，却因为合约谈不拢而拒绝接片。就连他也退到一旁去了。

这个时候我们进退维谷，但是忠心耿耿的劳伦提斯并没有气馁。在一次紧急会议中，他提出一个新的建议："找理查德·哈里斯（Richard Harris）好不好？"

我的脑袋再一次完全停止活动。大概是因为我已经走火入魔了，觉得《蛇蛋》非拍不可。

理查德·哈里斯当时正泡在马耳他的水里拍片，演一位和鲸鱼谈恋爱的疯癫船长。在拍片期间，他大部分的时间都待在劳伦提斯为该片特制的一个大水槽里。从水底传出他的答复：他希望能和我合作，愿意演那个角色。

拍摄进度延迟了三个月。我回到慕尼黑，进行一连串的试镜，继续准备的工作。所有人都已在自己的岗位上待命，巴伐利亚制片场的巨大引擎已经开始发动，耗费不赀的布景也已搭建完成。斯文·尼科维斯特和我从早到晚不停地测试服装、家具和面具。大家的工作情绪都很高昂。巴伐利亚也尽可能地配合我们的需要，万事俱备，只欠东风，就等理查德·哈里斯从他的大澡缸里浮出来。

等到他终于浮出来的那天晚上，正好碰上我必须赶赴法兰克福去领他们颁给我的歌德奖。

我交代我的协调人哈罗德·尼本扎尔（Harold Nebenzahl，一位会说十二种语言、办事又有效率的厌世者）去机场接哈里斯，并安排他住进我和英格丽下榻的希尔顿饭店。等我隔天回来之后，中午就可以和他共进午餐。

第二天早晨我们下楼在大厅里等候哈里斯和他的女伴，斯人却杳如黄鹤。搬行李的小童在我们的追问之下，透露哈里斯先生已在当天早晨离开，并预定了伦敦的萨沃伊（Savoy）酒店。

尼本扎尔和我在绝望之余，包了一辆私人飞机飞去伦敦，住进萨沃伊之后才得知哈里斯虽然人的确在酒店里，却不允许任何人打扰。我们只好到泰晤士河上去散步。等到晚上十点，我从自己的房间打电话给他，告诉他我们应该停止这场捉迷藏的游戏。他为了导演没去慕尼黑的机场迎接他，正在气头上，并且认为歌德奖根本不足以作为我缺席的理由。最后我们终于同意在他的房间里见面，坐下来一直谈到深夜，两人才又协议好他应该参加《蛇蛋》的演出。但是他必须先飞到洛杉矶处理几天事情，过两天就会抵达巴伐利亚，届时我们便可正式开拍。

当我们飞回慕尼黑时，全体工作同仁以咖啡蛋糕彼此恭贺。

隔天劳伦提斯打电话告诉我，理查德·哈里斯因为在马耳他的水槽里接触到某种阿米巴原菌，染上肺炎，预计需要一段相当长的时间休养，我们得另外找人。

直到那时，我才首度听到大卫·卡拉丁（David Carradine）的名字。劳伦提斯寄给我卡拉丁最新的电影让我隔天观看。电影讲一位乡村歌手，确实令我着迷。卡拉丁是优秀的沙剧名伶约翰·卡拉丁（John Carradine）的儿子，长相特别，歌声扣人心弦。他让我想起另外一位演员——埃克。"上帝终于对我指出谁是亚伯·罗森堡了！"这个念头牢牢地攫住我。

两天后，卡拉丁抵达慕尼黑，我们终于可以开拍了！在我们头一次会面时，卡拉丁显得心不在焉，反应有点奇怪。工作队为了营造适当的气氛，决定以共同观赏两部关于柏林的古典电影——《克劳斯妈妈的幸福之旅》（*Mutter Krausens Fahrt ins Glück*）和卢特曼（Walter Ruttmann）执导的《柏林：城市交响曲》（*Berlin – die Symphonie der Grosstadt*）——作为开镜的仪式。在戏院灯灭的那一刹那，卡拉丁立即沉沉睡去，鼾声大作。等到他醒来的时候，我们已经没有机会和他讨论他的角色了。

在拍摄期间，大卫·卡拉丁仍然不断重复同样的行径。原来他是个夜猫子，白天一直打瞌睡，你在任何时间、任何地点，都可能看到他在睡觉。不过他同时也非常认真、准时，而且总是有做准备。拍摄进度在预定时间内完成，我感到非常满意、骄傲、满怀期待，就等着影片上演，造成轰动。

过了很久之后，我才痛苦地觉悟到其实它是个大失败。我甚至对影评人含混的反应都浑然不觉。就像是被自己意志力强大的后援系统乐迷了。一直等到生活慢慢恢复旧日平静的节奏之后，我才体会到自己失败的严重程度。不过，我从来没有后悔拍摄《蛇蛋》，因为那是一次对健康有益的经验。

傀儡生涯

在《魔灯》中，我提到1985年我在法罗岛起草的一部电影。故事内容原本是关于"一位默片时代的耆老。有人在着手翻修一栋乡村避暑别墅时，无意间在屋子底下发现他留下的一堆已经腐蚀了的胶片，藏在无数个金属匣里。人们开始研究这些影像之间的关联：擅读唇语的专家试着解读影片中演员所说的台词；其他人则尝试将不同的连续动作组合成各种蒙太奇。整个专案牵涉的人员愈来愈多，阵容愈来愈大，花费如水涨船高，对工作内容的控制也愈显棘手。结果有一天所有的硝酸底片及醋酸拷贝全着火了，整栋房屋付之一炬，全宇宙都松了一口气。"

我很快就把刚开始起草的这个剧本搁置一旁，因为我的身体在提醒我的灵魂，必须履行对自己的承诺，全面休工。不过，一想到能够无中生有，不借助任何剧本来创造出一部电影，确实令我兴奋。更何况这个点子我以前就曾经玩味过一次。

客居慕尼黑的第二年（1977），我开始写一个名为《没有爱人的爱》的故事。后来故事内容变得非常庞杂，结构支离破碎，因为它在反映一个大变动，显然是我放逐经验下的产物。故事发生的地点在慕尼黑和附近一带，主题和我的无声电影故事相同，讲一堆为数可观、被同一位导演丢弃的影片素材。

《没有爱人的爱》的剧本于1978年完成，它的前言是我写给朋友及工作伙伴的一封信：

> 每当我着手筹备一出舞台剧，我的第一个和最重要的问题都是：为什么剧作家要写这个剧本？为什么最后这个剧本会变成今天这个样子？如果现在我用同样的问题来问自己：为什么要写这个剧本？为什么它会变成今天的样子？我的答案将充满犹疑，还会因为种种自圆其说的说辞而显得拖泥带水。如果我坚称自己是为了对人类某些模式、政治上的犬儒作风，以及情感最终的堕落感到厌恶而写的，那么我只说了一半的实话。因为在这同时我也想表达爱的可能性、某些片刻的丰盈之感，以及人类为善的能力。

虽然我准备自己花钱拍摄《没有爱人的爱》，在瑞典却找不到一个人愿意合作投资。我去见《蛇蛋》的德国制片霍斯特·维兰特（Horst Wendlandt），他是一朝被蛇咬，十年怕井绳，就连劳伦提斯也回绝了我的要求。很快我就认清一项事实：这个庞大昂贵的计划是不可能付诸实行的。我在这一行里混了很久，知道如果你涉足的计划愈昂贵，遭遇到的挫折和拒绝可能就会愈多。

于是我毫无怨尤地把那个计划埋葬了，事后也没有再去想它。后来我为了营造及强化王宫剧院成员之间的合作默契，安排大家一起去拍一套电视剧。那个时候我才把《没有爱人的爱》重新挖掘出来，从中淬取出彼得和凯特琳娜（Katarina）的故事。

除了其中有几幕是直接从旧剧本中移植过来的，否则《傀儡生涯》可以说是一个全新的剧本。

故事的骨干取材自我自己真实的观察心得及回忆。它在讲两个被命运结合的人，既分不开，在一起又很痛苦，徒然是彼此的桎梏。这个主题，长久以来不断地纠缠着我。

彼得和凯特琳娜曾经在《婚姻生活》中首次露面。在第一集里，他们为约翰及玛丽安（Marianne）的主旋律担任对位的部分。

彼得和凯特琳娜无法分开，也无法在一起生活，彼此对对方做出各种残酷的伤害，只有处在这种情况下的两个人，才可能变得这么狠。就像一块儿娴熟地跳着死亡之舞，逐渐沉沦至非人的状态。他们俩在晚餐桌上发生的龃龉，对于约翰和玛丽安纸糊般的婚姻世界来说，只是平地起的第一声雷，但对他们自己而言，却是炼狱般的日常生活里的家常便饭。

《婚姻生活》是我在一个夏天（六周）之内完成的作品。目的只是想为电视拍一部优美而生活化的剧集。根据日程表，我们每一集只有五天排练的时间，然后必须在接下来十天之内完工，整整六集的制作时间只有两个月。

等到正式开拍之后，进度反而快了很多。厄兰·约瑟夫森和丽芙·乌曼都很喜欢自己的角色，于是很快就能揣摩到精髓。这部剧集居然没花什么钱就拍好了。正好！那个时候《呼喊与细语》

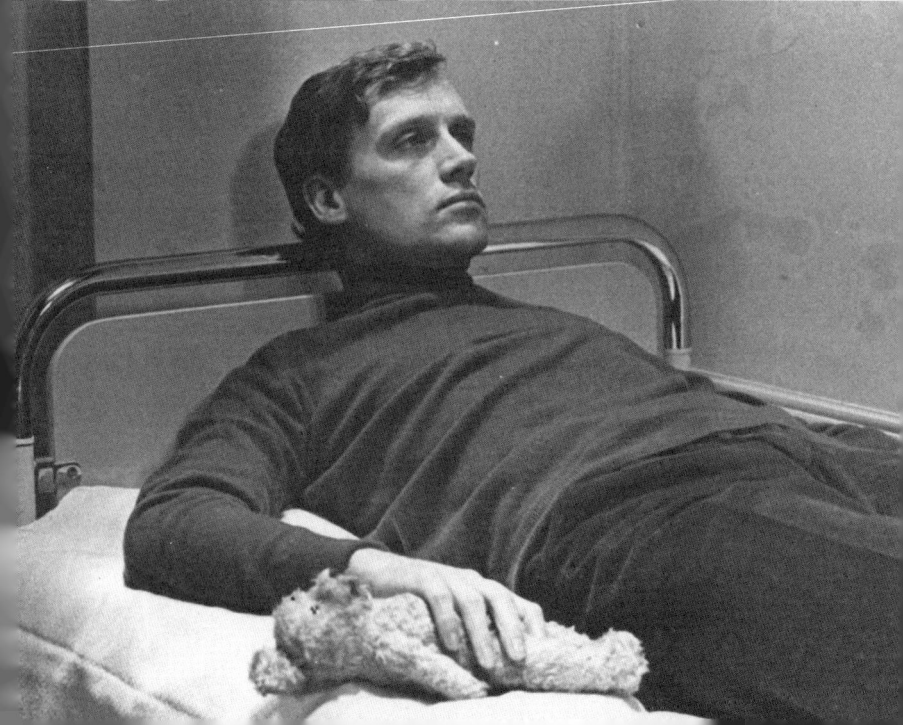

还没有卖出去，我们实在也很拮据。

换句话说，因为《婚姻生活》是一部电视制作，我们丝毫没有感受到拍电影时令人喘不过气来的压力，完全是种享受。

《傀儡生涯》也是一套电视影集，主要的出资方是德国电视二台（Zweites Deutsches Fernsehen）。可惜除了德国，其他国家都把它当成一部电影上市。而且，《傀儡生涯》的拍摄过程也不好玩。

《没有爱人的爱》中，彼得是一个亡命之徒，他射杀了弗朗茨·约瑟夫·施特劳斯（Franz Josef Strauss）。等到我在写《傀儡生涯》的时候，立刻决定其实他要射杀的人不应该是施特劳斯。

彼得说每一条路都是死胡同，他无处可走。酒精、药物和性所带来的解脱，都只是幻觉而已。

这个故事有一个疑点：为什么彼得会在毫无动机的状况下结束另一个人的生命？对此，我故意提出各种可能的却都站不住脚的理由。当我今天重新看这部电影，突然觉得同性恋者提姆可能最接近真相：他暗示彼得是双性恋者。如果他早一点体认到自己分裂的性倾向，或许就能够得到解脱。

医生在他最后做的诊断分析中也略略提到这一点，不过他做的分析只是故意布置的烟幕：用几个模糊的心理学专有名词，冷嘲热讽地就淡化了一出血淋淋的人生戏剧。医生冷眼旁观事态的发展，因为他对凯特琳娜别有企图。

《傀儡生涯》是我唯一的一部德国电影。

《蛇蛋》在乍看之下，好像是一部德国电影，但是那部片子是我在瑞典孕育成形的，而且我之所以写它，似乎只在为自己私生活中的灾难做预警。

《蛇蛋》的叙述观点，纯粹来自一位受到好奇心驱使的局外人。

等到我拍摄《傀儡生涯》的时候，我已经接受了自己和德国之间的现实关系，同时也不再受制于语言上的障碍。那时我在剧院已经工作了一段时间，多少能够判断别人说的话是对是错。我觉得自己真的了解德国人和他们的社会环境。写《没有爱人的爱》的野心之一，就是要借此深入探讨自己属于德国文化的存在部分。

《傀儡生涯》的剪辑过程非常残酷。我在写剧本的时候就已经删除了将近百分之二十的对话，到了拍摄阶段，又再刷掉百分之十。

经过这样的剪辑工作，这部电影的形式变得非常紧缩：每一集都很短，中间夹带着布莱希特（Bertolt Brecht）式的文本，文本的部分把各个事件连缀在一起，发展成最后的大灾难。

我拍过一些自己感触很深的烂电影，也拍了几部自己其实不怎么在乎的好电影。至于其余的电影呢……滑稽的很，全视我当时的情绪而定。有时候我会碰到某人对我说："我真的很喜欢某一部电影。"我立刻就会因此快乐起来，同时觉得自己也真的很喜欢那部电影。

然而我倒真的很为《傀儡生涯》感到骄傲，它是自成一格的。

不过我也可以接受有些人批评它的结构过于纠结的看法。年轻的时候，我曾在赫尔辛堡执导过奥勒·赫德贝里（Olle Hedberg）所写的《狂犬病》（*Rabies*）。那是从一部长篇连载小说的最后一部分改编而成的舞台剧。记得主角博·斯滕森·斯文宁森（Bo Stensson Svenningson）在他最后的答辩词中曾说："我们都住在一个没有门也没有窗的暗房里。"然后他又补上一句话："但是在我们肉眼看不见的地方，必然存在着小小的缝隙，让我们还能感受到新鲜的空气。"

《傀偍生涯》里的人物却都住在一个完全没有缝隙、完全封闭的房间里。经过回想之后，我认清了这的确是一个弱点。

彼得写的那封没有寄出去的信也是个弊病。因为那在心理学上根本说不通。彼得只有在口授商务书信的时候，才懂得表达自己。而那封信的形式和所叙述的觉悟，都是他不可能想得出来的东西。可惜我没有服从福克纳的名训：把你最心爱的东西都谋杀掉。

如果可能的话，我会拿出一把大剪刀，把那部电影剪短十分钟，它就会变得好很多。

关于彼得待在医院里、和外界完全失去接触的片段，是根据我自己在经过税务问题之后，住进精神疗养院的实际经验拍成的。我并不记得当时感到特别痛苦。我每天早晨五点半就起床，只为了能比别人早一步用盥洗室。

每天的时间都经过小心的分配，我可以领到0.1毫克的镇静剂，在必要的时候还可以多领。

彼得也安于这种状态，他和自己孩提时代的熊宝宝一起入睡，和电脑下棋，每天早晨花半个小时抚平床单……

凯特琳娜仍然远远地和他共同生活在一起。她对婆婆说：她仍然照常过日子，"但是每一刻我的心都在哭泣"。

排演之后

《排演之后》(*Efter repetitionen*) 也不是舞台剧,它跟《傀儡生涯》一样,是专为电视制作的影片。

原本我想描述一位老导演和一位妙龄女演员之间的通信过程。但是才写了一个月就觉得乏味。我想如果能亲眼看到这样的两个人,大概会比较有意思一点。

在写作期间,我大概是碰到那根不该碰的神经,扭曲的蔓藤和怪异的野草突然在我的潜意识中窜生蔓延,又好像巫婆的浓汤,不断冒出各式各样的东西。于是那位导演突然有了一位情妇,而且那位情妇还是妙龄女演员的母亲。她去世多年,却又跑进这出戏里来插上一脚。到了下午四五点的时候,在剧院空荡荡、黑漆漆的舞台上,许多不知名的东西会回来纠缠你。

结果我写出一部电影化的电视剧,内容却在讲剧场。

我常在无意之间,把一些男女演员看作自己的孩子,其实是他们决定认养我,觉得让我担任父亲的形象颇为有用。过了一阵

子他们就会生我的气，因为他们不再需要父亲的象征了。我一向乐于担任这个角色，不觉得有任何压迫感。在很多情况下，为年轻演员找一个可以忍受一点虐待的父亲，等于是为他们架上一道安全网。

我写《排演之后》，完全是为了要享受和斯文·尼科维斯特、厄兰·约瑟夫森以及莉娜·奥林（Lena Olin）共同创作的乐趣。多年来我一直很注意莉娜，对她充满柔情及专业上的兴趣；厄兰是我五十年的老友；斯文就是斯文，如果我偶尔会怀念拍电影，那全是因为我怀念和斯文合作的感觉。

所以，当初我只是想让《排演之后》成为我走向死亡的路上一段愉快的小插曲。我们打算尽量缩减工作队的人数，先排演三周，然后让斯文拍摄，而且我们将留在电影大厦（Filmhuset）陈设简单的摄影棚内工作。

结果拍摄过程却变得非常无趣。

现在再回头看《排演之后》，我发觉它比我印象中好很多。如果你在拍摄期间遭遇到诸多不顺遂，当时的挫折感会阴魂不散，使你永远都对那部电影怀有不必要的嫌恶。

英格丽·图林的确堪称当代影坛伟大的女演员之一。一位嫉妒她的女演员曾说过："她嫁给摄影机了。"但是在这部片子里，她却过度投入自己的角色，当她说："你认为我江郎才尽了吗?"不禁失声哭出来，我告诉她："不要这么多愁善感。"因为我觉得她应该用冷静和客观的态度来说这句台词。可是她每次都哭。最后我放弃了。我想我之所以生她的气，大概是因为我很气我自己，"我已经江郎才尽了吗?"这个问题对我应该比对她更事关重大吧!

厄兰·约瑟夫森则是操劳过度。我跟他合作这么久，第一次见到他患了德国人所谓的"文本焦躁症"（Textangst）。在拍摄最后也是最重要的一天，他的脑袋突然短路，不断地失去记忆，我们只好连滚带爬地混过那一天。

莉娜·奥林一直保持理智。虽然她的经验比较少，却能够勇敢地和我们的昏乱保持距离，不受干扰。

经过最后的剪辑，《排演之后》总长一个小时又十二分钟，可是后来我又被迫再剪掉二十分钟。拍摄时经历的挫折像沥青一样黏在我们身上，就连剪辑的工作也变得痛苦不堪：太多补补贴贴、太多割舍。

今天我们已不觉得《排演之后》其实是一部喜剧，它的台词诙谐而略带刻薄。但是经过了无生趣的拍摄过程，剧本原有的轻松感已丧失殆尽。

接下来的那段时间象征着一个结束，1983年3月22日，我在日记中写道：

> 我再也不想要了！我想放弃，我需要平静！我的身体和心理双方面都感到精疲力竭。我痛恨那些游戏和其中的恶意。地狱！天谴！

3月25日：

> 难熬的一夜。三点半醒来，想吐！然后就再也睡不着了。忧虑、紧张、疲劳。最后只好硬生生地爬下床。感觉好一点，几乎还可以做点平常做的事。外面阴云密布，温度计显示现在是零摄氏度，大概快要下雪了。虽然身体很不舒服，不过能够重新开始工作还是令人高兴。但是我不要再拍片了，这绝对是最后一次！

3月26日（早晨）：

> 这件事本来应该很好玩，规模小小的，毫不虚矫。可是现在呢？变成什么样子了？就好像有两座大山的阴影同时压在我身上。第一，什么样的鸟人才会对这种自闭式的、孤芳自赏的咏叹调感兴趣？第二，在这出独白剧中，真的有真理吗（如果有，至少我的感觉和直观

而言，是遥不可及的）？关键问题出在我们的工作方式上：我们不应该排练三个星期。每个人对自己的台词都厌烦死了！我们就应该直接上机，那么每天都会有出人意料的新鲜感和刺激发生。结果咧！我们像在搞舞台剧一样小心翼翼，满怀敬意地排演、讨论、分析，好像作者早已作古似的。每个人的创造力都被阉割——或被结扎了——到底哪一种形容比较贴切，就因人而异了！

3月31日：

已经把自己决定要用的每一个镜头都仔细看过一遍，觉得成绩平庸，也可以算是一次失败。不过已经无法补救了。大部分的问题出在文本上，它完全不能反映我对这个行业的观感（你瞧，变得多快啊！昨天的真理，到今天就成了胡言乱语！）。最主要的原因是我在整个工作期间都被疲倦压得抬不起头来，或许这两件事也互有关联吧！反正我已经不在乎了。

卡提卡·法拉格（Katinka Faragó）[1]用她温和的权威语调对我说：我现在说的每一句话几乎都是错的。不过，通常我对评估自己的成就都颇为客观。管它的，反正这又不是世界末日。更何况老实说，如果我一旦有"当初不该做这件事"的念头，一定马上就会接着想：还好，

1　卡提卡·法拉格自1954年起和伯格曼一起工作，制作了他大部分的影片。——译注

当初我没有逃避。

黄昏，大家聚在一起开离别派对，每个人都笼罩在一片带着忧郁和柔情的友善气氛当中。

我断断续续一直在想：干脆连剧场也一起放弃算了。但对这点我比较不确定。有时候我会觉得剧场真的很有意思，有时候又觉得真的不想再做下去了。我的犹豫应该和自己对于"诠释"这件事举棋不定有关。

如果我是个乐手，那就没有问题了。可是我的工作完全是在制造幻觉、在假装！演员们表演；我再引诱他们表演。我们企图在曲折的路上捕捉感情的脉动，让观众相信那是真情流露，甚至就是真理。事情变得有点诡诈。我察觉到自己对所谓"创造的奇迹"愈来愈感嫌恶。

话又说回来，为什么还有那么多舞台剧深深地吸引着我呢——就是因为我曾经看过某位演员在担任某一个角色时，能够掌握完美的调性、特出的表情。这些想法无声地在我脑海里翻腾。突然的决裂是不可能的。此时，我正伏在案前愉快地娱乐自己。我在为使自己高兴写作，并不是在探讨永恒。

每个人都得决定该如何安排最后的结局。

无赖行为／信任

第七封印

在《第七封印》底下，埋着一出独幕剧——《木画》（*Trämålning*），那是我在马尔默市为一群应届毕业生写的剧本。当时我在戏剧学院教书，学生们要在春季参加表演，却找不到角色人数和学生人数差不多的剧本。于是我根据学生的人数用好几段独白串成一出剧，就像在做练习一样，完成了《木画》。

《木画》中有我孩提时代的回忆。

我曾在《魔灯》中提到，有时候我会跟着父亲到乡间的教堂去布道：

我和每一个上教堂的人一样，经常会迷失在琳琅满目的圣坛、宗教刻画、十字架、镂花玻璃与壁画之间。我会猛然看到浸在血泊中、充满痛苦的耶稣和强盗们；玛丽靠在圣约翰身上；女人！快看你的儿子！快看你的母亲！罪人抹大拉的玛丽亚（Mary Magdalene），谁是最后一个干她的人呢？骑士和死神下棋；死神正在锯生命之树，有一个吓坏了的可怜虫坐在树顶上一个劲儿地绞着手；死神挥动着他如旗帜般的镰刀，带领着舞蹈的行列，走向黑暗之地，排着长龙的人群由小丑殿后，一路跳嬉戏；魔鬼守着正在沸腾的油锅，罪人们一个接一个往下栽，亚当和夏娃发现了自己赤身露体的羞耻。有些教堂布置得好像水族馆，没有一面墙是空白的，到处都是凡人、圣人、先知、天使和魔鬼。他们全是活的，生机勃勃。今生后世在墙柱之间翻滚奔踏，现实与想象混合成充满活力的神话。罪人啊！快看你们将受的痛苦！快看那些躲在黑暗角落里守候着你的东西！快看你背后的阴影。

当时我有一个很大的录放音机。我买了一卷由卡尔·奥尔夫（Carl Orff）所写、费伦茨·弗里乔伊（Ferenc Fricsay）指挥的《布兰诗歌》（*Carmina Burana*）。每天早晨去排演之前，我都大声播放这首曲子，让它响彻屋宇。

《布兰诗歌》改编自中世纪在瘟疫及战乱流行时由流民所作的民谣。那些流民成千上万地聚集在一起，流浪四方，其中不乏曾经为教会的庆典及仪式作曲表演的学者、僧侣、神父及弄臣。

一想到人类一方面在经历文明的毁灭，一方面却在创造新的乐曲，实在令我神往。于是有一天当我听到《布兰诗歌》最后的一个和弦时，突然决定让它成为我的下一部电影。

同时我也想到要把《木画》当作一个出发点。

其实到最后，《木画》对我的影响并不大。《第七封印》结果却朝另一个方向发展，变成一部公路电影，自由地横扫于时空之间，同时对这样的跳脱完全负责。

我把剧本交给瑞典电影公司之后，各方反应都极冷淡。接着《夏夜的微笑》开拍，并于1955年的圣诞节上映，虽然遭到各种明枪暗箭式的攻讦，却非常成功。

1956年5月，它在戛纳影展上放映，并且获奖，我去马尔默市向毕比·安德森借钱，因为当时她是我们这一群人里最有钱的一个。然后我飞去戛纳见瑞典电影公司的老板迪姆林，他在旅馆里正得意忘形地忙着把《夏夜的微笑》的版权卖给任何一位感兴趣的江湖郎中。这样的经验对他来说还是大姑娘上花轿——头一遭！唯一能够打败他的沾沾自喜的东西，就是他自己的天真。

我把《第七封印》的剧本放在他面前说："要还是不要，现在是你唯一的机会，卡尔！"他说："要啊！要啊！可我得先看一遍！""你都把它否决掉了，怎么会没看过？""是吗？大概我没仔细读吧！"

我被迫承诺会尽快把电影杀青。扣掉往返外景的时间，我们只有三十六个工作日，同时还得在制作费上束紧腰带。当戛纳影展的狂欢变成宿醉之后，《第七封印》被认为是一部狭隘、晦涩、难以定位的剧本。不过，我们的摄影机还是在决定拍的两个月之后启动了。

片场分配给我们的摄影棚，本来是为另一部因故取消的电影准备的。当时我能够以如此轻松愉快的心情，开始拍摄这么复杂的一部电影，真是个奇迹。

　　除了序幕是在霍夫斯哈勒尔（Hovs hallar）拍摄的［还有约夫（Jof）和米娅（Mia）在野草莓田上的野餐也在此拍摄］之外，所有景都在电影城（Filmstaden）里完成。虽然我们必须在极狭窄的空间里工作，却幸运地得到天候的配合，能够从日出一直拍摄到深夜。

　　所有布景都在摄影棚搭建，像是流民在黑森林遇见女巫的那条小溪，就是靠消防大队的帮忙才创造出来的，结果还闹了一场不小的水灾。如果你仔细观察，就会注意到树林背后有些神秘的光影，其实那是附近公寓大厦窗户的反光。

　　最后一场死神带领流民跳着舞远去的戏是在霍夫斯哈勒尔拍摄的。当时碰到暴风雨要来，我们收拾工具，正打算离开。我突然看到一块奇异的云，贡纳·费舍尔（Gunnar Fischer）马上又把摄影机架好，可是有好几位演员已经回我们住宿的地方，几位器械组的工作人员和游客就在完全搞不清楚状况的情况下披挂上

阵，加入舞蹈。后来变得非常著名的那一场在黑云下的死亡之舞，其实只是一场在几分钟之内完成的即兴之作。

世事就是这么难以预料。结果我们居然在三十五天之内就把电影杀青了。

《第七封印》是少数几部真正深得我心的电影。原因是什么，我也说不上来。它并不是一部完美的作品，有一点疯狂，有一点愚蠢，同时还有点急就章。但是我认为它一点都不神经质，充满了生命力与意志力，也能够以激越的欲望及热情来申述它的主题。

那个时候我仍然深为宗教问题所苦，夹在两种想法当中，进退不得。两边都在各说各话，于是我童稚的虔诚与严苛的理性就处在类似停火的状态之中——骑士和他的圣杯之间还没有出现神经质的情结。

片中还带有温馨家庭式的幽默感。造就奇迹的是小孩：玩杂耍的第八个球必须在空中保持静止万分之一秒——那令人屏息的一刹那！

其实我的鲁莽相当惊人，当时我敢拍的东西，现在我绝对不敢拍。骑士做完早祷之后，正准备收拾自己的棋具，他转个身，看见死神就站在那里。"你是谁？"骑士问。"我是死神。"

本特·埃切罗特（Bengt Ekerot）和我都同意应该让死神戴上白色小丑的面具，将小丑的面具和骷髅头合而为一。

企图创造这样一个微妙又危险的假象是很容易失败的。可是就在那个时候，一位演员突然出现在我们眼前，脸上涂着白粉，身上穿着黑衣，并且坚称他就是死神。我们并没有说："别耍花样了！你骗不了人的。我们知道你只是一个涂了白粉、穿着黑衣、善于表演的演员。你才不是死神咧！"结果我们都接受他就是死神的事实，没有人抗议。这个反应的确令人勇气倍增，十分高兴。

那个时候我仍怀抱着孩提时残存的虔诚信仰，天真地相信有奇迹似的救赎存在。

但是我也传达了我现在相信的事。

每个人都有属于他自己的神性，但那完全属于现世，我们找不到非俗世的解释。于是，在我的电影中，就存在着一种残余的、但不神经质的、诚实而童稚的虔诚信仰，这种信仰和严苛而实事求是的态度安然共存。

《第七封印》绝对是我最后一部讲信仰的电影。这个观念是我父亲从我小时候就遗传给我的。

在拍摄《第七封印》的时候，为某人或某事祈求祷告是我生活中的重心。祈祷对我来说是最自然不过的事。

到了《犹在镜中》的阶段，那份孩提时代留下来的遗产已经处理完毕。剩下的就是我们仍然认为所有由人类创造出来神圣观念都是双面怪兽，如卡琳说的"蜘蛛神"。

在和阿尔伯图斯·皮克托（Albertus Pictor）会面时，我毫不尴尬地直陈自己对艺术的信仰。皮克托则坚持他在演艺圈里混饭吃，觉得最重要的事就是求生存，而且要避免激怒观众。

约夫是《芬妮与亚历山大》中那个小男孩的前身。小男孩因为自己怕鬼却老是和鬼怪纠缠不清而懊恼不已，同时他又管不住自己的嘴巴，不断地说些荒诞的故事，来吸引别人的注意力。约夫喜欢自吹自擂，却也真能见人所不能见。约夫和亚历山大都是孩提时代伯格曼的化身。我也看到一些东西，不过我也时常加油添醋。如果我看不见，就会自己编。

我记得自己一直很怕死，这份恐惧与日俱增，到了青少年时期和二十几岁的时候，简直到了无法忍受的地步。

经由死亡，"我"即化为乌有，穿过黑暗之门。而等着我的，全是我无法控制、预料及安排的东西。这对我来说，有如无底的恐惧深渊。一直等到我突然鼓起勇气，将死神装扮成一个白色的小丑，会和人交谈、下棋，还没有秘密，才算是踏出克服自己对死亡恐惧的第一步。

在《第七封印》中有一场令我又爱又怕的戏，也就是拉瓦尔（Raval）死在黑森林里一棵大树后的那一幕；他把头埋进土里，恐惧地大声号叫。

这一幕我本来想用特写，后来我发觉距离远一点更能增加恐怖的气氛。于是我在拉瓦尔死的时候，故意让摄影机继续长拍。就在此刻，如同舞台一般的神秘幽谷上，突然出现一道惨白的阳光。当天一整天都是阴霾的气候，正巧在拉瓦尔死的那一刹那，阳光就像预先排演好似的突然出现了。

我对死亡的恐惧和我的宗教信仰互有关联。有一次我去做一个小手术，不幸被注射过多的麻药。突然就和现实脱了节。时间都去哪里了？就是那么万分之一秒的事。

我猛然醒悟到：这就是死亡！本来我一直认为从存在到不存在，中间的转变过程是件不可思议的事。对一个不断恐惧死亡的人来说，那次经验不啻为一大解放。不过，我也觉得有一点点悲哀，本来还以为灵魂出窍后会遇到不同凡响的经历，但显然并非如此。存在之后，马上就接着不存在。这可真是令人心安的想法。

本来我觉得不属于现世的一切，是如此神秘而可怖。其实它们根本不存在。现世就是一切，所有的真实都存在、发生在我们的生命中。而我们也不断地穿梭于彼此的生命之间，互相影响。

对于瑞典电影公司来说，《第七封印》突然摇身一变，成为瑞典电影黄金时代纪念影展上主打的辉煌巨作。这绝非当初拍这部电影的目的。可怜它却被迫在令人窒息的首映晚会上粉墨登场：一群衣着华丽的观众，鼓号齐鸣，还加上迪姆林的演说——可怕极了！我竭尽全力企图阻止这样的首映方式，但是我无能为力。人类因为无聊而产生的恶意毫不留情地污染了每一件事物。

之后，《第七封印》挟着燎原之势席卷全世界。我收到各方热烈的反应。很多人都觉得这部电影触动他们内心深处的矛盾及痛苦。

但是我永远都无法原谅它的首映典礼。

犹在镜中

如果我们不看《犹在镜中》略嫌累赘的结局，这部电影在形式及戏剧效果上几乎没什么可挑剔的。它是我第一部真正的"室内剧"，与《假面》前后呼应。我做了一个缩减的决定，并且让第一幕就明白传达这个主题：四个不知从何处来的人物，骤现于波涛起伏的汪洋中。

从表面上看来，《犹在镜中》代表着某种新风格的开端。它在舞台设计的技术层面上几乎毫无缺点，它的韵律感也无懈可击。每一个画面都很完美，其实，斯文·尼科维斯特和我还常取笑它那软绵绵的灯光，不过那是后话。现在，我们对"光"开始做严肃认真的讨论，于是产生了《冬日之光》及《沉默》中完全不同的电影质感。换句话说，如果我们以纯电影艺术的角度来看《犹在镜中》，它其实是一个句点、一项结论。

有人批评大卫（David）、米努斯（Minus）和小男孩最后说"爹地跟我说话了！"的那段结局与整部片子在衔接上过于松散。

我不能确定是因为自己想说教才写了那场戏，还是因为有些话我在前面没说出来，想借那场戏说清楚。现在再看那场戏让我很不自在。我觉得整部电影都带着一种令人难以察觉的、虚矫的调性。

别忘了前一年我刚拍完《处女泉》（*Jungfrukällan*）。那部电影提高了我在影坛的地位，甚至还替我赢得一座奥斯卡奖。

即使到了今天，我仍然愿意为《第七封印》中讨论宗教的架构负全责。那部电影纯真而浪漫的虔诚信仰，自有其独特的风采。

《处女泉》的动机就不那么纯正了。当时我对上帝的观念早已破灭，宗教信仰在那部电影里只能算是个装饰品。我真正感兴趣的部分其实是故事本身——讲一个女孩和强暴她的人，还有复仇过程的恐怖故事。至于我自己的宗教观念和疑问，早就不占任何重要的地位了。

在维尔戈特·斯耶曼（Vilgot Sjöman）的书中关于《冬日之光》的部分[1]，有一段文字暗示《处女泉》和《犹在镜中》互有关联，指称我计划拍一出三部曲。《处女泉》与《犹在镜中》是前两部，而《冬日之光》就是第三部。

现在我觉得这其实是个自圆其说的讲法，我对所谓三部曲的观念持怀疑的态度。因为这只是我和斯耶曼的一段对话引出的一种讲法。接着《犹在镜中》《冬日之光》及《沉默》又分别付梓出版，更在一旁造势，维尔戈特还协助我写了一段序文解释道：

这三部电影在处理一个缩减的过程。《犹在镜

1　L 136. *Dagbok med Ingmar Bergman*（《伯格曼日记》）。——原注

中》——征服确信；《冬日之光》——透视确信；《沉默》——上帝的沉默——负面的残留印象。因此这三部电影共同组成一出三部曲。

以上的文字是我在1963年5月写的。今天我觉得这出三部曲既无头也无尾，就像巴伐利亚人的一句形容词："Schnaps-Idee"[1]。

---

1 意即"荒谬、疯狂的想法"。——编注

创作《犹在镜中》最主要的动力，是我和凯比·拉雷特的婚姻关系。

我曾经在《魔灯》中说过，我们两人很辛苦地在共同创作一件作品。当时我们虽然很成功，却觉得迷惑。我们非常喜欢对方，能够无所不谈，但在现实生活中，却找不到共同的语言。

我们是从通信开始认识的。在见面之前，鱼雁往返将近一年的时间。能够认识一位在感情及智慧双方面都极富有的笔友，对我来说，是一个变化相当大的经验。虽然我没有重读那些信件，不过我相信，在和她通信后不久，我就开始勇于使用一些过去我从来不敢用的词汇及文句。

那是因为凯比文学的表达力非常强。或许因为她被迫必须征服瑞典文，所以她以极度钟爱的热情来对待这种语文。

当我重读那个时期自己写的札记时，我发现我用了一些现在连做梦也想不到的辞藻，危险地倾向华丽的文艺腔。

当凯比和我发现两人苦心经营的共同创作渐渐变质，我们就愈想用语言上的化妆品来企图改善。

在《秋日奏鸣曲》（*Höstsonaten*）中，牧师对自己的妻子说："而且，我抱着一些不切实际的梦想及希望，同时，还怀有某种渴望。"伊娃（Eva）接着说：

> 这些话听起来都很美，不是吗？但是毫无真实的含意。我从小就听这些美丽的字眼长大。就拿痛苦这两个字来说吧！我妈不是在生气、不是失望，也不是不快乐，她"觉得痛苦"。你也有一大堆这类的字眼。大概这是

你们做牧师的职业病。如果你说虽然我就站在你眼前，你却仍然渴慕我，那我就起疑。

　　维克多：你懂我的意思。

　　伊娃：我不懂。如果我懂的话，你根本就不会想到要说你渴慕我了！

《犹在镜中》就像是拍卖之前的盘点。我太太和我告别过去的生活，携手创造一种全新的生活方式。我们所做的努力令我觉得害怕——我害怕会得到今天的后果：一个危险的创作品。我就是从这份恐惧中，发展出过于华美的字句、过于堂皇的陈述，以及在形式上过于漂亮的《犹在镜中》。

　　维尔戈特·斯耶曼在他关于《冬日之光》的那本书一开始，就用一段日记式的文字，将我们之间的情况描述得非常清楚：

　　在伊萨克森家里吃晚餐。英格玛和凯比来喝咖啡。艺术诠释的问题。凯比谈论欣德米特（Paul Hindemith）；英格玛则谈论导演和诠释——接着他开始讲述他在拍电影时碰到各种动物的疯狂经验：《渴》里的蛇、《第七封印》中的松鼠、《魔鬼的眼睛》（Djävulens öga）里的猫。此时话锋突然一转，开始讲起"受苦"这件事。

　　记得第一次读到维尔戈特书中这段话的时候，我心想：这个维尔戈特真他妈的看透了我们，他知道凯比和我之间在玩什么游戏。

169

现在我明白一件事：其实维尔戈特并没有起任何疑心，只是那一幕本来就让人觉得不自在。

《犹在镜中》拼命地想表达一个非常简单的哲学：神即是爱，爱即是神；被爱包围的人就是被神包围的人。

我在维尔戈特·斯耶曼的协助下写道："征服确信"就是这个意思。可怕的是，那部电影却非常清楚地暴露了它的创造者在创造它的时候，其生活及艺术双方面的状况。就算写一本书，也不能做如此淋漓尽致的描绘，到底文字比影像来得含糊。

这部电影代表着虚伪——虽然是不自觉的虚伪，却仍是一种虚伪——它非常怪异地飘浮在离地两英寸的地方。虚伪是一回事，编织幻觉又是另一回事。幻觉的制造者是自觉地在做这件事，就像《面孔》里的沃格勒。因此，《面孔》仍是一部诚实的电影，而《犹在镜中》却只是一套魔术把戏。

《犹在镜中》最大的优点也源自凯比和我的关系，因为凯比，我学到许多音乐方面的知识，她帮我摸索到室内剧的形式。室内剧和室内乐之间并不存在任何分界，同样的，电影和音乐的表达方式之间也没有任何分界。

这部片子在整个筹备期间都还叫作《壁纸》(*Tapeten*)。我在工作手册中写道："这个故事必须做水平发展，而非垂直发展。该如何处理呢？"这段话是我在1960年新年那天写的，虽然表达方式很怪，但我完全明白当时自己的意思：要深入没有人实验过的领域。

工作手册（3月中旬）：

有一位神在对她说话，她谦卑地膜拜着这个神。神既是黑暗，也是光明。有时候他会给她令人难解的指示：像是喝盐水，或杀害动物，等等；有时候他又充满着爱，赐给她充满生命力的经验——甚至包括性方面的经验。他降临人世，伪装成她的弟弟米努斯，同时神也强迫她发誓放弃婚姻。她就像等待新郎的新娘，绝对不允许别人玷污自己。她把米努斯拉进自己的世界，他心甘情愿、充满渴望地跟随着她，因为他正处在青春期的边缘。神散布猜忌，给予马丁（Martin）和大卫扭曲的面目，为的是要警告她。同时，他也赐予马丁最奇异的特质。

显然，我最主要的企图是想描绘一个宗教狂热分子，也可以说是一个带有宗教色彩的人格分裂病例。

卡琳的丈夫马丁，为了想把她赢回来，不断地和这个神斗争，可是他只懂得追求自己可以触知到的事物，因此注定会失败。

工作手册继续记载着：

一个神住进一个人的体内。刚开始，他只是一个声音、一种严肃的认知或是一条戒律，他威胁利诱，令人厌恶，但同时也令人觉得很刺激。接着，他的存在愈来愈明显，那个人开始测试这个神的力量，学着去爱他、

为他牺牲、被迫做完全的奉献、将自己完全掏空。当她完全被掏空之后，这个神也就完全占据了属于他的人，并且借她的手去完成他自己的工作。然后他丢下被掏空、疲惫不堪、不可能继续活在人世间的她，一走了之。这就是卡琳的遭遇。而壁纸上奇异的图案，就是她必须跨越的界线。

与美丽的文字比肩存在的，是我想创造出来的那个神的严苛面目。

当时我甚至还在工作手册里记下一个小小的觉悟：

刚听完弗兰克·马丁（Frank Martin）的《小交响协奏曲》（*Petite symphonie concertante*）。奇特的经验。刚开始听的时候，觉得很美、很感动，然后我突然领悟到：这段音乐跟我的电影一样！我曾经说过，希望自己拍电影就如同巴托克作曲。但事实上，我拍电影，就好像弗兰克·马丁在作他的交响协奏曲，一点都不好玩。我不能说他的音乐很烂，正好相反，这支曲子没什么可挑剔的地方，很美、很动人，而且非常精致——至少在音乐的效果上是如此。可是我也强烈地感觉到这支曲子的肤浅，它缺乏深刻、透彻的思想，还滥用太多无法真正发挥的效果。凯比并不同意我的看法，但我仍然这么觉得，因此觉得有点悲哀。

这段话写于1960年4月初，《犹在镜中》尚未成形之前。我仍然计划着要导一部与众不同的电影：

卡琳希望她的丈夫马丁也能膜拜这个神，否则他很可能会对他们不利。她企图胁迫他，最后他不得不求助于大卫，他们俩给她打了一针，从此她便完全隐遁到壁纸后的世界里去了。

4月12日，我在工作手册中写道：

不要在卡琳的疾病上表现得过于伤感，要把所有可怖的事实都表现出来，不要因为她经历神召，就借机制作一大堆特殊效果。

1960年耶稣受难日：

渴望专心工作。可能还想恶作剧、做点坏事，还得等到事态明朗化才看得出来会有什么样的后果。我思索自己的电影，得到以下的结论：如果我们必须想象出这个神的模样，将他实体化，那么他一定是一个令人有点嫌恶的千面怪物。

我想探讨的是一个真实的神性的存在，然而我却用涣散冗赘的爱情化妆品涂满袖的全身。我是在自卫，在和威胁自己生命的东西对抗。

片中的父亲／作家大卫，后来变成一个大问题；因为这个角色是由两种不自觉的谎言交织而成的——我自己和古纳尔·布约恩施特兰德的谎言。我们一起制造了一件可怕的作品。

古纳尔改信了天主教，想必是因为他潜心追求真理的缘故。在这样的情况下，我却给他一个肤浅、完全无法深入的文本。现在我觉得当初我没有给他任何一个说老实话的机会。

他演出来的是一位写畅销小说的作家：正是我自己的写照——一位成功、却不受重视的人。我让他来叙述自己在《夏夜的微笑》未发行之前，在瑞士自杀未遂的经历。那部分的文本犬儒得可怜，我让大卫从自杀的经验中归纳一项十分暧昧的结论：借着寻求自我解脱的经验，他找到对自己小孩新生的爱。

而我自己却没有从瑞士那次可怕的经验中得到任何感受或领悟。那次经验就像一间经过完全消毒后的病房！古纳尔努力想把那段如福音般的独白消化成自己的经验，还觉得写得好极了——其实写得很差，演得也很差。

我挑选了一位刚从戏剧学院毕业的人来饰演米努斯。对一个如此复杂的角色：边界的跨越、道德的败坏、既瞧不起父亲又渴望与父亲接触的矛盾、和姐姐之间的紧密联系，还有他的创作能力……拉斯·帕斯葛（Lars Passgard）还不够成熟。他是个令人感动的好人，像条狗一样地努力工作，可是那个角色实在应该让年轻的埃切罗特去演。

经过很多年之后，我才慢慢学会挑选演员的诀窍。帕斯葛和我都尽了全力彼此配合，电影之所以会失败，错完全不在他身上。

到目前为止，在我们的四重奏里，有一支乐器所演奏出来的音符全是错的；另外一支乐器虽然一板一眼地照着乐谱来，在诠释音乐上却没有一点神韵。

　　第三支乐器所奏出来的音乐，纯美而具权威感。可惜我却没有给冯·叙多夫足够的空间发挥。

　　真正的奇迹是哈里特·安德森，她以荡气回肠的音乐感演活了卡琳，不带一丝勉强，徐徐游刃于属于那个角色的现实之内；她天才洋溢，以清晰的调性描述自己的人物，整部电影的制作就是因为有她的存在，才变得差堪忍耐。

　　同时她还演出另一部我想写，却没有写成的电影中的片段。

冬日之光

　　经过四分之一个世纪再回头看《冬日之光》，是一次令人满意的体验。我发觉一切仍然很完整，没有变质。

　　第一段笔记载于1961年3月26日，标题是：《与上帝交谈》（ *samtal med Gud* ）。我在工作手册中写道："星期天早晨。圣诗交响曲。努力研究《浪子生涯》（ *The Rake's Progress* ）。"那个时候我正在斯德哥尔摩歌剧院与斯特拉文斯基的《浪子生涯》搏斗——真是了不起的作品！我很想把这支曲子记得滚瓜烂熟，可惜自己没有音乐细胞。"每个人都必须做他非做不可的事，如果没有一件事是非做不可的，那么他只好什么都不做了。"

　　　我走进一间废弃的教堂，为了和上帝交谈，求得一些答案。我可以做一个选择：永远不再抗拒；或是彻底放弃这永无休止的困扰。是去依附那位强者／天父，向自己对安全感的需求投降？还是揭发这个只存在于几

178

个世纪以前、不断嘲弄人类的声音?

戏剧就在这废弃的教堂中、倾颓的高坛前开始上演。不同的个体成形之后又消失。"自我"被围在中间,不断地要挟、发怒、祈祷,企图为自己紊乱的思潮理出一点头绪。在圣坛前演出一出日之剧和一出夜之剧,后者是整场戏的最高潮:"除非你为我祝福,否则我绝不放开你的手。"自我进入一座教堂,把门锁上,留在里面,像发了狂一般。黑夜令人绝望的死寂、坟墓、死者、飒飒的管风琴和老鼠、腐败的恶臭、沙漏、惊惶,全在那特别的夜晚里窸窣作响。这是客西马尼园,被钉上十字架受死、被审判。"上帝啊! 我的上帝! 为什么弃我不顾!"

"自我"犹豫地离开自己旧的臭皮囊。

耶稣,他是一位好牧羊人。但是"自我"无法爱他。"自我"必须恨他。"自我"刨开坟墓,走下去将"死者"唤醒。

我想用中世纪的戏剧作为这部电影的雏形。一切都在圣坛前发生,唯一发生变化的是灯光,像是晨曦、薄暮……

我宁愿背负与生俱来承袭自整个宇宙、沉重不堪的恐惧,也不愿臣服于上帝要我向袖投降及膜拜的命令。这是第一乐章的结束。与教会执事妻子的对话则完全是真实的。她来锁门,因为周一到周五之间,不会有人来教堂，她在里面忙东忙西，然后大门"砰"的一声关上，只留下"自我"在里面。

耶稣受千万人爱戴，如果你清楚自己的使命是什么，痛苦就不会如此难。真正的痛苦，是当你知道爱的戒律是什么，却目睹人们不断背叛自己与所爱的人、不断玷污爱。做一个明眼人一定是耶稣最大的痛苦根源。

现在，虚构的"自我"和我自己之间的界限已变得混淆不清，令我难以抉择：

我必须进入《犹在镜中》。必须抓住一扇不再是通往秘密的门。我迫切地需要自制、需要抵抗虚夸及花哨的诱惑。现在每件事都很复杂，而且都不确定。没有任何戏剧化的动作，全都是关于变质及移动的问号。一旦移动停止，我就死定了。但是若加快速度，视线又会变得模糊不清，搞不清楚自己的方向。

在那位妻子出现之后，故事就开始明朗化。一场场的戏也跟着陆续成形：

第二天早晨，牧师被教堂外的敲门声惊醒，那是他太太，她想进来。她在外面吵闹不休，他不敢不让她进来。她进来之后，我们看到她手上及脚上都缠着纱布，额头上有伤，因为她的湿疹发作了。她显得局促不安，有点害怕,同时又一副认命的样子。这两个人彼此相爱,同时也以行动证明,互相倚靠。但是她完全否认上帝的存在,因此,对她而言,他在教堂里的等待毫无道理,是件可笑的事。显然她觉得痛苦,不过她决定和他厮守终老的决心却也不可动摇。

于是他将仇恨的目标转向她。晚上,她满怀怨恨地离开他,太阳像血一般红,周遭万物被可怖的薄暮包裹着。他一动也不动,声音里不带些微颤抖,诉说着他对上帝及耶稣的仇恨。白日消逝,寂静有如雷鸣,他在圣坛底下。今夜是最黑暗的一夜,是绝灭之夜,是令人不寒而栗、代表精神腐败与死亡的先兆。

时光荏苒,我在仲夏时写道:

前面有数不清的烂工作在等着我去做。我觉得良心不安,心情沮丧。我的电影仍被搁置在一旁吃灰。情况不妙!

目前的情况是这样的:做完礼拜之后,渔夫和他的太太去探望埃里克森牧师。渔夫太太向牧师叙述她先生的焦虑症,患了重感冒的牧师却以阐明爱的万能作为回答。渔夫沉默不语,太太说他必须驾车送她回家去照顾小孩,可以过半个小时再回来。

手上缠着纱布的女人不是他的太太,而是他的情妇。他的妻子已经去世四年了。他的情妇名叫玛尔塔

（Marta），是一个骨瘦如柴、饱受磨难的寂寞女子，对上帝完全没有信心。她的心中充满愤怒。她去参加聚会，纯粹只为了接近她爱的人。

现在我知道，除非我能够真正爱上我的角色，诚心祈求他们能够自悲哀中得到解脱，否则我不可以写这出剧。不要漫不经心，不可以勉强。

7月初，我们去托洛岛，我开始写《冬日之光》。到了7月28日即正式定稿。对于一个如此困难的故事而言（不是因为它很复杂，而是因为它很简单），这样的进度算是非常快。

我本来想选一个被弃置的教堂做场景。教堂是关闭的，等着维修，里面有一台破风琴，老鼠在长椅间奔窜——很棒的想法吧！有一个人把他自己锁在废弃的教堂里，与自己的幻觉面对面。就这么一个场景：封闭的房间，有一个高坛和几幅宗教画的小教堂。房间里唯一的变化是清晨、阳光、夕照及黑暗、风声，以及在寂静之中各种奇异的细微声响。这个想法很大胆、很疯狂，或许比较接近剧场，不太像电影。

但当我们从宗教的疑问突然转到全属世俗的疑问时，就会需要另一种场景，另一种光线。因此，这部电影和《犹在镜中》之间，才会有这么剧烈的分歧。

充满着虚矫的《犹在镜中》，具有浪漫而且爱卖弄风骚的调性。没有人敢说《冬日之光》也有同样的缺点。两部电影之间唯一的关联，就是前者是后者的起点。那个时候我已强烈地想摒弃《犹在镜中》，只是尚未对外宣布而已。

外界对《冬日之光》排斥得非常厉害，我在筹备期间就可以感觉得出来，不过正巧瑞典电影公司的制片组负责人迪姆林患了重病，我发现自己能够随心所欲地调度资源，正是做一殊死战的时机。就像演员斯佩格尔在《面孔》中讲过的一句话："大刀阔斧，去芜存菁！"

我一向很尽力在取悦观众，不至于会笨到不晓得《冬日之光》绝不会卖座。这是很可惜的事，但我必须有所坚持。就连古纳尔·布约恩施特兰德也感到无法适应，他跟我合作拍过很多部喜剧，可是托马斯·埃里克森（Tomas Ericsson）这个角色却令他无所适从。古纳尔觉得要演一个这么没有同情心的人让他很痛苦，甚至到了令他记不得台词的地步，这对他来说是前所未有的经验。而且他的身体又不太好，为了他，我们只在白天拍摄，时间也很短。拍外景的地点在奥萨芬马克（Orsa Finnmark）附近的达勒卡利亚。11月的白昼极短，光线令人满意，但非常奇特。

没有一个镜头是在阳光下拍的。我们只取阴霾及带雾的景。

我要叙述一位瑞典人，在瑞典气候最低潮的时候，面对属于瑞典现实的绝境。大致上来说，这部电影缺乏戏剧性。

唯一的戏剧性，是托马斯和玛尔塔停在平交道旁的那个片段。他告诉她是他的父亲希望他成为牧师，接着，火车拖着像棺材一样的货车车厢进站。整部电影只有那一刻具有强烈的视听效果，其余部分都非常简单，不过在那份简单之下，却隐藏着极难掌握的复杂内容。

表面上，它在探讨宗教的难题，事实上却不只这些。牧师在感情上行将就木，他的存在远离爱、远离一切人类的关系。

他的炼狱，就是他深切体认到自己这种可怕的存在状态。

本来他和他的妻子还生活在一个虚构的世界里，那个世界的标题就是："神即是爱，爱即是神。"

后来她得了癌症，她的痛苦加深了他们俩共存的联系。经由她的痛苦，他终于感受到自己的柔情，以及他以前从未接触到的现实生活。在面对妻子的痛苦时，他所感受到的悲哀与无力感，使他成为一个真实的人。

他的妻子和他是同一类的人——两个受过伤害的小孩，找到对方，彼此为对方的世界增添色彩，使存在变得可堪忍受。

他们的理想主义虽然脆弱，却是真诚的。因为有她的支持，他在自己的教区内开始宣扬浪漫的信仰，成效颇彰。居民都听从他们的牧师，他的布道很美；他的妻子也很美。他们就像一阵风，横扫整个教区，小两口四处走访教友，与老人们谈心，陪他们唱几首圣诗。我们可以想象得到，担任这样的角色，带给他们很大的满足感。

后来妻子死了，他的真实生命化为乌有，变成一个努力在尽义务的机械人。自从他那稍微有点爱矫揉造作的妻子过世之后，上帝也逐渐远去。

在感情上，他渐渐失血而死，因为他那幼儿般的感情命脉，从来就没有苗壮过。丧妻之后，他独自生活了两年，接着就被玛尔塔掳获。她一直很爱他，即使在他还是一位有妇之夫、显得遥不可及的时候也是如此。身为小社区的精神导师，他与她经常有机会接触。冬季的寂寥、彼此的孤单和饥渴，逼使他们投入对方的怀抱。

玛尔塔的湿疹是由心理压力引起的。他觉得她的隐疾令人作呕，开始疏远她，她因此领悟到他们之间并没有爱。但是她非常固执，这个男人就是她的神圣使命。她的座右铭——"我祈求命运赋予我一项使命，于是我得到了你！"——是诚恳与嘲谑的混合物。当她跪下祈祷时，她祈祷的对象并非上帝，下跪也只是服从教会规矩的习惯动作而已。她祈求的是信心及安全感。

当托马斯站在湍流旁守候乔纳斯〔即乔纳斯·佩尔森（Jonas Persson）〕的尸体时，他清楚地检视自己生命中种种永难忘怀的失败。一小时之后，他把气出在爱他的人身上，接着，他内心的懦夫再也不能保持缄默了。他十分讶异地听见自己开口说："最重要的原因，是我并不想要你。"

　　玛尔塔（自言自语）：我了解以前是我不对，我一向都错了。

　　托马斯（痛苦地）：我要走了。我得去和佩尔森太太谈话。

　　玛尔塔：不，都是我的错。每次我恨你的时候，都拼命地想把恨意转变成对你的怜悯。（看着他）我一直很同情你，我太习惯同情你了，以至于连现在都没有办法恨你。（她抱歉地微笑着——一个扭曲、反讽的笑容。他很快地看了她一眼：她的双肩前曲，头部紧张地往前伸，双手巨大而僵硬，眼中闪着突然失去防卫、燃烧般的神情，两个耳坠自乱发中突出。）

　　玛尔塔：没有我，你怎么办？

托马斯：噢！（不屑的表情，他咬自己的嘴唇。一股厌恶感从他的肠胃里涌向脑部。）

玛尔塔（不知所措）：不，你没办法过下去！你会活不下去的！亲爱的小托马斯，任何事都救不了你，你会把自己恨死！

他起身往门口走去，在那短短的几秒钟内，他有机会去体会另一种更可怕的存在状态——没有她的日子。一切都无法挽回了，死神已主宰了这个房间，在门边他转过身听见自己说："你想一起去Frostnäs吗？我会试着对你好一点。"

（她抬头看他。在她严厉的脸上，有一种被拒绝、被摒除在外的表情。）

玛尔塔（生硬地）：你真的希望我去吗？还是你又发现了新的恐惧？

托马斯：随便你，我可是问过你了。

玛尔塔：我当然会去。我别无选择。

对他们俩来说，这整件事都像一个下水道。他把这话丢出去，她坐在那里，毫无防御。她突然明白自己的错误及罪恶：在她强烈的感情里，隐藏着残忍的自大心理。

当天下午三点钟，托马斯和玛尔塔抵达Frostnäs。教堂的钟在响。我想当他们并肩穿过薄暮时，一定一起感受到某种平静。阿尔戈特·弗洛维克（Algot Frövik）对于孤单的结论，也可以

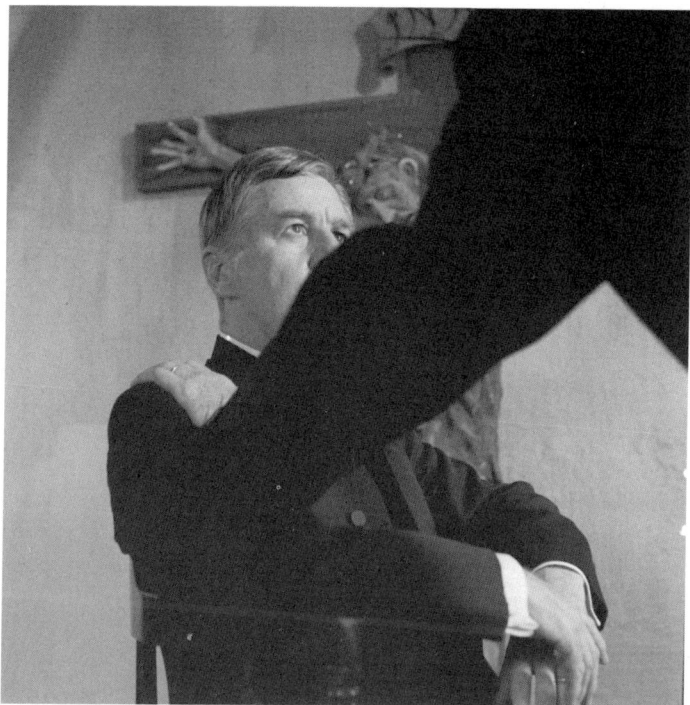

作为一个开端。在那个刹那，托马斯悟到耶稣和他其实在忍受相同的痛苦："上帝啊！上帝！为什么弃我不顾！"

黑夜笼罩着Frostnäs与各各他山（Golgatha）。

阿尔戈特·弗洛维克早就体认到这一点。有几秒钟的时间，就连托马斯也领略到这份因为同样在受苦而心照不宣的同志情谊。

一切都显得异常清晰起来，他终于面临第一个新生的机会。埃里克森这辈子头一次为自己做了一个决定：虽然台下除了玛尔塔之外，一个人也没有，他仍然照常主持礼拜。

对于有宗教信仰的人来说，或许上帝真的对他说话了；对于不相信有神存在的人而言，是玛尔塔与阿尔戈特·弗洛维克这两个人，共同帮助一位同胞，让他从跌倒中再站起来，远离死亡。

因此，上帝到底说话了没有，其实并不重要。

我在《魔灯》中写道：

《冬日之光》筹备期间，我在早春时节，常到乌普兰（Uppland）附近去寻访不同的教堂，通常我都向风琴师借钥匙，在教堂里一坐就是好几个小时，看那光影的舞蹈，思索我该如何结束这部电影，所有情节都已写好，也做了规划，唯独结局除外。

星期日，我一大早打电话给父亲，问他想不想跟我出来走走。母亲因心脏病发作，正在住院。父亲因此完全拒绝与外界接触。他的手脚状况都在恶化，现在必须拄拐杖，穿矫形鞋。靠着他的自律精神及意志力，他仍然继续执行自己在皇家礼拜堂内的职责。那时他已经七十五岁了。

那是一个早春多雾的日子，白雪皑皑。我们很早就抵达乌普萨拉以北的一间小教堂，长椅上坐着四位比我们早到的教友。教会执事和司事站在走廊上窃窃私语，女风琴师在摆风琴的小阁楼上东翻西翻。当聚会的钟声飘逝于平原之上，仍然不见牧师的芳踪，好长一段寂静在天地之间回荡。父亲不安地在座位上左右移动，喃喃自语。几分钟之后，外面传来车辆在湿滑地上刹车的声音，接着是关车门的声音，然后我们看见牧师气喘吁吁地从走道尽头跑过来。

等他跑到圣坛的栏杆前面，就转过身来，用眼圈发红的双眼扫视他小小的聚会。他是个瘦削、长发的男人，经过仔细修整的胡子也盖不住他凹陷的双颊。他像在滑雪似的舞动双臂，开始咳嗽。他的头发在头顶上打圈，额头开始发红。"我病了，"牧师说，"我着了凉，在发高烧！"他在我们的眼中搜寻同情，"我已经获准今天只带领各位做一个很短的礼拜，不领圣餐，我会尽力讲道，然后我们可以一起唱一首圣诗，就只能这样了。我马上进去换法衣。"他鞠了一个躬，手足无措地在那儿好一阵子，好像在等我们鼓掌，或至少做点体谅他的表示，

189

可是没有任何人有反应。他消失在一扇很厚的门后面。

父亲从长椅上站起来，他很不高兴，"我得去和那个东西谈谈。让我过去。"他好不容易挤出长椅，把全身的重量都放在那根枴杖上，一跛一跛地走进圣器收藏室，我们听到里面传出一段短暂而激动的对话。

几分钟之后，司事出现了，他很尴尬地笑着解释说："今天我们还是照常领圣餐，一位年长的同僚愿意协助我们的牧师主持仪式。"

风琴师和那几位教友唱起圣诗，开始礼拜，唱到第二段的时候，父亲穿着圣衣，拄着枴杖走出来。当圣诗唱完之后，他转向我们，用他平静清朗的声音说："神圣的主啊！天地之间充满你的荣耀。荣耀归于你，噢！至高无上的主！"

就这样，父亲给了我《冬日之光》的结局，和一条供我终生奉行的法则：无论碰到任何状况，都要领你的圣餐。

其他电影

喜悦—不良少女莫妮卡

比耶·马尔姆斯滕有个从小认识的画家朋友住在滨海卡涅（Cagnes-sur-Mer），他打算去看他，于是我们一起旅行，并在康乃馨花圃旁的山上，发现了一间可以俯瞰整个地中海区的小旅馆。

我的第二次婚姻已达终点，妻子和我企图以通信的方式找回爱情。同时，我也开始回忆我们俩在赫尔辛堡的时光。我起草写了几幕关于婚姻的戏，仍然坚持表达自己的观点，探讨自己在艺术界的地位，以及我们俩在婚姻中共同经过的困难、欺瞒与忠诚。而且，我想拍一部洋溢着音乐的电影。

赫尔辛堡有它自己的交响乐团。虽然毫无深度可言，却勇于演奏音乐史上所有伟大的交响曲目。那个时候，只要时间及情况允许，我就会去听他们排练。他们将在那一季的最后一场演奏会上演出贝多芬的第九号交响乐。我向指挥施滕·弗吕克贝里（Sten Frykberg）借来乐谱，因此能够一个音符一个音符地跟随这个业余小乐团不计酬劳、热情澎湃的殊死努力——的确令人感动，也是拍电影的绝佳题材。

于是我做了一个似乎非常自然的改变：我决定把我自传性电影里的剧场人物，全部改成音乐家，并且将电影命名为《喜悦》（*Till glädje*），以纪念贝多芬的第九号交响曲。

我以前自认为才华横溢。对工作而言，我从来不是一个神经质的人。之所以从事导演，是因为喜欢这份工作，而且又需要钱。至于我的作品到底具有多少价值，我却很少在意过。倒是经常会在自我陶醉的时候，为自己的聪明及才华，感到惊服倾倒。

《喜悦》中，有一段戏在讨论排演时准时到场、努力参与的重要性。至于我们在赫尔辛堡工作的真实状况，我曾在《魔灯》中有所描述："我们的排演时间很短，准备工作几乎等于零，作品就像是应付市场要求的速成商品。不过我认为这样做也有益处，乐器必须精金百炼；年轻人也应该不断面对新工作的挑战；演奏的技巧只有在不断与观众作实际接触的情况下，才能够有所进展。"

事实是否真的如此，我们从片中年轻的小提琴手演奏门德尔松小提琴协奏曲奇烂无比的效果（可以媲美我拍的《危机》），即可见一斑。

《喜悦》整部片子平衡失调，无可救药。不过其中倒有几场神来之笔，像是莉娜·奥林和玛伊-布里特·尼尔森（Maj–Britt Nilsson）夜间反目的那场戏就很好，它让尼尔森精湛的演技得以完全发挥，同时它非常有真实感，因为它诚实地叙述了我自己婚姻生活的困境。

不过《喜悦》仍然是一部无可救药的通俗剧，一部在一开始

的时候，感情锅炉就爆炸的电影。贝多芬的第九号交响曲被无耻地利用剥削。其实我很清楚通俗剧与所谓肥皂剧的结构，就跟我导《芬妮与亚历山大》一样，拍通俗剧的人可以毫不受限制地运用人类感情的各种可能，因为通俗剧赋予导演绝对的自由，唯一要注意的事，就是必须懂得在情况变得太荒谬、令人完全无法接受之前，及时打住。

当我拍《喜悦》的时候，我并没有察觉到把那位妻子的死和贝多芬的《欢乐颂》(*An die Freude*) 联想在一起，是多么大意和肤浅的决定。本来我的故事比较好，结局就是夫妻拆伙。他们虽然还留在交响乐团里工作，但是她争取到一个去斯德哥尔摩工作的机会，更加速他俩的分手。

可悲的是，连这么简单的一个结局，我都没有办法应付。

在此期间，我拍的电影都有一个共同的缺点：我不知道该如何描述年轻人的快乐。最可能的原因，大概是因为我自己从来没有年轻过，只有"不成熟"过。我从来不和年轻人交往，一向孤立自己，而且果然如愿以偿。同时我却又沉迷于海耶玛·伯格曼精雕细琢、专讲年轻人的小说之中。我的这项矛盾反映在《夏日插曲》(Sommarlek)中，同时也成为《野草莓》中最大的瑕疵。

年轻人的世界是一个完全陌生的世界。我站在外面往里瞧。每次当我必须为自己的电影创造年轻人的语言时，就只有求助于文学作品中的陈腔滥调，使我的角色都变成卖弄风骚的蠢人。

我在《喜悦》中叙述的是一连串我个人真实的经历。当一个人在做这样的企图时，必须要有一定的距离感与纵观全局的能力。当时我对那些题材尚不能保持足够的距离，于是，骨牌搭起的房子就倒塌了。

早在《夏日插曲》中，我拍的电影所传达的讯息太过个人化的程度，就已超过自己能够控制的范围。

《夏日插曲》有一个很遥远的历史，现在回想起来，故事的源头来自某个夏天我随家人去欧诺岛度假时，经历过的一次动人的小恋曲。当时我十六岁，和往年一样，因为暑假作业太繁重，经常不能参加同伴们的活动；而且，我的衣着打扮也与众不同，我很瘦，还长着青春痘。那时候，我不是沉默无语，就是结结巴巴地在读尼采。

那是个属于纯真及感官的世界，充满着慵懒与堕落的情调。不过，如我所说的，我却很孤单。在那天堂般的小岛靠海湾的另一端，住着另一位也很孤单的女孩。

一种羞怯的爱开始在我们俩之间滋生——这是两个寂寞的

年轻人碰在一起最可能发生的情况。她和父母住在一间尚未完工的古怪大房子里。她母亲是个风华不再的寂寞女人，父亲中过风，总是一动也不动地坐在大音乐间或面海的走廊上。很多身份显赫的绅士淑女到他们家拜访做客，赞赏他们带着异国风情的玫瑰园。去她家就好像走进契诃夫笔下的短篇小说一般。

我们的恋情随着秋天来临就死亡了。但是我在考完毕业考之后的那个夏天，却根据那次经验写成一个短篇小说。后来我去瑞典电影公司当写剧本的奴隶时，又把它翻出来，改编成一个电影剧本。结果因为回忆的片段太多，故事纠缠不清，连我自己都理不出头绪。我写了好几个版本，没有一个对劲。后来葛兰夫尼奥斯从旁协助我，砍掉所有多余的枝节，淬取出最原始的故事。多亏他的帮忙，我的剧本才通过审核。

我们在群岛外围拍摄。当地景色非常特殊，混合着传统乡村的风光和荒原的粗犷，很能突显不同时间的感觉：像是夏天的阳光，以及秋天的晨昏之际。尼尔森把故事中纯真的柔情诠释得恰到好处，摄影机理所当然地迷恋着她。她与故事融为一体，她的收放自如，提升了故事的境界。那部电影成为我快乐的经验之一。

可惜困难的时期逐渐迫近，意味着电影业完全停摆的危机时期开始了。瑞典电影公司急着开拍一部侦探片——《不能在此发生》(*Sånt händer inte här*)，请来自好莱坞的西涅·哈索（Signe Hasso）担任女主角。我因为经济上的考虑，答应执导该片，并且几乎一个镜头接一个镜头地照章行事。《夏日插曲》被搁置在一旁，《不能在此发生》才是首要之务。

后来那件工作变成我的酷刑，足以证明当你不想做某件事，却非做不可的时候，感觉会有多么可怕。令我痛苦的原因倒不是因为它是别人指定我拍的东西。我后来曾经在电影业停滞期间为Bris牌肥皂拍过一系列广告短片，就是一次很愉快的经历。我在广告片的范畴之内玩把戏，制作了一些仿乔治·梅里爱（Georges Méliès）式的电影模式，向大众对这类影片的成见挑战。本来我是为了养家活口才同意导Bris的广告片，不过那也仅是次要的理由，最主要的诱因是制作单位给予我绝对的自由，我可以随意调度资源，以及决定广告背后的讯息。对于工商业挟巨资进军文化事业，我一向很难产生反感。我自己的整个电影事业不一直都由私人企业出资赞助吗？我总不能靠自己的"美色"谋生吧。资本主义是一位非常现实的老板，不过它若认为你有用，也会对你非常慷慨，而且你也绝不需费心猜自己在此时此地的价值——这样的工作关系其实也是很有用的自我锻炼。

可是执导《不能在此发生》的时候，我从头到尾都苦不堪言。

我一点也不反对拍侦探片或惊悚片。令我不自在的原因不是片子的类型，也不是哈索。当时瑞典电影公司天真地以为请到这位国际巨星来拍片，就能创造震惊全世界的票房成就。因此，《不能在此发生》是一部以瑞典文及英文双语拍摄的电影。哈索虽然是一位和善且具才华的女士，在拍片期间身体状况却很糟，靠药物过日子。我们从来不能确定下一分钟她会变得兴奋非常或是沮丧不已。她的确是个问题，但不是最大的问题。

我的创作瘫痪症是在开镜后的第四天开始发作的。

就在那一天，我第一次见到那一群被放逐的波罗的海演员，他们都将参加演出。那次会面对我来说是一大震惊，我突然明白

198

其实我们应该拍什么样的电影了。跟那演员所过的生活、经历的事件相比，《不能在此发生》轻浮、故意吊人胃口的悬疑故事简直是一种亵渎。第一周还没有过完，我就要求和瑞典电影公司的制片总裁迪姆林面谈，乞求他取消整个计划，无奈箭在弦上，势在必行！

就在此时，我患了重感冒，后来演变成近乎滑稽的严重鼻窦炎，一直折磨我到片子杀青，就好像我的灵魂躲进我鼻骨后面那深不可测的小洞里去，决定待在那里顽强抵抗。

因为不同的理由，我曾经拍过几部令我羞于见人或非常厌恶的电影。《不能在此发生》是第一部，另一部是《接触》。这两部电影都代表我的谷底时期。

而且我也没有逃过惩罚：《不能在此发生》于1950年秋天上映，影评人和观众一致认为那是一部大烂片。而《夏日插曲》却被弃置一旁，苦苦等待，足足熬了一年才获准发行。

我身为电影导演的声誉，有待下一部片子的成功，才可能重振。基于这个缘故，有人认为我应该为瑞典民俗博物馆拍摄《夏日之舞》（*Hon dansade en sommar*）。为了某个特殊的原因，这部电影得以在电影业停滞期间开拍。但到了最后一刻钟，卡尔·纪彭（瑞典民俗博物馆电影制作组的负责人）突然裹足不前。他要一部"美丽"的电影，而不是像《渴》那样"神经兮兮、淫猥的东西"。于是我被一脚踢开。不过那时该片最重要的试镜部分已经做了，而且也已确定用乌拉·雅各布森（Ulla Jacobsson）（拍完那部电影之后，她即成为国际巨星）。我的下一部电影变成《女人的期待》（*Kvinnors väntan*）。那部片子在电影业停滞时期结束之后，很快地筹划完成，开始拍摄。故事脱胎自我当时的太太甘恩（Gun）的想法。在遇见我之前，她的夫家是一个大家族，在丹麦境内的日德兰半岛（Jylland）上有一大片避暑产业。甘恩告诉我，有一天晚上晚餐过后，所有的女人都留在餐桌旁，开始彼此倾吐心事，畅怀谈论自己的婚姻及爱情。我认为这很可以作为一部电影的开场。我打算在固定的架构中同时发展三个故事。

经过电影停摆之后，我的经济状况迫使我和瑞典电影公司签定一纸二流的（客气的讲法）合约。合约上明确规定我必须拍一部成功的电影——也就是说，我必须拍一部喜剧。

喜剧的部分在电影的第二段：也就是伊娃·达尔贝克（Eva Dahlbeck）和古纳尔·布约恩施特兰德在电梯里的那一场戏。我第一次听见观众因为我拍的东西笑！伊娃和古纳尔都是经验老到的喜剧演员，很懂得该如何制造效果。那一场在狭窄空间里的技巧小练习之所以显得滑稽，完全要归功他们两位。

中段的故事比较有趣。长久以来，我一直模糊地想拍一部没有对话的电影。在二十世纪三十年代，有一位捷克籍的电影导演马哈蒂（Gustav Machatý）导过两部几乎没有对话、纯粹以视觉效果说故事的电影——《入谜》（Ecstacy）和《夜晚》（Nocturno）。我在十八岁的时候，看了《入谜》，深受影响。当然其中还有另外一个原因：因为那是我们第一次可以在电影上看到女人全裸的镜头！不过最重要的原因还是因为那是一部完全以影像为主的电影。

这种以图片说故事的方式，可以一直追溯到我的童年时代。那时我用硬纸皮搭了一个迷你戏院，前面有几排座椅、一个乐池，有幕帷、有前台，两旁还有小小的包厢。我在戏院外的招牌上写着"Röda Kvarn"（红磨坊——斯德哥尔摩最有名的电影院）。

我又在纸板上割开一个方格，作为"银幕"，后面固定一个箱子。然后我在长纸条上画漫画，把纸条装进箱子里，拉过我的银幕，就成了我放映的电影。我自己编故事，在图画之间还穿插文字卡片。不过我一直约束自己尽量少写字。不久之后，就发觉不用一个字也可以说故事，就和《入谜》一样。

我在筹备《女人的期待》时，经常和作家弗格斯特罗姆（Per Anders Fogelström）聚会。当时他正在写一个短篇，讲一对少男少女一起逃家，在群岛上过了一阵子完全原始的生活，然后又回到文明的故事。

后来我们合写了一个剧本，附上详细的"使用说明书"，交给瑞典电影公司。我的构想是在最困难的状况下，制作一部低成本的电影，远离摄影棚，并将工作人数减至最低。于是《不良少女莫妮卡》（Sommaren med Monika）便获准成为我签那份奴隶合约后的第二部片子。甄试哈里特·安德森和拉斯·埃克伯格（Lars Ekborg）的试镜，就是在《女人的期待》的场景中进行的。我又开始过一部电影接一部的生活了。

我从来没有拍过一部比《不良少女莫妮卡》更简单的电影。我们轻装简行，出发拍摄，充分享受自由。结果票房成绩也很好。

能够发掘像哈里特·安德森这样的天才，再目睹她在摄影机前的表现，是极具启发性的经验。之前，她在舞台剧及综艺剧场上表演，还在一些轻松的喜剧如Anderssonskans Kalle、《牛排与香蕉》（Biffen och Bananen）中担任小配角。仓促之间，她同时

接到莫兰德所导的《反抗》(*Trots*) 的通告，扮演一位天真无邪的女孩。在我准备开拍《小丑之夜》之前，制片部总裁办公室里的人对我都特别谨慎小心。我向莫兰德打听哈里特，他对我眨眨眼睛说："如果你相信你可以从她身上榨出一点东西，那也很好。"直到后来，我才体会到那位年长的同事给了我一个多么错误的暗示。

哈里特·安德森是影史上少见的奇才之一。在你通往电影工业丛林的崎岖长路上，大概只能遇见一两颗像她这样的熠熠明星。

下面就是一个最好的例子：夏天结束了，哈瑞(Harry) 不在家，莫妮卡(Monika) 出去和一个叫莱拉(Lelle) 的男子约会。他在咖啡厅里丢了一个铜币到点唱机里。在盈耳的舞曲声中，摄影机转向哈里特，她把视线从对手身上直接移到镜头上，就在那一刻，电影史上才首次出现毫不羞怯地与观众直接接触的表演形式。

羞 耻

《羞耻》在1968年9月29日首映。隔天我在工作手册上写道：

    我坐在法罗岛上等待。如愿地与外界完全隔绝，感觉蛮好的。丽芙在索伦托（Sorrento）参加庆典。昨天电影在斯德哥尔摩和索伦托两地同时上演。我却坐在这里等着看影评。中午的时候我会坐渡轮到维斯比（Visby），把早报和晚报统统买回来。

    能够独自面对这件事真好。真高兴我不必露脸，因为现在我很痛苦！那个感觉就好像是痛楚混合着恐惧，持续不断地……我什么都不知道，也没有人提供我任何消息。但是我就是觉得沮丧，我的直觉告诉我，影评的反应虽不至于很恶劣，却一定不冷不热。碰到这样的状况，任何人都很难无动于衷，谁不希望自己能够永远受到影评人和观众的宠爱呢？已经有好长一段时间，我觉得自己被排挤。只要有我在，大家都很安静，对我保持礼貌，让我呼吸困难。我怎么能再过这样的日子呢？

最后我终于打电话去瑞典电影公司的总办公室。我想找公共关系组的组长，他正好在休息，我只好跟他的秘书讲话：

噢，是的，她还没有看到影评，不过听说反应很好，听说《快报》(*Expressen*) 晚报给它五颗星的评价。不过一时之间她还没办法念给我听。是的，丽芙当然很好，我们都知道报纸就是爱乱写嘛……

那个时候我已经发高烧到（华氏）104度。我放下话筒，心跳之快，好像马上就要从我嘴巴来里出来似的，因为我觉得羞愧、疲惫，觉得一切都毫无意义；因为我的绝望和神经质……不！我并不觉得特别高兴！

上面的笔记显示两件事：一是电影导演等着看影评等得非常焦虑；二是他自认导了一部很好的电影。

今天我再重看《羞耻》之后，发现电影可以分成两部分来看：上半段讲战争的部分拍得很烂；下半段讲战争的后果拍得不错。上半段比我当初想象得还糟；下半段则比记忆里好很多。

好的那部分从战争结束之后开始，角色们开始感受到战后的痛苦，也就是丽芙·乌曼和马克斯·冯·叙多夫在马铃薯田中移动，周遭是一片空洞、死寂的那个片段。

有些人或许觉得下半段描述一叠纸钞数度易主的那个事件，

好像过分牵强，像是一个布局过于完美的阴谋。那即是二十世纪五十年代美国式的电影理论。

我们这样说吧！前半段里的确也有些不错的片段，电影的开场很好，那对夫妇的处境和背景部分也交代得很清楚。

我有很长一段时间，一直想把电影的焦点摆在"小型"的战争上——那种引起彻底混乱、存在于边缘、没有任何人清楚到底发生了什么事的战争。如果我在写剧本的时候更有耐心一点，或许就能以完全不同的方式描绘那种"小型"的战争，可惜我太急躁了。

老实说，我那个时候对自己拍的电影过分自恃，同时还觉得自己对于各方争论的焦点事件（越战）有所贡献。我认定《羞耻》拍得很好。拍完《开往印度之船》之后，我也有同样的幻觉；后来拍《蛇蛋》，更到了着魔的地步！

所有的战争片都在描述个人及团体的暴行。美国片对于描述暴行，由来已久；日本人更把它当作一种庄严的仪式、绝伦的舞蹈。

我在拍《羞耻》时，非常希望能够赤裸裸地揭露战争的残酷。可惜当时我是心有余而力不足。我没有认清一件事：对于一个想描写现代战争的人而言，他必须具备某种程度的忍耐力，以及专业上的精确度。那完全不是我当时的能力所及的。

当外在的暴力停止、内在的暴力开始时，《羞耻》也开始变成一部好电影了。当社会功能完全崩溃时，主角跟着丧失一切凭借，他们的社会关系断绝，从此一蹶不振。本来懦弱的男人变得蛮横；本来坚强的女人精神崩溃。一切都变得不真实，像个梦幻剧。他们最后登上难民船，故事完全在影像中进行，就像是一场噩梦。在属于噩梦的现实里，我感到熟稔；一旦走入战争的现实中，我就完全迷失了。

［在整个剧本写作期间，故事的名称一直都还叫作《羞耻之梦》(*Skammens drömmar*)。］

换句话说，这部片子的剧本结构根本就不对。电影的前半段其实只是一段过分冗长的序曲，应该在十分钟之内就结束。之后发生的事件才应该尽量铺陈及发挥。

但是当时我并没有察觉到这一点。在写剧本的阶段，我没有感觉出来；到了拍摄的时候，我还是没有察觉出来；一直到进了剪辑室，我还是察觉不出来。经过那么长的时间，我一直以为《羞耻》是一部条理分明、结构匀称的电影。

一个人可以在实际工作的时候，对于工作方法中某项明显的错误毫无知觉，大概完全得归功人的自我保护功能。它可以在冗长而复杂的工作过程中，命令好批评的"超我"噤声！如果一个人必须不断忍受自己在耳边大声批评自己，想必拍电影一定会变成一项太沉重、太痛苦、太令人无法忍受的工作吧！

安娜的情欲

1968年秋天，我们在法罗岛上拍摄《安娜的情欲》(*En passion*)。片子里留有当时横扫过真实世界的风潮。从某个角度来看，这部电影在处理时代背景上有欠考虑；但是从别的角度看，它又显得风格独具。我对这部电影的感情是相当复杂的。

表面上，我们可以很清楚地根据女演员的发型和服装判断出这部电影的时代背景。如果我们要研究具有特定时代背景和不受时间限制这两类电影之间的差别，只消拿把尺量量女演员的裙长就可以了。当我第一次看到毕比·安德森和丽芙·乌曼这两位完全成熟的女性，穿着当时正流行的超短迷你裙出现时，我立时恍然大悟。记得当时我还提出了微弱的抗议，不幸的是，面对双重的女性力量，我投降了。短裙造成的效果当时并不显眼，可是过了一段时间，它就像用隐形墨水写的字碰到了日光，无所遁形。

在某一方面，《安娜的情欲》就像是《羞耻》的变奏曲。它描述了我想在《羞耻》里讨论的东西：一种以诡异手段运作的暴力。

这部电影讲的故事其实和《羞耻》一样，只是可信度比较高而已。

我还保存了一本纪录翔实、且颇有趣的工作手册。早在1967年，我就记载了想把法罗岛表现成死亡国度的想法。某人为了寻找一个更遥远的地方有的东西，进入并穿越这个岛屿，中间经过好几站。光影，恐怖、奇异又令人兴奋。

这就是我当初最基本的概念，后来也的确主宰着电影从头到尾的调性。可是最初的概念又突然朝各种新方向发展出去，有一段时间，我把它变成一个非常复杂的故事，讲一对姐妹——死去的安娜和活着的安娜。我想用两个事件做对称性的交叉穿梭。

我的工作手册在1967年6月30日那天记着下面这段话："有一天早晨，我醒来之后，突然决定放弃讲那对姐妹的故事，因为从电影的角度来看，这样的故事实在太庞大、太生硬、太乏味了。"

当时我还没有把剧本写出来，只列了一份详细的大纲，其中两个故事都已有长串的对话。因此，当欧洲广播联盟（Europeiska Radiounionen）要求我提供一个电视剧本时，我只花了一周的时间，就把整个故事戏剧化，完成了《谎言》(*Reservatet*)，《谎言》与《安娜的情欲》会合而为一，是可以理解的。

剩下来的整形手术，是将故事大幅修改，变成后来的《安娜的情欲》。这个工作我做了一整个夏天。电影在秋天开拍。

"死亡国度"仍不断地在我接下来的笔记中出现。今天我很后悔当初没能坚持原来的理想。

结果，杀青的电影跳脱了死亡国度的概念。除了其他的变化

之外，它和《羞耻》之间的关系显得更密切了。

两部电影的景都相同。不同的是，在《羞耻》里的威胁，非常真实；到了《安娜的情欲》，就变得比较隐而不宣。就像里面一句对白说的："警告一直隐藏在事物表面之下。"

《羞耻》的真实世界结束之后，《安娜的情欲》的梦魇接着开始。可悲的是，它的说服力不够。受到致命刀伤的羔羊、被火烧的马和被吊死的小狗，已足以构成一个噩梦。出现在电影开场时预兆不祥的假太阳，也已经为整部电影预设了气氛及答案。

如果不是因为《安娜的情欲》带有特定时代的线索，它大可以成为一部好电影。留下记号的不只是裙长及发型而已，还有属于内涵的部分——亦即它形式上的混乱：像是对演员们的访谈，以及那一场即兴的晚餐。访谈的部分根本应该统统剪掉。晚餐那一场应该用迥然不同、更坚决的方式表达。

我对自己常常流于说教感到十分遗憾，可是我当时实在太害怕了。如果有很长一段时间，你都觉得自己在锯一根支撑你全身重量的树枝时，你也会感到害怕的!《羞耻》果然不成功。雇用我的公司对我施加压力，要求我拍"大家都能懂"的东西。或许我可以自我安慰地说：我能够不顾一切，赋予《安娜的情欲》最后的面貌，算得上勇气可嘉了。

片中四位主角由约翰（埃里克·赫尔饰）担任他们游戏中的配角。这个约翰和《冬日之光》中的渔夫乔纳斯是两个平行的人物。他们都成为主角被动、无法建立正常感情关系性格下的牺牲品。

我仍然想描述生活中存在一个无法解释、恶毒而骇人的魔鬼。在所有物界中，它只住在人类心中。这个魔鬼不可理喻、不受法律的规范，它扩及整个宇宙，但毫不讲因果关系。人类最害怕的东西，莫过于这个他们既无法了解也无法解释的魔鬼。

《安娜的情欲》的拍摄过程，历时四十五天，是一场痛苦的煎熬。剧本在仓促之间完成，与其说是一本传统式的电影脚本，不如说是我当时情绪变化的简要。通常我在写作剧本期间，会先预期将面对的各种技术问题，并想好解决的办法。但是那一次我选择等到拍摄进行当中再边拍边解决问题。时间不够当然是原因之一，但最主要的缘故，是我想向自己挑战!

《安娜的情欲》同时也真正算得上是我和斯文·尼科维斯特合拍的第一部彩色电影。之前拍《这些女人》的时候，我们完全照本宣科。现在，我们决定要拍一部史无前例、独树一帜的彩色电影!

我们在一起合作这么久，第一次整天闹意见。我的胃肠溃疡开始发作，斯文没事就犯头晕的毛病。我们的构想是要拍一部"彩色的黑白电影"，只在极有限的几种颜色上做精确的加强。后来证实要达到理想效果非常困难。那个时候，晒彩色底片的速度极慢，而且需要和现在完全不同的光线。每次我们辛苦耕耘的结果只令我们更加困惑，所以我们经常发生争执，事后又会后悔。

当年是1968年，就连法罗岛上的工作人员也都感染了那年最流行的病菌。

斯文有一位摄影助理，已经跟我们合作过好多部片子。他个子矮矮的，架着一副新兵爱戴的圆框眼镜，以前一向勤奋努力，但现在却突然摇身一变，成了煽动群众的激进分子。他召集大型会议，宣称斯文和我都是暴君，要求一切艺术上的决定都应该由整个工作小组共同决定。

我指出，只要谁对我们的工作方式不满，谁明天就可以拿薪水卷铺盖回家。我并不打算改变自己拍电影的方式和习惯，也无意征询工作小组对艺术表现方面的指示。

没有人想回家！我命令煽动分子去做别的工作，不允许任何人再在拍摄期间举行任何形式的抗议集会。

不过，这部片子仍是我拍得备尝辛苦的一部，它和《不能在此发生》《冬日之光》及《接触》一样，都令我不堪回顾。

生命的门槛

我在1967年秋天完成了《生命的门槛》(*Nära livet*)之后,便再未看过该片,但并不妨碍我讨论这部作品。当拉瑟·伯格斯特罗姆与我将录音机关掉,以为对于我作品的谈话就此结束的时候,我们才惊讶地发现《生》片压根未被提及。我们均认为如此不妥,于是我决定把电影再看一次,却发现有股莫名其妙的抗拒感在心中滋生,令人十分疑惑。

我是在法罗岛上的试片间中一人独自重看该片的。我对当时自己的积极态度有些讶异。那部影片是件被指派的任务,是我答应为瑞典民俗博物馆拍摄的。我曾读过乌拉·伊萨克森的短篇小说集《死神阿姨》(*Dödens faster*),并为其中两篇小说所深深吸引,我当时甚至认为,那两个故事可以并为一部电影的拍摄题材。剧本改写的过程迅速且有趣(与吾友乌拉一道工作总是如此)。我得到了所需的拍片小组,毕比·林德斯特伦(Bibi Lindström)为我们提供了一个易于操控的产房场景,大家都神清气爽,工作效率极佳。为何如此确定？是啊！事隔三十年，我现在能够将从前的缺失看得更清楚，但话说回来，又有多少二十世纪五十年代的影片足以符合今日的要求呢？我们看待世事的标准不停地在改变（电影与剧场艺术的幻化速度更是惊人）。剧场表演在这方面所占的优势，在于它的稍纵即逝，无从比较。但电影却凭借胶卷继续留传。不知道若是哪一天我那些"罪证"消失无踪之时，这本书看来会像个什么样子？而我的看法却尽是寄托在工作日志、照片、报章评论，以及渐逝的记忆里……

然而，此刻《生命的门槛》这部影片以它在1958年3月11日首度面世时的面貌，分毫不差地呈现在我的眼前。独自在暗里观影的我，也并未受到他人意见的影响。我发现我所看到的《生》片，虽然情节稍嫌曲折，却不失为一叙事精彩的佳构。故事内容是关于在一间医院病房内的三名妇女。影片显得温馨、可圈可点、事理通畅、演技精湛；当然也有些瑕疵，譬如：过多的妆、伊娃·达尔贝克头上那顶可悲的假发、部分的摄影过于细琐、稍嫌文艺腔的对白等。当电影结束之后，我坐在那儿，显得有些惊喜，又有些恼怒：我发现自己竟突然"喜欢"起那部老电影了。片子的质地优良，大概在戏院里亦展现了不错的效果。我记得他们还特地请了几名医护人员驻守戏院，因为有些观众偶尔会被影片的内容给吓晕了过去。我也记得该片的医技顾问拉斯·恩斯特罗姆（Lars Engström）医师，特许我在卡洛林斯卡医院观看一名妇女生产的过程，那真是一种痛苦的经验，且颇具训诲效用。即使我当时已育有五个儿女，但他们任何一个出生的时候，我却从不在场（而这使得往事一一浮现）。小孩降临人世的当刻，我不是酩酊大醉，

213

便是在玩我的玩具火车，再不然就是在看电影、排戏、拍片，或是将注意力放在不该注意的女子身上，每次状况各有不同，细节也无从忆起了。总之，那名妇女产子的情形实在是太精彩了，而且过程毫不复杂。那位年轻臃肿的母亲在生产的时候时而尖叫，时而发笑，把产房里的气氛弄得十分激昂。我在"观礼"时两度近乎昏厥，必须走到房外把头在墙上轻撞几下才得以清醒。当我再度进入产房的时候，胸中顿时满溢感激之情。

我并不是指拍片的过程中完全没有麻烦。属于瑞典民俗博物馆的摄影棚是由一座狭长形的学校体育馆改装而成的，体育馆本身位于斯德哥尔摩市奥斯特马尔姆（Östermalm）区一栋老旧摇晃的建筑的地下层内。那里可资利用的空间十分有限，通风状况亦极不理想——空气的入口与外头的人行道齐高，引入棚内的尽是过往车辆所排放出的废气。真是个局促、肮脏、破损不堪的拍片环境！而当时又正值亚洲型流行性感冒肆虐，拍片人员像骨牌游戏般一倒一大排。但因某些演员的档期问题，进度无法拖延，因此，大家只好咬紧牙关，顶着（华氏）104度的体热继续工作，而且每个人都蒙上口罩，以防感染。我们不时地（应说是经常地）会走到布景后头置放笑气的地方。笑气与麻药一样是会令人上瘾的，只不过药效没那么长。

我们后来发现摄影师马克斯·威凌（Max Wilén）原是个正经八百的人物，我们也只好回以严肃有礼的共事姿态。此外，我们还有个惨不忍睹的冲印室（充满了刮痕与灰尘）。

说起来，难以忍受的地方就是这些了；事实上，情况并不算太糟。再说，演员才是这部电影最重要的部分，而在大部分艰巨的情况下，这些女演员都证明了她们的确用心、忠诚、富创造力。她们亦都具备了苦中作乐的能力，知道如何像姐妹般地彼此体恤关怀。

演员，对，的确是特别应予加以说明的一章，但我并不确定是否能将演员这个因素对我的影片所产生的影响解释清楚。

若是《假面》里的阿尔玛一角不是由毕比·安德森所扮演，那么这部电影会变成什么样子？若是丽芙·乌曼没有同时接受伊丽莎白·沃格勒与我，那么我的生命又会有何不同？《小丑之夜》《第七封印》《野草莓》《冬日之光》这几部影片若是分别少了哈里特、马克斯·冯·叙多夫、维克多·舍斯特勒姆、英格丽·图林这些演员会变得如何？而若非得到伊娃·达尔贝克与古纳尔·布约恩施特兰德这两位演员的支持，我是绝不敢去拍《夏夜的微笑》的。

我有时候会在圈外的场合看到我十分想要的演员。啊，祖母的角色非她莫属；于是，贡·沃尔格林（Gunn Wållgren）就自然担任了《芬妮与亚历山大》中的祖母一角。而若是没有莉娜·奥林与厄兰·约瑟夫森这两位演员，我也一定没法完成《排演之后》的剧本；是他们引发了我创作该片的欲望。英格丽·褒曼与丽芙·乌曼是《秋日奏鸣曲》的先决要件。频繁的朝暮相处中充满了喜悦、温柔，但其中却也不乏疑惑。然而，当影片杀青后，所有这类的情感即逐渐冷却、褪色，甚至消逝不见：爱、拥抱、亲吻、困惑、泪水……我有一张《呼喊与细语》中那四名女演员戏下的照片，四人成排坐在一张矮靠椅上，身着深黑色的服装。当时，哈里特被装扮成一具女尸，当她们突然一齐在那张靠椅上猛力坐下的时候，椅内的强力弹簧竟把四人震得东倒西歪、大笑不止——

那是卡莉·西尔万（Kari Sylwan）、哈里特·安德森、丽芙·乌曼，以及英格丽·图林四人。诸如此类的插曲集结了女性的经验，且也成就了演员的演技。

古纳尔·布约恩施特兰德常用他那黑瘦的脸朝着我看，嘴角还爱挂着一抹讥讽的微笑；我们像是狂乱战役中的两名战士，结局终将是战死沙场。他后来病了，记忆力也大有问题。在某次戏剧演出的首夜，他把词忘得一塌糊涂，因而遭到斯德哥尔摩当地几个剧评家的猛烈抨击。他一直是我电影事业上的忠贞盟友，因此，我希望他也能在我的影坛告别作中扮演一角〔他的第一个角色是《雨中情》中的普曼（Purman）先生〕。我特别为他写了一个不致为其病况所干扰的角色，即《芬妮与亚历山大》中的那个剧院老板，一人身兼任剧院经理、导演及Père Noble[1]，剧团所推出的戏码是《第十二夜》。古纳尔饰演小丑，剧中他头顶着一支点燃的蜡烛，手握着一把红色的雨伞，坐在一个小梯子上面，口中还一面唱着小丑之歌："雨啊，雨啊，天天下。"当日的确是个雨天，事事物物的安排均完全依照古纳尔的口味，是那样优雅、令人感动。专门负责纪录片拍摄的摄影师也整天把镜头对着古纳尔。没人知道，甚至连我也包括在内，是古纳尔令这个在"南方剧场"工作的特别日子永留大伙心中。

古纳尔的状况并不太好，记忆力与肢体协调机能方面老出问题，因此需要不断地重拍。然而，不论是我或他都不曾有过一丝放弃的意念，他像个英雄一般与他不听使唤的肢体及失忆病症对

1　戏剧中特指年长、庄重的一类角色，类似于京剧中的"老生"。——编注

抗，不曾半刻心灰气馁。终于，小丑的表演完成了，他也得到了最后的胜利。

在这部长度超过两小时、关于《芬妮与亚历山大》拍摄经过的纪录片中，古纳尔·布约恩施特兰德的奋战过程是影片的主要重心。我将上千英尺的毛片剪了又剪，终于辑成了一段大约二十分钟长的片段。

为了慎重起见，我特别请古纳尔与他的妻子先看过这段描绘他的影片，他们均对之表示满意。我也因而感到欣慰，我觉得自己像是在为一个伟大演员的最后一场胜战造碑，而那胜战还不是一般的胜战，而是最高艺术表演层次上的胜战呢。不久以后，古纳尔病逝，他的遗孀向我表示片中的小丑之歌应予删除，我内心伤痛，却也不得不同意她的请求。不过，那段演出的底片却仍然保存着，古纳尔身为一名伟大演员的荣耀是不会被销毁的。

当指涉范围转移至剧场媒体时，演员的影响力就更居主导地位了。亚尔·库尔（Jarl Kulle）所饰的李尔王；彼得·斯特曼（Peter Stormare）所饰的哈姆雷特；毕比·安德森饰演的传奇人物……我此刻与耶特鲁德·弗里德在马尔默市立剧院内的漆绿员工餐厅内对坐相望，沉浸在过往的回忆中。我俩合作多年，先是在哥德堡，然后到了斯德哥尔摩，现在则来到马尔默市。我们天南地北、言不及义地乱聊一通。瑞典南方的冬天像一道刺眼的青光自窗外的庭园射向室内。房间内天花板上的灯本已是开着了，耶特鲁德的面庞被这外冷、内暖的两种光线重复照着，声音虽有些疲倦，却富磁性；绿灰色的双眸则泛着一种特殊的光泽。突然间，我萌发一念：坐在那儿的不就是赛丽曼（Celimène）吗?《厌世者》一剧中的赛丽曼吗？明年我导《厌世者》时，你一定得演赛丽曼这个角色，你肯吗，耶特鲁德？哦，当然，她会答应的，即便此刻她并不完全清楚这位赛丽曼是何许人物，"恨世者"又是什么样的一个人。不过，英格玛倒是看来十分开心、急切，所以，我也不便表示任何疑虑？对！就是耶特鲁德·弗里德，像是烈火炽焰一般令她心生恐惧。海达·高布乐（易卜生之剧中人物），属于此角的悲剧气息、情绪化残酷，以及玩世不恭。没错，就是这样！

我在几年前导《一出梦的戏剧》的时候，剧中舞者一角系由一名叫作波妮拉·奥斯特格兰（Pernilla Östergren）的年轻女演员所饰，该角戏份不多却极为重要。她之前在《芬妮与亚历山大》中曾扮演片中个性爽朗、走路跛脚的育婴女仆。后来当我们在排演《一出梦的戏剧》的时候，我看到了波妮拉所具备的能力、热忱，以及她那勇往直前的性格（即使有时她做错了什么，最后也都变成对的了）。于是，我霍然一惊，发现经过那么多年的等待，皇家剧院终于又盼到了一名可成大器的女伶，排完戏之后，我趋前拦住那女孩，告诉她，三年之内，或最多不超过四年，她一定可以饰演诺拉（Nora）一角。

演员可以主导剧场。导演与艺术指导可以为所欲为，甚至对演员、剧作家及他们自己造成阻碍；但演员若是够强势的话，仍能主控整个舞台。我记得有一次《三姐妹》（Three Sisters）这出戏被一名中欧的老导演导得支离破碎，大多数服从听话的演员都像梦游者一般无聊至极地在舞台上东游西荡。其中只有一位不甘示弱的黑衣女子，自惨淡的演员群中脱颖而出，兀自掀起狂暴的视听景象。那位女王就是安妮塔·艾克曼娜（Agneta Ekmanner）。

我现在极端清醒，知道以上所写的这些，与《生命的门槛》一片本身并无关联；但或许有也说不定呢。大部分的时候，我都自己写剧本，而且之后还会不断地改写，我的工作日志上即记载着这种冗长的创作过程（经常令我自己都觉得惊讶）。作品中的对白都经过严密的品管，在精简的过程中，常需大量地删修，直到最后粗糙的成分都被筛除了为止，一定要能狠心"割爱"。而当演员最后接过剧本，再转换成他们自己的语言说出台词的时候，我通常都已记不清楚原始对白为何了。这些艺人常将已垂朽的场面注入新血，我也因而感到有些安慰。但这些的确是我当初所要说的吗？是的，当然，虽然在长时间的修改过程中我已忘记原先我是怎么写的，但我确信这些演员口中所吐出的话语一定就是我当时的意见。

然而，《生命的门槛》这部电影的创作情形却迥然不同，我对乌拉·伊萨克森的原著有种责任。我必须制造出一种熟悉却又陌生的真实情境：妇女与生产。我发现自己的确被置放在生命的门槛上旁观，并且还因而碰到了许多意想不到的情况：一间大厅安置了六名才生产完的母亲，以及她们的新生幼儿；胀痛的乳房；洒落四处的酸乳；个别不同的产后状况；为人母者的愉悦；过于担心产儿的动物性本能反应。我觉得有些反胃，并且自然会对自己向来只作一名逃避、无知的父亲角色之经验加以反省。

塞西莉亚（Cecilia）这个角色是由英格丽·图林饰演，那是一名已有三个月身孕的女子，却面临流产的命运。片中，当她掀开被单时，一身冷汗地看到床上、身上四处沾满血迹。我们的专业顾问是一名接生护士，她每天都在拍片现场给予我们必要的协

219

助。在塞西莉亚流产的那一场戏，接生护士指导我们如何陈设血迹（用的是以化学色剂稀释过的牛血，以逼近真实）。我还记得我看到那场景时，突然感到恶心想吐，同时也忆起了以前曾看过一名女子蹲坐在马桶上，红血自其两胯间汩汩流出的骇人景象。

我当时等同于伊萨克森原著的监管员。在沮丧的时刻，我常以冷酷的专业原则去处理那些状况，但我那时若还有其他的办法，就不会那样去处理了。当时的我，就像一名溺水的泳者踏不着底般可怜。更不幸的是，我那时竟也遭到流行性感冒的暗算，而至一蹶不振。全是这些可怕的阻碍！

然而，该片的四名女演员却总显得那么亲切和善，对恶劣的情况不以为意。她们看得出来我人不太舒服，是以尽管本身任务极其吃重，却也对我百般容忍、照顾。我真是感谢她们。事实上，我对我的演员几乎总是心存感激。每当我们结束了一件工作，必须相隔一段时间才能再聚的时候，我发现自己总会陷入一种焦虑与沮丧的情绪当中。大家有时会对我不参加作品首演及庆祝宴会的行径表示讶异，其实那没什么好奇怪的，大家应该明白我必须远离那种足以牵动情绪、会让人在心中啜泣的场面。在该种状况下，谁有办法出席那类的庆祝活动呢？

实际上，《排演之后》就是一名年轻女演员与一名老导演之间的对话：

安娜：你如何能确定你对演员说的，就一定是正确的呢？

沃格勒：我想我不确定。

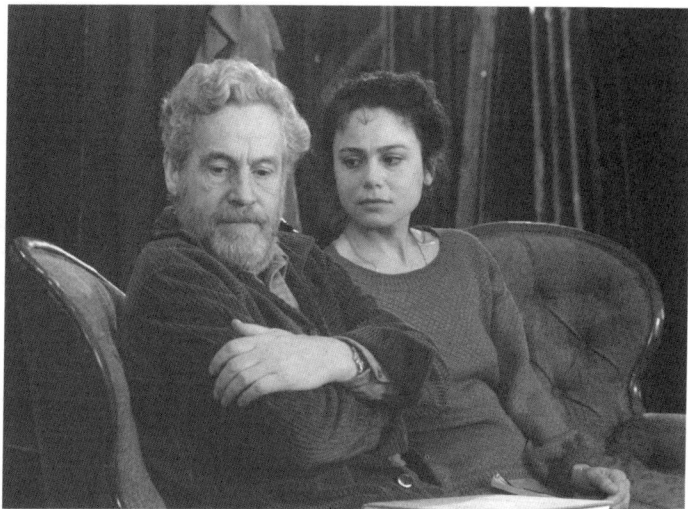

安娜：你害怕做错事或说错话吗？

沃格勒：当我较年轻的时候，更应有感到害怕的理由，但显然，我当时并不认为有此需要。

安娜：许多导演的事业道路上总是站着一堆令他们弃而不顾的演员，你曾否有心数讨你手下到底有多少个这样的受害者？

沃格勒：没有。

安娜：也许你手下并无任何这样的受害者？

沃格勒：我认为没有。

安娜：你怎能如此确定？

沃格勒：我相信在生活中，或让我们称之为现实里，有些人曾为我所伤，正如我也曾为他人所伤一般。

安娜：不是在剧场中吗？

沃格勒：不是，不是在剧场中。也许你想知道为何我如此确定，现在我就来告诉你这个听来夸张且滥情的事实：我爱透了这<u>些</u>演员！

安娜："爱"他们？

沃格勒：一点不错，我"爱"他们，就是以一般我们所谓的"爱"在爱他们。我爱他们这种职业，我爱他们所具备的那种勇气、叛逆，或随便他们要将那种特质称为什么。我喜欢他们的狡诈欺瞒，也喜欢他们的率直坦白。我甚至喜爱那种被他们操纵的感觉；也十分羡慕他们敏锐的洞察力与容易接受谎言的特质。没错，我就是无条件地、热切地爱那些演员，正因如此，我便不可能去伤害他们。

秋日奏鸣曲

《秋日奏鸣曲》的故事大纲在1976年3月26日就写了。部分的真实情况是：我在1月时遭遇了一起逃税风波，该项丑闻让我住进了卡洛林斯卡医院的心理诊疗部，然后又转到了索菲娅皇家医院，最后再住到法罗岛上来。三个月之后，起诉撤回，整起事件也从罪行降为一般的税务案件。该则消息传来，使得心中郁积多日的阴霾顿时清除。

下面这段文字是我当时的工作日志上所记载的：

起诉撤销的那晚，我彻夜难眠，吃了安眠药也不管用。我在那夜产生了一个灵感：拍一部讲述一对母女关系的电影，而英格丽·褒曼与丽芙·乌曼则为该对母女档的不二人选。电影里除了她们两个之外，不会再有别人了。或许也还有空间再加上一个角色也说不定。

电影应该看来像是这样：海伦娜（Helena）[1]，三十五岁，并没有古代同名女子海伦娜那般倾国倾城的美貌，嫁给了一位名叫维克多（Viktor）的善良牧师。他们住在离教堂很近的一所牧师公馆中，自幼儿因不明疾病去世后，他们的生活便变得寂静起来。他们的孩子死时才六岁，名叫埃里克。海伦娜的母亲是位卓越的钢琴演奏家，经常在世界各地巡回演出。现在，又到了她一年一度造访女儿的时候了。不过，这样的约定亦有数年未履行了。为了欢迎母亲的到来，海伦娜忙里忙外，殷切期盼此次母女的相聚。海伦娜自幼由母亲亲自教授琴艺，因此，也会弹琴。对于母女俩而言，此番会面是次泪笑交织的经历。母亲到了，心情极好，至少她刻意表现出这个模样。她发现事事均做了最好的安排：客房里的床上甚至安置了木板（用以舒缓她的背疾）。她则带了一些瑞士产的糖果、饼干送给女儿、女婿……

周末时，教堂钟声响起，海伦娜准备去为埃里克上坟，她每星期六都要去那儿。她透露埃里克有时会回来找她，她甚至还能感觉得到他的抚触。母亲发现海伦娜一直活在过去的记忆里，惊愕之余，也尝试以温和的话语令女儿明白她们夫妇俩应该再生，或是去领养一个小孩。之后，海伦娜为母亲弹奏了一曲，母亲虽表示赞赏，却以自己的方式将该曲再弹了一次，借此不动声色却明

1　实际上在电影中，这个角色叫伊娃，海伦娜是伊娃残障的姐妹。——译注

确地击碎了女儿温顺的诠释方式。

第二幕开始时，母亲在床上无法入睡。服药、看书、诵念经文，依旧难以成眠。最后，她起身，走到客厅。海伦娜也听见母亲的声音，于是开始重要的一场戏：揭露真相。两人谈论着彼此的关系。海伦娜第一次有勇气说出实话，当所有的怨气顿时爆发时，母亲感到前所未有的震惊。

然后轮到母亲这个角色来倾倒苦水了。她诉说出心中的憎恨、绝望与孤寂。她谈论着她与男人之间的关系，指责他们的冷漠，以及对婚姻不忠所给予她的羞辱。但这幕戏须往下深掘：最终要让女儿带给母亲新生。如此一来，她们才能在那短暂的共生时刻中，重新结合在一起。

尽管如此，母亲次晨便要离开了。她无法忍受那里的寂静，以及那种赤裸裸的新感受。她打电话请人拍封电报来女儿家，好有个借口立即开溜。但她打电话时却被海伦娜给听到了。那是个星期天，母亲离开之后，海伦娜便径自走向教堂里去听先生讲道了。

后来，片中的角色由两名增至四名。由海伦娜给予母亲新生之想法因难度过高而被迫放弃。而角色们似乎都有自寻生路的倾向。早些年前，我总试着要去掌控他们，但后来我变得明智些了：我学会了让他们去自我展现。而这就是片中"怨恨"情结的来源：女儿无法原谅母亲；母亲也无法宽恕女儿。最后，解开仇结的关键则在有心病的女儿身上。

《秋日奏鸣曲》是我在那段自我禁锢时期结束之后，利用某夜短短几个小时的时间构思而成的。剩下的谜题便是：为什么是《秋日奏鸣曲》这个故事？这是我早先没有想过的问题。

与英格丽·褒曼合作的想法早就存在了，那并不是该故事的起始动机。我最近一次碰到她是在代表《呼喊与细语》参加戛纳影展的时候。当时，她在我衣服口袋里塞进了一封信，提醒我别忘了要与她合作拍片的承诺。从前我们曾计划过要将海耶玛·伯格曼的小说《老板，英格伯夫人》搬上银幕。

换言之，令人不解的是：为什么挑上了这个故事？故事又为何如此作结？事实上，故事在大纲阶段结束得更妥切些，在执行成影片时却未能尽善。

那年夏天在法罗岛上，为了怕《蛇蛋》一片有所失误，我利用几个礼拜的时间，将《秋日奏鸣曲》的剧本预先写了出来以做准备。我也下定决心：永远不再在瑞典工作了。

这就是导致《秋日奏鸣曲》移师挪威拍摄的原因。事实上，奥斯陆外头那些个简陋的摄影棚令我相当满意。它们是约在1913年或1914年所建造的备用棚。除了因风向变动而偶有飞机过往上空之外，其余时间，该地感觉起来是相当老式且舒适的。那儿纵然多受损毁却也事事不缺。当地的工作人员虽然稍欠专业，但十分友善。

拍片过程十分耗费心力。倒不是说我与英格丽·褒曼在合作上有困难，而是指我们在沟通上有些障碍。在第一天我们全体集合读剧本的时候，我注意她是在一面镜子前演练她的台词的，音调、姿势一应俱全。很明显,她所受的专业技巧与我们有所不同,那是属于二十世纪四十年代的演技训练。

我相信她的身上一定安置着某种类似电脑的精巧系统,不过她的指令接受机制却不是设置在一般应当安放的位置上——而此处却必须要是那样的位置——她一定是对某些导演的脉动特别敏感,毕竟,她在好几部美国片中都有过杰出的表现!

譬如说,在希区柯克的电影里,她的演出总是那么精彩;然而,她却不喜欢这位导演。我相信这位导演在她面前总不忘适度表现出一点傲慢无礼的姿态,因为那是唯一能令她听话的办法。

在排练期间我便已发现"倾听"与"了解"二法对她并无效用,因此,我只好被迫启用通常为我所拒的方法来对待这位女演员,即一种挑衅态度。

有一次她竟对我说:"如果你不告诉我这场戏该怎么演,我就给你一巴掌!"我倒蛮喜欢那个场面的。只不过,从一个严格的专业角度看来,同时与这两个不同类别的演员一起工作是极不容易的。现在当我再次回头去看这部影片的时候,我注意到我在该协助丽芙的地方却置之不顾,她是属于那种慷慨待人的艺人。在拍片期间,她有时就自个儿驾船出游,原因是我的心神全都花在英格丽·褒曼身上。英格丽老是忘词,而且一到早上,她就十分沮丧易怒——但这也是可以理解的,因为她一方面要担心自己的病情[1],另一方面,又对这种陌生的工作方式感到不安。但她却从无放弃的意念。不论何时,她的行为都极有专业素养,即使

---

1 英格丽·褒曼拍《秋日奏鸣曲》时正与癌症抗争,她于1982年去世。——译注

她仍有些明显的毛病，却不失为一位卓越的女性：慷慨、尊贵、才华横溢。

一位法国影评人语带机锋地写过："《秋日奏鸣曲》是伯格曼所完成的另一部伯格曼式的作品。"语句巧妙，却颇具讽意，至少对我个人而言，是句不幸的评语。

不过，我想他是对的，伯格曼的确又拍了一部伯格曼式的作品。但若当初我能有力气跟循我最初的想法，事情就不会变成这个样子了。

我崇拜且敬爱塔可夫斯基，并认为他是世上最伟大的导演之一。我对费里尼的景仰永无止境。但我也觉得，塔可夫斯基开始在拍塔可夫斯基式的电影了；而近期的费里尼也偶尔会拍出费里尼式的电影。但黑泽明却从不曾重复黑泽明式的电影。

我从未真正喜欢过布努埃尔（Luis Buñuel）。他在早年便发现了一些可能足以令其独树一帜的才艺技巧，之后便不断以不同的表象重复同样的把戏。但这种换汤不换药的演出，竟总是博得喝彩。布努埃尔几乎只拍布努埃尔式的电影。

所以，该揽镜自问的时刻来了：到底怎么回事？伯格曼开始重复伯格曼式的作品了？

我真觉得《秋日奏鸣曲》是个令人伤感的例子。

我永远不会明白的是：为什么发生在《秋日奏鸣曲》这部片子上？如果那是一个经过长期酝酿的构想，像是《假面》抑或《呼喊与细语》，那就很有可能去仔细分析影片发展的始末；但为什么像《秋日奏鸣曲》这么一个像是梦般瞬间涌现的灵感，也落得

相同下场？或许影片的弱点也就在此：整部影片应维持它如梦的特质才对。不是一部梦般的电影（a dream film），而是一个以电影述说出的梦（a film dream）。就两个角色，所有的背景物都该被推开。影片分为三幕，各打上不同的灯光：傍晚的光、深夜的光和早晨的光。没有笨重的布景、道具，就两张脸与三种灯光。我相信那才是我对该片的原始想象。

难题在于"女儿给予母亲新生"的这个概念难以实践，我并未真正设法去了解其中的真实情绪，当然也并未实际去发展那种情绪。虽然电影表面上像是依照故事大纲在进行，但内在精神则未实现。

我有去挖掘，但不是铲子断了，便是我不敢再往下深挖，或是我没有力气再挖了，或根本就是我不知道是否该再向下深掘。反正，我停下来了，不愿再继续那个令人伤神的动作，并宣称我已心满意足。那是创作力枯竭时的标准症状，因为不感疼痛，反而更加危险。

闹剧／嬉闹

喜剧—夏夜的微笑

1951年，电影工业萧条之际[1]，我曾为电视拍了一系列Bris牌肥皂广告片，因而度过了财务难关。即使现在再回头去看那些广告片，仍令我兴致盎然。它们并不因为是广告片就缺乏野心或活力。事实上，这些作品都十分特别，而且是在创作力丰沛的情况下拍制的。而它们实际是要为一种洁肤香皂做宣传的目的反而可能被人家忽略了。

我制作喜剧的理由与拍摄那些广告片的理由一样：是"赚钱"！这个动机丝毫不令我觉得尴尬。处于电影这个体系里的大部分事物都是因为那个理由才得以存在的。

然而，我与喜剧的关系却又并非那般单纯，解释起来须回溯至孩提时期。我小的时候，大伙都认为我缺乏幽默感且容易受伤。

1　自1951年1月起，瑞典电影界展开了为期十个月的罢工，抗议对电影征收不合理的娱乐税。伯格曼和其他瑞典导演一样，面临了失业的危机。而执导些广告片令他"荒谬地感激"。——译注

从一开始，人家就说"英格玛没有幽默感"。

反观我哥哥就十分能逗人开心，他在很小的时候就很会在人前说笑话，风趣十足；不过后来我们才知道，那些笑话其实颇有黑色幽默的成分在内。

我那时也非常希望能逗大伙开心，并努力尝试去制造笑料。在赫尔辛堡的时候，我曾为两出新年讽刺喜剧编了几段戏，并自认风趣十足。但奇怪的是，在场竟没有半个人发笑，我始终摸不透为何别人都能将大伙逗得哈哈大笑。我当时在想，若是我必须依靠那种东西才能维生的话，不就惨了。

在哥德堡市立剧院的时候，我曾观察过托斯顿·汉马伦先生排练古典法式闹剧《长毛狗》（*Bichon*）的情形。汉马伦是位顶尖的闹剧导演，对笑点的判断十分精准。他能让演员扛着一枚情境喜剧的炸弹在舞台上四处游走，直到爆炸中心选好了，才将之引爆，而那可能已是十二分钟之后的事了。

古典法式闹剧的喜趣力量完全是依靠外在情境而来，各方面的设计均是为了要去堆积出那个足以引爆笑声的情境。

《女人的期待》是我第一个较正式的尝试。伊娃·达尔贝克与古纳尔·布约恩施特兰德在电梯的那场戏，就是根据生活中的实例改编而来的。那是我与第二任妻子在哥本哈根遇到的事，我们之前发生过争吵，那时有意复合。那次，我们借住在正好出远门的好友家中。当晚，我们享用了一顿丰盛的大餐后，兴致高昂地回到了住处。我拿出钥匙开门，但钥匙竟卡断在锁孔里。我们被迫整夜坐在楼梯间，直到次晨公寓管理员睡醒了为止。但那个晚上并未虚度，因为我们意外得到了一个可以彼此长谈的机会。

我大概注意到整起事件中所具备的强烈喜感成分。

当时，伊娃·达尔贝克与古纳尔·布约恩施特兰德正好是瑞典电影公司签约的演员，于是我就顺理成章地为他们写了剧本。

我与伊娃、古纳尔相遇，多少算是有缘。他们两人均为才华十足的演员，虽然我当时还未写出什么可观的内容。但单凭我所描述的情境，就已经给他们很大的表现空间了。我自己因为是第一次尝试喜剧类型的创作，显得十分惊惶。但他们则以丰富的信心与技巧教我该如何去进行。

他们两人在电梯那场戏中完美无缺的演技较劲，也导致另一出完备的喜剧《恋爱课程》的产生。其中有一场近乎闹剧式的表演。伊娃企图上吊自杀，而就在古纳尔向她表白爱意的时候，天花板崩塌了下来，情况于是变得十分好笑。但当我们准备拍摄该场戏的时候，我却怯懦了起来。我告诉伊娃与古纳尔，我仔细研究过这场戏，发觉根本不可能去拍，这场戏写得不好、又无聊，我们必须想想其他的法子。但他们两人却齐声抗议，坚持要我暂时离开拍片现场，到别处走走，"就让我们再试个把小时，等我们准备好了，再排给你看看"。

事情就那么办了，而突然之间，我有所领悟：嗯，原来可以这样子来进行。那真是最好的一课。信任、安全感、压力的疏导、专业性——这些元素灌入我们的合作模式中，且也为我们的喜剧表演奠定了稳固的基础。那是与《夏夜的微笑》完全不同的创作经验。

我去参加《恋爱课程》的首映，独自一人不开朗地在红磨坊的大厅来回踱步。突然间，我听到戏院里传来一阵接一阵的爆笑声浪。我心想，怎么可能？观众竟然笑了！他们被我所创作出来的东西逗笑了。

《夏夜的微笑》是从1955年初开始在我心中酝酿的。那时我刚在马尔默市立剧院导过莫里哀的《唐璜》，以及《秋月茶室》（*The Teahouse of the August Moon*），并在前一年3月推出《木画》。

我到瑞士去，住进名为"维里塔山"（Monte Verità）的豪华旅馆，旅馆正在进行翻修工程，客人不过寥寥十位，但仍照常营业。

旅馆所在的山区十分令人沮丧，尤其严重的是，那儿的太阳在下午三点钟便迅速落至阿尔卑斯山的山顶后面。我除了正常坐息之外，就爱独自散步，没对旁人说过话。邻近有一处专供高位人士医治梅毒的疗养所，所里的病患每天也在同样的时间出来散步。那真是一幅令人不可置信的画面：一群由看护人员陪伴的衰败程度不同的腐败尸身，蹒跚行走在那一片春意盎然的景致之中。

沮丧之余，我租了车直下米兰。我坐在斯卡拉剧院（La Scala）的最顶层，观赏了一出演得十分糟糕的威尔第的歌剧《西西里晚祷》（*Les vêpres siciliennes*）。之后，当我再次返回维里塔山，与那些山及疯子为伍的时候，我的心情简直降到谷底。

我一直不时有厌世的想法，尤其在我年纪更轻的时候，或是内心为恶魔所困之际。

现在，那个自我了断的时刻终于来临了。我只需开上那条如蛇般蜿蜒的公路，加速，车身一偏，不踩刹车⋯⋯事后看来就像一场意外一样，没有人会特别难过。

那时正好有人递了一封从斯德哥尔摩来的电报给我，要我立即回电给瑞典电影公司的迪姆林。

我之前曾从阿斯柯纳（Ascona）寄给他一封信，信上乐观地表示我正在进行《夏夜的微笑》的筹备工作，伊娃·达尔贝克与古纳尔·布约恩施特兰德都会有吃重的戏份。故事相当平易近人，剧本手稿应该会在4月完成，仲夏左右就一定可以开拍，等等。

我与迪姆林通了电话，他要我暂时搁下《夏夜的微笑》的计划，立即返乡以便与阿尔夫·斯约堡共同编写《双人出局》（*Sista paret ut*，源自一种孩童游戏）这部电影的脚本，该片从有故事大纲开始已搁置了许久。他们急着进行，并向我说明该项任务会另计酬劳。在寻短意念松懈之际，我于是决定延后死期，并束装返国。

我与斯约堡很快地完成了《双人出局》的拍摄剧本。之后，他又独自再修改出另一个版本。我是一点也不在乎《双人出局》这部影片，不过，若是瑞典电影公司与斯约堡想把它拍出来，有钱赚，我何乐不为？我将那笔外快花在锡扬斯堡达里卡利亚的一家观光饭店。我以前常爱往那儿跑，习惯住在顶层的一间小双人房内，窗户一打开便可看见锡扬湖与连绵的山脉。我的行李包括一叠黄色的稿纸、两件毛线衣、一套深色西装，以及一条领带。这家饭店希望他们的客人着正式服装进晚餐。

我忽然像是回到家中一样倍感安全。《夏夜的微笑》的计划最后卡在对那批梅毒病患的印象上，唯一的进展只有概略的人物关系表以及剧情大纲，然后便被打住了。

同时住在那家旅馆的还有斯文·斯托普（Sven Stolpe）、他不爱的妻子卡琳，以及一名罹患盘尼西林过敏症的年轻女孩。我与那名女孩代表两个孤单的个体，我们在早春的午后共同结伴出游，沿着河流赏玩，走访我在锡扬湖的儿时故居。突然之间，来此写作的任务又变成乐事一桩。

因此，当我在3月中返回斯德哥尔摩的时候，剧本如预期般完成了，片场看过内容之后也立即点头接受。

在那个时候，影片"起飞"前，并不准备长形的"跑道"，唯独这部影片在筹拍阶段便已花下大钱。由于事涉时代剧架构，拍摄天数比一般影片要多，包括交通与实景拍摄的时间，估计至少需要五十天。

《夏夜的微笑》是《恋爱课程》一片主题的延伸。该片要探讨一个吓人的见地：即便两人无法生活在一处，彼此相爱还是极有可能的。片中谈到一种来自我个人生命经验的父女关系，并且描绘了怀旧、困惑、哀伤等情绪。

影片在仲夏左右开拍。从一开始，我胃部的老毛病就又犯了，整个拍摄期间我都不舒服，心情也因而变得很糟。但明显的是，演员并未受到干扰——我总是不愿让自己的不悦影响到他们。有些人却指出，我当时对待其他的工作人员就像恶魔附体一般，其余如冲片场、声效部门的同仁也未能幸免于难。

我的助手伦纳特·奥森（Lennart Olsson）将整部电影的拍摄过程写成一本厚厚的工作日志，详细报告了每场戏的拍摄经过，并辅以布景图案说明，不过该书并未公开出版。

整本书有如色诺芬所写的《长征记》（Anabasis）一样具企图心却乏味无聊。但就在页复一页的技术层面记录之后，突然出现了这样一句话："至此，大伙均已精疲力竭。即使你只是要求卡提卡闭嘴，她都会号啕大哭。"

拍摄工作仍兀自沉稳进行，我们都为好天气而庆幸。演员们工作得很愉快，影片的成绩也极好，尽管一路上我又病又怒又沮丧。电影杀青时，我的体重降到了五十七公斤。所有的人，包括我自己，都认为我大概得了骨癌。我被送进医院彻底检查后，却发现根本没病，真是令人难以置信。

《魔鬼的眼睛》这部影片继续走喜剧路线。片场买下一部叫作《又见唐璜》(*Don Juan kommer tillbaka*) 的喜剧。其间，迪姆林与我达成了一项羞耻的协议。《处女泉》这部影片他不喜欢，但我想拍；他要我拍《魔鬼的眼睛》，我却不愿意。我们十分满意该项协议，并且各自以为愚弄了对方，但实际上，我愚弄到的却是自己。

拍摄《这些女人》只是为了替瑞典电影公司赚钱。整部影片从头到尾显得极不自然一事，却又说来话长了。在《魔灯》中，我写过这样的一句话："有时候，刹车要比发动更费力气。我当时就是缺乏勇气，后来了解到自己错拍了许多电影时,已然太迟。"

魔 笛

我在十二岁的时候，首次于斯德哥尔摩的皇家歌剧院看到《魔笛》这出戏。那次的演出十分冗长、笨拙，台幕上去以后只演了一小段戏便又降了下来。乐团在他们的"壕沟区"中挤成一团。幕落时，工作人员仍旧一片慌乱，观众甚至还听得到榔锤的声音铿铿作响。经过漫长的中场等待，幕才总算拉起，继续进行下一幕戏的演出。

莫扎特当时创作《魔笛》这出歌剧的时候，是专门针对一个可以瞬间变换背景及侧景的舞台而写。那些设备其实在皇家歌剧院里都有，但当时就是没被善加利用。二十世纪二十年代时，在舞台布景设计观念所发生的变革运动，对后世产生了重大的影响，布景的设计走向的确应是多层次的。但我所看到的那场《魔笛》演出的舞台则陈设得像是过冬的住屋，物件累赘厚重，难以挪动。

从1928年秋天起，我开始习惯到皇家歌剧院去看戏。比较起来，若你买的是顶楼侧区的票，就十分便宜，甚至比电影票还要便宜一些。看戏要六十五欧尔,看电影则要七十五欧尔。因此,我就经常到剧院去看戏了。

当时,我已经把儿童图书馆里所有能找到的童话故事都放进由我所拥有、主演的木偶剧团里演出过了。木偶剧班的成员共有四名,都是与我年纪相仿的小孩。妹妹与我是长期团员,我的死党与她最要好的朋友也都是态度认真的伙伴。

那是一个颇大的木偶剧团,演出戏码十分广泛,我们自行制作所有的演出配备,包括人偶、服装、布景及灯光。我们的舞台不但具备弧形的广角背景,而且还可以旋转、升降。后来,我们对戏码的选择愈趋复杂,我开始去寻找一些打灯特别、需要经常换景的戏码。而《魔笛》这个戏码自然而然会在我们对剧场的想象上占据极大的空间。

某晚,木偶剧团的决策者在看过一出《魔笛》的演出后,决定要在团内制作相同的戏码。可惜该次演出并不成功,因为该剧音乐的完整录音实在令人负担不起。

想不到的是,《魔笛》一剧竟与我终生结缘。

1939年,我受聘担任歌剧院的助理导演。1940年,剧院决定将《魔笛》再次搬上舞台,繁重的筹备工作于焉展开。我被指派守候舞台左方前翼的灯光间。同一期间,还有一位人称"救火队长"的老先生与他的儿子也在剧场工作,他们两人看起来都像是从小就在那些升降杆之间的狭窄空间中打滚长大的。我的主要任务便是站在那儿,以钢琴音符作为下一组灯光变换的讯号。

后来,我转到马尔默市立剧院服务,那儿的主剧场每季至少会有两出以上的歌剧制作,我积极建议院方演出《魔笛》,并渴望能担任该剧的导演。

若不是当时剧院与一名老派的德国歌剧导演签下了整年的合约，也许我的心愿就实现了。那位导演六十岁左右，在他漫长的剧场生涯中，几乎把所有现存的歌剧都导遍了，最后当然由他膺任《魔笛》的导演。但该剧布满巨象雕塑般的笨重演出，实在令我失望，而且是加倍地失望！

此外，还有另一起因缘加深了我对《魔笛》的情感。小时候，我很爱四处游荡。10月的某一天，我独自来到卓宁霍姆（Drottningholm，位于斯德哥尔摩）那座独特的十八世纪剧院建筑游玩。

不知为什么，通往舞台的门并未上锁，我走了进去，首次参观到这座细心保存下来的巴洛克风建筑。我记得很清楚，那是一次叫人目眩神迷的经验：独特的舞台设计、醒目的明暗对比、静谧无声的气氛……

在我的想象里，《魔笛》像是一直住在这座剧场里的古老精灵，在音感敏锐的木质音箱中、略斜的舞台里、背景、侧景——它的魂魄无所不在。这儿有着剧场的神奇魔力。没有什么东西是实体存在的，每项事物都只是某种意念的象征、表象。只要幕一拉起，台上台下的默契便已确立，现在，就让我们一起来体现这样的感受吧！

换言之，《魔笛》这出戏等于是在这座巴洛克风的剧场中以其无可匹敌的剧场配备演出了。

种子是在二十世纪六十年代末期播下的。多年来，电台的乐团一直是在动物园岛的马戏团址举行公开演奏会。对于乐师而言，那一定是个不太舒服的地方，但就音乐的效果而言，马戏团棚的声场音感却十分美妙。有一天，我在那儿碰到电台音乐部的负责人马格努·安霍宁（Magnus Enhörning），中场休息时间我们闲聊了一下，我指出那儿是演出斯特拉文斯基的《俄狄浦斯王》（Oedipus Rex）的最佳场地。"那我们就来进行吧！"

在那之前，我导过《浪子生涯》，也在马尔默市立剧院制作过《韦姆兰人》（Värmlänningarna），以及《风流寡妇》等剧——而这些就是我直至当时为止的歌舞剧背景。

安霍宁问我还有没有别的歌剧戏码建议，我只听到自己这么回答："我想导演《魔笛》，想在电视上推出《魔笛》。"

"那就都进行吧！"安霍宁答道。这就是一连串筹策过程的开始。瑞典电视估计整出《魔笛》歌剧的制作费用会高达令人瞠目结舌的五十万瑞典银币。再者，自1968年以来，大众文化及精英分子倾向的论战也延烧到"歌剧艺术"此一属于高级知识分子文化领域的话颐。在当时的状况下，一出昂贵的歌剧制作不正好落人话柄？

因此，若没有安霍宁热情、执着的奔走，《魔笛》一剧绝不可能搬上舞台。他的阅历丰富、知识渊博、判断精准，并且还具备不屈不挠的实践精神。

首先，我们需要一名乐团指挥。我询问了我的老友汉斯·施密特－伊塞尔施泰特（Hans Schmidt–Isserstedt）的意愿。他以一种独一无二的语调回答："不，英格玛，别这样，你又来了！"

那的确是制作《魔笛》一剧所遭遇的众多困难之一：它在音乐层次上是一部高难度的作品，常令指挥者尝到事倍功半的效果。

接下来，我便向埃里克·埃里克森（Eric Ericson）这位我所景仰的唱诗班暨神剧指挥求助。他坚决不肯。但我并没放弃，他具备此剧指挥所需要的所有条件：他对音乐的诠释有一种令人兴奋的暖意，对人极有热情。最重要的是，在他精彩的指挥生涯中，发展出一种对自然人声的崇尚。耐不住我的劝说，他终于点头答应了。

由于我们演出《魔笛》时并不是在剧院中的舞台上，而是要面对麦克风与摄影机，因此，并不需要大声说唱，我们需要的是温暖、感性、自然的人声。此外，对我绝对重要的另一个条件是：演员都必须是欢喜、忧伤情绪转换自然的年轻人。塔米诺必须是位俊秀的青年，帕米娜则一定也是一位令人倾倒的美姑娘，至于帕帕吉诺（Papageno）与帕帕吉娜（Papagena）这两个角色就更不用说了。我坚持三名女子都必须具备年轻、快乐、善良的特质，她们都漂亮但危险，带着真正的喜趣性情及些微的纵欲倾向。至于另外那三名男孩则应该诠释得更淘气一些才是……

我们花了好些时间才把我们的北欧班底找齐。在歌者与乐师第一次碰面排练的时候，我向他们建议我想强调的特色是亲切、人性、温暖、纵欲倾向等。那些艺人听了之后都十分兴奋。

我最主要的想法是希望能贴近童话故事的每个个体，所有景象上的魔幻都仿佛只是顺路经过：突然间，是座皇宫花园；突然间，飘起雪来；突然间，一座监狱耸立眼前；突然间，春天降临了。

当该剧进入拍摄阶段时，我察觉长时期的酝酿对自己有极大的帮助。整出戏导起来轻而易举，毫不吃力，脑中的奇思妙想不分昼夜随着莫扎特的音乐旋律倾泻而出，这是一段我创作力极旺盛的时期。

对于塔米诺与帕米娜的三道试炼是整出歌剧的主要剧情，而这个领悟却是凯比·拉雷特的钢琴老师安德里亚·沃格勒-柯雷利（Andrea Vogler–Corelli）提示给我的。《魔灯》一书中，我如此写道：

丹尼尔·塞巴斯蒂安（Daniel Sebastian）于1962年9月7日剖腹出生。之前，凯比与安德里亚每天辛苦练琴到半夜。凯比在那晚生产之后，九个多月的怀胎之苦顿时解除，于是便呼呼睡去。安德里亚从书架上拿下《魔笛》乐剧的曲谱，我向她道出了制作该剧的梦想。她便翻到剧中卫士合唱的部分，并指出身为天主教徒的莫扎特竟会选择以深受巴赫影响的吟唱曲式来传达他与席卡内德（Schikaneder）的讯息是相当值得注意的。她将曲谱拿到我眼前说道："这一定就是整艘船的龙骨所在。《魔笛》这艘船可是不容易驾驶的，没有龙骨就难以行舟。而这段巴赫风的吟唱曲就是该船的龙骨。"

影片的剪辑工作是在法罗岛进行的，当工作拷贝上的音轨完成的时候，我们就在岛上的摄影棚内举行首映典礼。应邀观礼的客人不外乎是工作同仁、邻居及孩子们。那是8月的一个晚上，海边映照着诡异的月光。我们不但在四周挂上了七彩的灯笼，而且放了小型的高空烟火，此外还开了香槟庆祝。

芬妮与亚历山大

《芬妮与亚历山大》一片有两位教父。其中之一是霍夫曼（E. T. A. Hoffmann）。

在二十世纪七十年代末时，我该为慕尼黑的歌剧院执导出歌剧《霍夫曼的故事》（*Tales of Hoffmann*）。于是我便开始想象霍夫曼坐在酒窖里几近病毙的模样。我在札记里如是记载："死神是无时无刻不存在的。死亡的甜美，死亡的船歌！威尼斯场景的空气中混杂着腐臭、肉欲及刺鼻的香水味。安东尼娅（Antonia，《霍》剧中角色）那幕中，母亲一角则显得暴怒吓人。房中舞影幢幢，所有的人均是一副目瞪口呆的表情。'镜子'旋律中的那面镜子，则是小而闪烁似谋命凶器。"

霍夫曼讲过一个小故事，其中提过一间巨大的魔屋。我必须在舞台上重现那座魔屋，故事的剧情就在该屋中发生，而乐团则将安置在舞台的背景处演奏。

霍夫曼的另一个故事《胡桃夹子》（*The Nutcraker*）的画面

也经常在我脑中盘旋不去。两个孩子相拥，瑟缩在昏暗的圣诞夜里，等待人们点亮圣诞树上的蜡烛，开启暗室通往客厅的门。

这就是《芬妮与亚历山大》一片开场时那场圣诞庆典的灵感起源。

该片的第二位教父当然就是狄更斯（Dickens）：教区监督牧师及他的住所，货品诱人的商店与店中的犹太老板，形同祭礼的小孩，灰暗禁闭的空间与外在多姿多彩世界的刻意对比。

整个故事可以说是在1978年的秋天开始构思的。我当时暂居于慕尼黑，日子过得心神不宁。税务官司仍在进行，不知后果会如何。在9月27日的工作日志上，我如是写着：

> 我已经焦虑过度了，然而，我相信我还清楚下一部电影想拍什么，那将是与我从前所做过都不一样的东西。
>
> 安东（Anton），十一岁；玛丽亚，十二岁。他们是我派出去探察真实世界的侦测兵。时间是在一次世界大战之初；地点则为一个未受战争侵扰的宁静小镇。镇里有一所大学及一座剧院，供外人住宿的旅店则坐落在老远，生活十分平静。
>
> 玛丽亚与安东的父亲原本经营着一家剧院，自他去世之后，剧院便由母亲接管并妥为营运。他们住在一条宁静的街道上，背门邻居是个犹太人，名叫伊萨克，他开了一间玩具店，但除了玩具之外，还陈列着别种有趣诱人的货色。有一位曾在中国传过教的老太婆经常在星

期天来访，她还会表演皮影戏给他们看。此外，还有一位疯疯癫癫的叔叔，虽然言行放纵，却无大碍。家里生活过得不错，是名副其实的中产阶级。住在楼下的祖母是家中的神秘人物，她非常富有，从前是位杰出的女伶，并与皇室有些渊源。现在虽然退休了，却仍偶尔会参加客串演出。包括家中的百年厨师，以及那位满脸雀斑、因两腿不一样长而走路一跛一跛的开朗育婴女仆在内，不论从哪一个角度来看，这个家都是以女性为主的。

剧场不仅是孩子们的游乐场所，也是他们的避风港。有时候，大人也会准许他们参与一些有趣戏码的演出。他们两人共睡一个房间，并拥有许多共同的玩具以排遣闲暇，像是木偶、放映机、玩具火车、娃娃屋等。两人形影不离。

玛丽亚是姐弟两人中的领导者；安东则常显得有些焦虑不安。他们的家教严格，连小错都会遭到重罚。教堂里的钟声是他们测量时间的依据，城堡里的小钟会为大家报晨昏。在剧场里，教区的监督牧师极受欢迎，使得他与母亲之间的关系受人猜疑，不过，那种事在一时之间也是难以看出的。

稍后，母亲决定嫁给那位牧师，因而丧失了剧院的经营权利。况且她的腹部也日渐圆了起来，必须为当母亲做准备了，但玛丽亚与安东却都不喜欢新的父亲。母亲将剧场移交给演员，并含泪向大家告别；之后，便带着愤怒的玛丽亚与安东搬进牧师的寓所了。

母亲变成一位称职的牧师娘，安分地生养小孩、照料家事。教堂的钟声再度响起，玛丽亚与安东正在共商复仇大计。他们现在必须分房睡了，开朗的育婴女仆玛伊（Maj）也因怀孕而被辞退，取代她的新人是牧师的妹妹，而她简直就像条龙一样可怕……

我出门寻找灵感，回头再拿起笔时，发现文思泉涌，在同一篇日志里，我如此写着：

从玩耍之中，我也变得能够放松心情、平息自我的焦虑、让自己的情绪不致继续恶化。无论如何我最终想要描述的，还是心中的喜悦——这一面是我向来极吝于在作品中表达的。我要证明自己也有能力去生活、去表达善意，并具备果决的行动力。这主意似乎还不错，不妨一试。

十分明显的是，从一开始我就掉进了我的童年世界，一会儿是大学城、祖母的房子，以及那位老厨子；一会儿是住在背门的犹太人；一会儿又是学校……我已然适当就位，随时可在熟悉的环境中兜游起来。无须费心探索，童年显然就是我最珍贵的灵感源头。

在11月10日的时候，下列的想法自然流泻而出：

我经常想到英格丽·褒曼，我想帮她写一些不太费劲的东西。我脑中浮现了一幅雨中的夏日景象。她一个人在家等候她的儿孙回来。时值午后。雨停的时候，电影也就结束了。绵绵细雨将自然界的事物装扮得格外朦胧姣好。她开始打电话。家人都游湖去了。电话那头是个多年的老友，感觉上，现在比她老多了。两人之间存在一份深厚的信任。之后，她写了一封信，寻找一件东西；忆起一次戏剧演出——那是她在事业上的一次大突破。此刻，她在窗面玻璃上看到自己的反影——她看到自己年轻时候的模样！

她之所以一个人独自待在家中是因为她的脚踝脱臼了，虽然伤势并不严重，但还是不动为妙。

影片接近尾声的时候，家人回来了，雨势渐收渐小，最后只剩下缓降的雨滴。

整个气氛应该保持在大调（主调）的感觉上面。

夏日的门廊前——所有事物都包装在一片迷蒙之中。在这部作品里，不会有任何尖锐的冲突，一切均应像雨水一样柔软。邻人的小孩过来找其他小孩。她拿了一些野草莓给那小孩，却反而收到了一份礼物。她被雨淋湿了，整个人闻起来有些香甜的气味。生命美好、友善得令人无法置信。当她注视小孩的手时，脑中大概有些不寻常的念头——一些她从未想到过的念头。家中的猫蜷缩在沙发上喵喵地叫；墙上的钟摆滴答滴答响；夏日的气味。她站在门廊，向外眺望长着橡树的草坡、旧桥与海湾。事事物物看来都是那么地老旧、熟悉，同时又因为从未被她仔细观察想象而显得陌生，而这股奇特的欲念却是由骤然间的孤独释放出来的。

这几乎看来像是另一部毫不相干的电影。不过，其中的内容却正好可以运用在《芬妮与亚历山大》这部作品之中。从一开始，我便决定要描绘生命的光明面；然而，我在做这个决定的时候却认为现实人生是难以忍受的。

情况一如《夏夜的微笑》，这部作品也是在我对生命极感困惑时冲刺而出的。我想可能是因为灵魂受到惊吓时，创意的流动就更为通畅吧，这时候，也许好运与洞见便会随之而来，一如《夏夜的微笑》《芬妮与亚历山大》与《假面》这几部作品所呈现的。但有时候也会出错，《蛇蛋》就是一例。

《芬妮与亚历山大》是在1978年的秋天构想出来的，当时诸事不顺，令人十分沮丧。但剧本确实是在翌年春天开始动工的，那时，很多情况均已好转。《秋日奏鸣曲》的首映十分成功，逃税风波也已化解于无形。突然之间，我又恢复自由之身。我想，《芬妮与亚历山大》就是受益于这种如释重负的心情——让我体会到真实拥有的感受。

内心平和并非一种不曾相识的异样感受。只要我的生活能不受外界干扰、平平静静，并且充满带有我对生命完整观照的创造力，此外还能让我善于待人、降低自己对物质的需求、减少对外人事应对的话，我就更能如鱼得水了。上述对生存的向往令我联想到儿时的良善成长经验。

我们在1979年4月12日出发前往法罗岛，"就像是回到家里一样，除此之外，万物皆似梦般地不真实"。数日之后，我开始《芬妮与亚历山大》的剧本写作。4月18日，星期三，我写道："我对这部影片探知得还不够深，然而，它却比其他的电影要令我感到诱惑。影片如谜一般难解，又需要大量的思考，但最重要的是，我对影片本身有欲望。"

4月23日，我如是写道："今天，我完成了《芬妮与亚历山大》的前六页，并觉得乐趣十足，现在，我要继续进行的有'剧场''寓所'及'祖母'这几个部分。"

5月2日，星期三：

我必须脱离紧张的情绪，不必过于着急。我有整个夏季的时间，事实上，是四个多月的时间来进行此事。而且，在剩下的时间里，我也不会因其他的事而太常离开我的书桌。因此，出去散个步应该并无大碍。让这些戏自己凝缩一下吧。灵感该来的时候就会来，顺其自然的产物想必较为妥切。

6月5日，星期二：

唤醒恶魔的力量是很危险的。在伊萨克的屋内住着一个面似天使的白痴。他的身躯消瘦如柴，无色的眼眸似乎能洞悉一切。他身负执行邪恶任务的能力，并具备通灵的力量。他秘密地为亚历山大通过几次灵，包括与死去的父亲谈话；目睹上帝的形貌；与派人（一名全身着火的女人）歼灭牧师的伊斯梅尔会面等经历。

　　剧本在7月8日完成，前后所花的时间还不到三个月。接下来便进入为期甚长的筹备阶段，不过工作情绪却是出奇愉悦。

　　等到漫长的编剧、筹备工作都完成后，突然间，我就得去把电影给拍出来了。

　　1980年9月9日的工作日志上，一开始便如此写道："今晚的情况虽不算特别好，但至少我并不觉得紧张与忧烦。这样的感觉很好。天气暖和，还带点薄雾。大伙都显得斗志高昂，热力十足。"

　　拍片工作就是这么回事，你只需先撑过几天，让自己"进入状况"就成了。之后，事情就变得像是呼吸一般没感觉。我将第一周的工作状况大致记载如下："第一周的拍摄状况十分理想，在各方面的表现都超乎预期，且也比我想象中有趣许多。我想这可能与我能够以自己的'语言'拍片有关，距上一次已经很久了。孩子们的表现极为精彩、自由、有趣。当然，也不能高兴得太早，敌人极可能就在周围环伺。有时，一些可怕的念头会令我十分忧烦。"

　　无人敢说敌人不会进攻。就在我与斯文·尼科维斯特在电影学院的摄影棚内东奔西忙之际，险些遭遇不测。当时，一座重约一吨的长廊在我们路过时突然崩塌下来，扬起的风哨声还越经我们的耳边。我们的电工工头跳入南方剧场的乐团演奏区避难，却不幸摔断了双腿。本来要负责看管假发、面具的塞西莉亚·卓特（Cecilia Drott，她同时也是我长久以来的亲密工作伙伴）也因该起意外导致脊椎骨易位，被医生禁止继续工作。后来，我们找了两位皇家剧院的专业人员来接替她的职位，不过，他们却从无电影方面的工作经验。就在我们开拍的前几天，原本片中负责男女演员服装缝制工作的裁缝店督导也不幸过世了。

圣诞节左右，所有的演员及工作人员都染患了一种严重的流行性感冒，《芬》片因而被迫停工三周。我也因病情严重而卧病在床，全身不住地发抖。尼科维斯特请病假的那几周，托尼·福斯伯格（Tony Forsberg）代为操刀，福斯伯格是位一流的摄影师，可惜为众人所忽视。此外，饰演亚历山大一角的少年贝蒂尔·古韦（Bertil Guve），在玩冰上曲棍球的时候也摔伤了膝盖。

然而，除了这些之外，我记不得当时还有什么特别严重的打击。

但同时，我却觉得自己没什么力气了。尽管客观情况十分美好，我又回到了母语的环境里工作，但我每天仍显得极度紧绷。我与自己亲手挑的演员们一起工作，彼此之间的关系也颇为理想、和谐。然而，我却天天生活在巨大的恐惧之中：今天撑得过去吗？还要多拍一天吗？一共要拍掉二百五十天吗？

我开始一一重省自我所下的决心。

影片杀青数周之后，该是看毛片的时候了，片量多得惊人，总长竟超过二十五个小时。

我在3月31日星期三那天记下了我当时的第一个反应："我终于开始看毛片了。第一天，我们坐了四小时，发现影片内容的确是良莠不齐。我对于部分的结果甚表震惊。有些我原本认为不错的戏竟不如预期；其他有些部分也还可以。但真正称得上精彩的只有贡·沃尔格林一个人。"

　　第二天："几乎没怎么睡，昨天看片之后十分忧心。我们继续看片，今天看的部分是从圣诞节那一大场戏一直到贡与波妮拉在门廊前的那一幕。今天的东西比昨天有趣多了。不过，我却仍然看到一些奇怪的穿帮镜头，我对形状、大小这些元素还是十分在意。"

　　当我们将毛片全部看完一遍后，又从头开始看第二遍："经过一段时间的缓冲，我已沉淀了下来，并已能将影像在脑中预做剪辑联结，因此，这次对片子的观感又比前一次要正面许多。"一周之后，心情好多了，但我又开始担心起影片的长度问题。"正在看毛片，其实效果相当不错。虽有些明显的缺失，却并非无法补救。"次日："我们又看了一些片段，是最后的那几个小时。现在担心起片子的长度了，整个结尾的部分十分有问题，得设法解决。"

我从日志中不断重复的公式化内容，可以推测到大家对我的厌烦。我经常像只野兽般地勇猛前冲、事事唠叨，不断地追问："如何可以使情况变成那样？""这是什么？""你觉得那样如何？"但麻烦的是，《芬妮与亚历山大》必须有两个不同的版本：一个是要分五集在电视上播出，不过每集的长度不必一定相同；另一个版本当然就是要在戏院放映用的，虽不一定必须是所谓的"正常长度"，但也不能超过两个半小时。

较长的这个版本是最最重要的，它也是我至今愿意全然背书的一个版本。戏院发行的这个环节，虽也有其必要性，但并不是首要的考量。综合实际与技术两方面的考虑，五集的电视剧版本率先出炉，辑成的总长度共计超过五小时。

1981年8月，我的剪辑师西尔维娅·英格玛森（Sylvia Ingemarsson）来到了法罗岛。我的想法是希望能在数日之内赶出一个如我所计划的戏院用版本。我相当清楚哪些东西要剪掉，我对该版本长度的目标是两个半小时。

我们以极快的速度完成了该片的剪辑工作，但一量长度，竟发现该版本几乎有四个小时长。此事令我至为恐惧、震惊，因为我向来在时间的掌握分寸上是极有信用的。

唯一的办法就只有从头再剪一遍，而这是令人极感困扰的；因为这次再动刀就会碰触到影片重要的"神经"部位了。

我知道我每动一刀，影片就多一道伤痕。最后经过折冲后的影片长度是三小时零八分钟。

以今天的眼光再来检视较长的那个版本，我想再修短个三四十分钟也不会有人察觉得出来。就如同它现在所呈现出来的样子，它已依当初设定的功能被剪辑成一个五集式的电视剧。然而，从那儿再变成后来这个经过大量裁剪的戏院版本，可就大费周章了。

《芬妮与亚历山大》一片的基调在《魔灯》一书中曾概述如下：

坦白说来，想到童年的岁月的确令人充满喜悦与好奇。这时，我的想象变得丰富，感官变得敏锐——在记忆之中，我不曾感到无聊厌倦。相反的，生活中时时刻刻都充满奇幻与惊喜。至今我仍能清晰地忆起故居的景致，并能在脑海中重塑儿时的各类经验感受，诸如眼睛看到的光线、人影、他们的姿势、房间、各式物品；鼻子闻到的各种气味；耳朵听到的各方语调；以及心中感触良深的各个时刻。这些旧时记忆很少具备什么特别的意义，它们就像是随手乱拍的影片，有的短，有的长。儿时所拥有的特权就是：能够在魔术与燕麦粥间、恐惧与欢乐间畅行无阻，来回跃动。除了深不可测的禁区之外，孩童的世界并无界限。譬如说，我小的时候无法领略"时间"这个概念，大人总是在说：你真的必须学习守时，你得带表，你得学会看时间。然而，时间并不真实存在啊。我上课迟到，吃饭迟到。我总是无忧无虑地在医院旁的公园里游荡，东看看、西想想的，时间好像就不存在了。直到某种感觉提醒我可能饿了，或是耳朵听到争吵声，才又将我带回到现实世界。

去区分我脑中的真假虚实是不太容易的。如果我勉力为之，或许有可能挑拣出真实的部分，然而，那又怎么样呢？不是也有怪力乱神之说吗？我又该拿它们如何呢？还有童话故事，它们是真是假呢？

新图像

英格玛·伯格曼的著作《图像》[1]于1990年秋第一次出版，七年之后，出版社提议我对原书做修订，增加新的文字和图像，筹备用大开本再版。1997年秋，我将当年采访伯格曼的录音带重新过了一遍后，发现有二十四个有关图像的章节，在当年严格的审查制度下，没有被收入书中，这部分文字被我和英格玛命名为"新图像"（总共二十四个）。我将整理出来的文字在当年圣诞节前寄给在法罗岛的英格玛·伯格曼，他对文字略做修订后于1998年1月寄给出版社。十年之后，英格玛·伯格曼的读者方才等到与这部分文字见面的机会。现以最初的问答形式将当年的对话原盘呈现给大家。

拉瑟·伯格斯特罗姆[2]

图像 1

LB（拉瑟·伯格斯特罗姆，简称LB，下同）：维克多·舍斯特勒姆是否意识到他的影片《幽灵马车》对你的重要性？

是的，不过他当年拍片子的时候是没有想到，自己创造了电影史上最伟大的作品之一。这部片子我每年都要在法罗岛上放一次，片里的每一个细节仍然经得住推敲，无可挑剔。就拿影片画面中间穿插的台词卡来说，对于一部默片，台词是多么精准地达到了与画面的完美结合。维克多的其他片子有台词过多的趋向，例如《英格玛的儿子》（*Ingmarssönerna*）。但在这部片子里，他无比细腻的自我感受得到了完美体现，而且他的表达方式又是如此复杂。

LB：他没有什么魔法吗？

没有，他就是认认真真地写剧本，然后去见塞尔玛·拉格洛夫（Selma Lagerlöf），亲自给她读剧本。

LB：他曾经在好莱坞也有过相当风光的一段经历，不同于莫里兹·斯蒂勒（Mauritz Stiller）。

是啊，我们都忘了他在抵达好莱坞的时候，是被视作当时全世界最优秀的导演的，他的《挨了耳光的男人》（*He Who Gets Slapped*），简直是不朽名作，还有《风》（*The Wind*）。我唯一没有看过的一部他在好莱坞拍的片子，是嘉宝（Greta Garbo）主演的《神圣的女人》（*The Divine Woman*）。

图像2

LB：你我都认同《野草莓》中的一个薄弱点是那三个年轻女孩，包括毕比扮演的现实中的萨拉，她有点让人想到奥勒·赫德贝里近期小说中心直口快的女人。

奥勒·赫德贝里的女人简直让人无法忍受。

LB：他看着自己的女儿长大成人，把她最乖巧可爱的样子铭刻在心，然后他用这个形象去塑造年轻女子，结果是越来越不自然。

作为导演，我对处理这三位年轻人的方式深感羞愧。是的，我让她们在影片中一起谈论上帝是否存在，换了我，我会对这样的话题感兴趣，我想二十年以后的年轻人也会谈这个问题，只不过方法不同。我的错不是她们的谈话不被聆听，问题出在这场戏的结构不清晰，和整部戏格格不入。

LB：这与这场戏是全片中唯一不是你的创作有关吗？

是这样的，我本该对年轻人的感受更有经验。那时我和毕比是一对儿，我还在马尔默的戏剧学校教书。我是有这方面经验的，可我没有利用这些经验。毕比那时还是个新手，缺乏在摄影机前表演的经验，她还以为是在演话剧呢。毕比野心勃勃，每次我给她机会，她都有一堆意见。

LB：在"回忆"那场戏中，她演的萨拉很美。

是啊，一个二十岁的姑娘有那样一种说话的腔调，真不知道是从哪里来的。黄昏时，飞鸟满天，她抱着孩子站在那儿，就像是梦中的镜子。但是，维克多身边的女孩子确实是这部本来完美的影片中一个非常严重的污点。

好像是汉斯·施密特–伊塞尔施泰特和我说过，有一次，他在汉堡指挥广播交响乐团演奏《春之祭》，这是部对指挥和乐团难度都很高的作品。他在指挥中错了一个拍节，就那么几秒，可他永远记着，过不去。我也是这样。演话剧还说得过去，戏剧的好处是演出结束了，戏就不存在了。无论怎么样，戏演完了就没了。可电影不同，你在电影技术上的微创，都留在那里，去不掉也改不了。

LB：《野草莓》有没有受哪部文学作品的启发？

没有，会是哪部呢？

LB："学校提问"那场戏和《一出梦的戏剧》有点关系吧，还有……

啊？为什么？谁没有做过学校的梦，要是一定刨根问底找启发和联系的话，那就是斯特林堡了，他让我明白梦可以作为创作的素材。许多人也和我有同样的经验，阿尔夫·斯约堡在拍阿瑟·米勒（Arthur Miller）的《推销员之死》（*Death of a Salesman*）的时候，借用了《朱丽小姐》（*Fröken Julie*）中的时间推移法。在《野草莓》上，我没有受谁的影响，这部戏完全是独创的，连续篇都不会有。就是因为它太独特了，写续篇都没有意义了。

图像 3

你们影评人抨击《豺狼时刻》的时候，和习惯听传统音乐的人听到新音乐的反应一样。我说的新音乐不是巴托克或勋伯格，甚至都不是阿兰·彼得森（Allan Pettersson），他可是个彻头彻尾的浪漫主义音乐家。我说的新音乐是博兹（Daniel Börtz）或桑德斯特罗姆（Sven-David Sandström）。为什么要那么努力地想听懂？为什么不坐下来，打开自己，让情感发自内心地洋溢出来？非要去抱怨，只因为这是新的。

你们在聆听博兹新创作的交响乐时，却要一味地去联想和自己音乐经验中的相似性。《豺狼时刻》是在一片陌生土地上的探险，这里有全新的音调。

图像 4

LB：影片《魔笛》中有改变气氛的"边缘戏"（Gränsscen）。

这差不多开始成为我的电影中常见的场景了。在《夏夜的微笑》中很明显，直到宴会那场戏，这部戏都是喜剧；自从在宴会上人们饮下那杯奇怪的酒，一切都改变了，大家愤怒争吵一直到黎明，影片从这里换了格调。

《犹在镜中》也有这样的一场戏。起初一切都相安无事，直到马克斯（片中女主男友的扮演者）和古纳尔（女主父亲的扮演者）要去城里买东西，卡琳（女主的名字）和她弟弟米努斯在海边坐下，突然间哈里特（女主的扮演者）站起身来说："要下雨了。"（我觉得这是影片中最棒的一场戏）她一口气说了四次，这就是人们说的"通感"吧，某种事情肯定要发生。

还有《冬日之光》，渔夫佩尔森的自杀也起到扭转全剧的作用。

图像 5

　　面部表情研究。沃格勒小姐（《假面》中的女演员伊丽莎白）有表情严厉的一面，也有孩童一样柔软的一面。阿尔玛（《假面》中的女护士）的失望愤怒：她受不了了，大地在她脚下坍陷，她失去了一个朋友，她不干了，要打包回家。满腹猜疑抱怨，阿尔玛应该有一种宗教式的笃信，探索不断，对日常琐事的仪式感：起床、入睡，吃喝、洗碗。

　　关于嘴的理论，嘴是人体中无法乔装的部位。不要忘记：深夜与一名沉默不语的人走在万籁俱寂的大自然中，就是对意志坚强的人也是挑战。流血很可怕，退去伪装，一切都是真实的。逃避的意义：我见过失去逃跑机会的人，很快就被逼疯了。

LB：关于嘴……《假面》中有一幕，毕比开始讲她的性冒险，镜头这时候停在丽芙的嘴上。这一幕和上面的笔记之间有关系吧。

　　经验说人可以乔装一切，但无法掩饰嘴。我的职业把我塑造成一个面孔专家，我学会了读人的脸。当然，嘴非常重要，这里可以读到的东西太多了。

图像 6

LB：《假面》中的许多镜头是您先在斯德哥尔摩拍的，之后在法罗岛上又拍了一次，是吗？

是的，我们造了一间四壁可以拆卸的屋子，以便随时重拍一些镜头。

LB：这部电影从开始就是以法罗岛为背景写的？

确实如此，不过我有一篇笔记上写着这部片子最初的主意诞生在沃罗姆斯，我外婆的房子。从那幢房子望出去的深远的森林和宽阔的视野，有种苍凉感，不过后来，我还是觉得法罗岛的石头海滩更具象征意义，也更精彩。再就是，自从拍完《犹在镜中》后，我们就定了个规矩，要继续留在岛上拍电影。

图像 7

他露出一抹最迷人的笑意，那笑意抹掉了他幽蓝眼神中的忧郁。珍妮突然感到不安。

珍妮：你没想什么坏招吧？

米克尔（Mikael）：坏招？哎呀，我懂了，别担心，亲爱的。眼下这么多事，我连一分钟都不会闲着。

珍妮（起身）：你不是要去买烟吗？

米克尔：是啊，不过我先在这里歇一会儿，静静耳根，懂吗？那美妙的五层楼上的豪宅，我爱它！可有时它也让我恶心，你懂吗？

珍妮：再见了。

米克尔：当心托马斯。

珍妮：是吗？为什么？

米克尔：他可是一个真正的"爱丽丝漫游"，不过更无聊而已，你懂我的意思吗？

珍妮：不懂。

米克尔：代我亲亲他。

珍妮（笑起来）：你还是自己去吧，我走了。

两人都笑了，珍妮离开了卸了妆的演员。

小格斯塔·埃克曼（Gösta Ekman）扮演的演员演得太棒了。这场戏很重要，但被剪掉了。

我找到这段电影笔记的时候，连我自己都感到诧异，我怎么都给忘了。而此刻整段戏在我眼前活起来，自由地在屋子里上演。这种感觉就如我对塔可夫斯基的《镜子》（Mirror）的感受，我完全不懂这部电影，但我就是喜欢它，崇拜它。塔可夫斯基是这样锤炼出来的：他父亲是名诗人，他自己也写诗，他相信直觉。同时他也说他永远也不会如何结束一部电影，他会一直写下去。

厄兰和我说过，对于老塔，这是一部没有结尾的影片。我简直受不了《镜子》，可这是一部杰作，一部伟大电影创作者最出色的作品。再说，我们又如何理解音乐呢？斯特拉文斯基曾经说过，他一辈子都没有理解过音乐，他只是体验了音乐。电影也可以是这样。

图像 8

笔记14.12：今天我们去斯德哥尔摩，开始《面对面》下半部分的拍摄。很劳累，我不能说自己有多开心或是向往，写剧本的时候我一直感觉乏力，没多大兴趣，中途中断了几次。我害怕我的劳累感会传递到作品中。明天我见到厄兰，我要听他怎么说。我希望他会真诚，如果他也是这样看的，那我们就不拍了。如果没有热情，费力费钱折腾有什么用。我还为假期将至而感到不安。

这是我以前从来没有尝试过的事，即使不是绝对不可能，我也觉得很难。我想这会不会是因为我长期紧张工作，身体和精神都在背叛我，要我住手，这不是不可能的。我感觉眼前混沌迷茫，我感觉痛苦，没有兴趣。同时我清楚，我的痛苦很大程度上是与要开始做新片的焦虑有关。我害怕见人，害怕一事无成，害怕活着，就连动一动我都害怕。

图像 9

LB：《呼喊与细语》和《假面》都是突破常规的电影，这点在《假面》中感觉更强烈。

不过不要忘记，《假面》无论怎样还是在讲一个故事，但在《呼喊与细语》中，所有叙事的复杂形式都被打乱了，我只要表达一种状态，极大程度就像音乐。音乐不是叙事的，而是要传递情绪、创造氛围，它是情感表达的载体。我在《呼喊与细语》竭力坚持的是去叙事性。

LB：这种创新尝试，在《芬妮与亚历山大》也有体现。

《芬妮与亚历山大》是一顶皇冠。这部片子所拥有的自由度正是因为我把孩子作为整部戏的中心，当然，《呼喊与细语》和《芬妮与亚历山大》的关联非常紧密，而《芬妮与亚历山大》又和许多其他片子有关。

我曾经用固定镜头拍了一组试片，因为做过几年戏剧学院的老师，我就给学生们写了一场用固定机位拍摄的戏。当时我们在电影城的摄影棚，我和那里很熟，能够自由地在那边尽情做实验。学生们都很兴奋，我就让摄影机走起来，让同学们表演。我们拍了一场十分钟的戏，拍出来的东西后来都被我放到一边了，因为感觉效果不好。

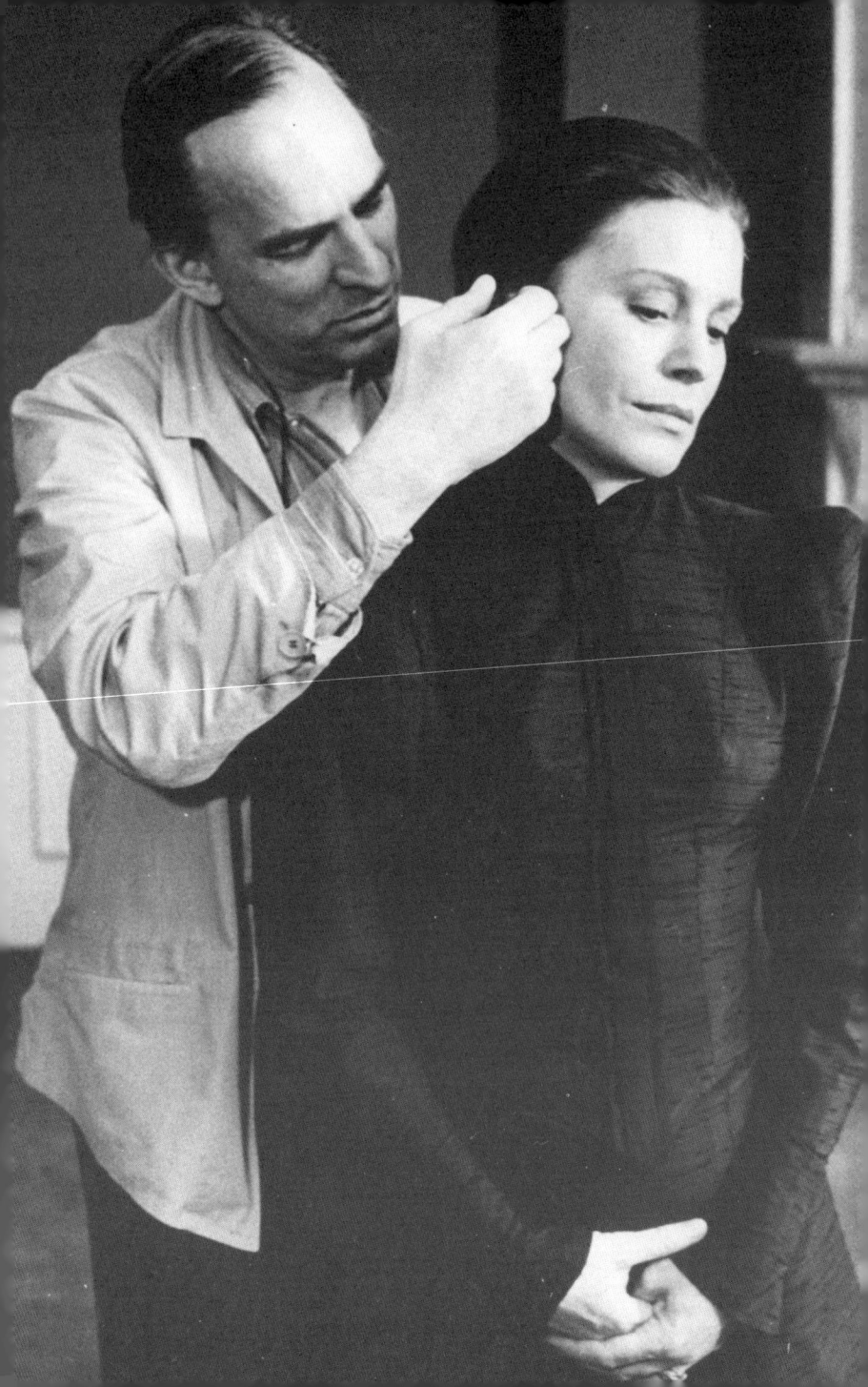

在我的工作笔记中有一段关于《呼喊与细语》中镜头处理的记录："阳光穿过安静的大房间，钢琴音乐，伤感的、肖邦的玛祖卡，摇摆的钟表，氛围静谧的秋日，人们仿佛不动声色地在这个充满秘密的封闭房间中游走。摄影机一直处于屋内，忠实地转向不同的方向，记录，或许不记录。"要是我再有十年时间，我可能会解决这个难题。在我看来，摄影机有巨大的表达潜能，作为观察者、作为偷窥者。

卡莉·西尔万（片中女佣安娜的扮演者）不是职业演员，她有些紧张，但她有一种"身体语言"，肢体动作流畅而协调，透出无与伦比的美感。她雕塑般的脸，凝重坚定的目光，让我毫不犹豫地选她。

我最先是和英格丽·图林谈的，我在她家做客，我和她说我要她演我电影中的一个角色，这个人坐在桌边，举起一个酒杯摔了，然后骂道：全是谎言。摔碎的酒杯被她塞进自己的下体。英格丽说这主意不错，之后，塞酒杯这场戏被我写得越发残酷，我们还请了位色情女皇——这不是性解放大绽放的时代嘛，我们设计了镜头对着色情女王的下体，让观众看得到阴道打开，玻璃杯塞进去的细节。可拍片那天，色情女皇没有到场。现在想来多亏她没来，英格丽的面部表情矫揉着痛苦和享乐，根本不需要什么近镜头。

影片里有一场被意外剪去的戏，英格丽躺在床上揭开被子给男人看，我想让乔治·奥尔林（Georg Årlin）走到床前，看着她，然后脸色大变，表情痛苦。然后镜头转向他所看到的可怕场景。

可奥尔林看着就像是得了便秘，他的这个角色是个很有趣的人，一个遭人恨的人，就连坐在那里吃东西都显得特别霸气，一个国王般的人。这里的台词太适合他了，尤其是在那个时代：资产阶级的婚姻到底是什么？不就是一堆谎言吗？

英格丽·图林的角色和我母亲同名，这当然不是巧合，在她身上有许多我母亲所有的反叛和愤怒、仇恨和冷酷。

拍摄《呼喊与细语》的时候，我就和厄兰及丽芙谈了《婚姻生活》，起初这部戏叫《婚姻的戏剧》。我觉得他俩搭档一定配，厄兰看上去像早已谙熟了一切，胸有成竹，而丽芙则如少女，凡事都是第一次。

LB：《呼喊与细语》从开始就用到红色，这是你第一次用色彩构思整部电影吗？

《安娜的情欲》也是以颜色为线索的，那部片拍了很久，也拍得很艰难，结果还是不尽如人意，算是一部比较失败的影片。我们在法罗岛拍完《羞耻》，一年后的秋天又回到岛上，那个秋天阳光出奇地好，可我碰巧不想要阳光，我们只好坐着等合适的天气。第一场戏里出现了一点淡淡的秋日阳光，马克斯·冯·叙多夫坐在房顶上修瓦片，突然间天上出现了三个太阳的天象，除此之外，这部片子没有其他地方有阳光的。我发现一旦镜头里有了阳光，画面就会波动起来，有种美国式的塑料感。所以我坚持整部影片用暗哑系列的土色，直到影片结尾，大火烧起来，丽芙和马克斯打起来，丽芙头上戴着的红色包头巾被打落，掉在雪地上。整部影片我坚持用暗色调，非常花钱，制片方一点都不高兴。

很多人都说我简直是疯了，怎么能用约根·林德斯特伦（Jörgen Lindström）演《沉默》中的小男孩？这个长着大脚丫的小胖孩走起路来就像在梦游，那张严肃的小脸在我看来就像是位私人教官。

图像 10

LB：他有那种小大人的目光。

对，他那种梦游般的状态。有时候他听从我的指令，更多时候，他用非常个人的感情生动地表现内心的感受。

LB：他也出现在《假面》的开场戏中，找到这样的演员困难吗？

《假面》是《沉默》拍完三年后开拍的，我很了解这个男孩。选角色这件事就是这样，总是很挑剔，尽管经常找到的第一个演员就是对的，可还是要在那么多面孔中不断地找下去，直到最后又返回最先的选择。

LB：小男孩是冲突的观察者。

我塑造了一个迷迷糊糊小男孩，好像处在半睡半醒中，就像我八九岁时候的样子。他四处游走，漫无目的，那两条麻秆儿长腿和无限延伸的脚丫子饱含情感。

我终于找到了多年来折磨我的对性欲的认知和表达，这之前我无法准确描述的感受。我找不出准确的词汇，不知道该如何说起，现在我有了一个几乎一言不发的安娜（《沉默》中的妹妹），由一个叫古内尔·林德布洛姆的姑娘来帮我完成。

古内尔对色情的疯狂痴迷并不是一种病态，她就是突然间找到了自己的力量，可以冲着艾丝特（《沉默》中的姐姐）发泄。她知道自小姐姐就爱她，但同时也控制她。她总是在姐姐的操控下，她无奈地笑出来，内心什么地方她又喜欢这种感觉。

LB：有人说《沉默》中的安娜代表肉体，艾丝特代表精神。

可以这样想吧，如果你把《沉默》看作是一部我把自己化作三个角色的电影。我在搭建起来的环境中，加入了楼层管理员和年轻的服务生。

LB：那个楼层管理员，许多解读认为他是……

死神！不对，他就是一个楼层管理员。他心地善良，认真，充满同情心，这就是他在电影里的角色。出演他的霍坎·扬贝里（Håkan Jahnberg）是哥德堡的大明星，他老婆贝丝·哈尔（Bertha Hall）特别风趣，是个好打交道的有心人。我为霍坎在戏里编造了一种语言，可他永远也学不会，所以就由他自己发挥，他的嘟嘟嚷嚷就是他发明的语言。在和小男孩的那场戏里，他表现得即友善又有一点吓人，这正是他应该有的样子。

LB:《沉默》更像是一部巴洛克式的电影。

尤其是在镜头运动和景别上，有一些调动情感的镜头语言，我认为很不错。两位女主都太棒了，英格丽·图林和我连拍了两部片:《冬日之光》和《沉默》，我认为她在《冬日之光》里扮演的糊涂姑娘，和在《沉默》中扮演的严谨、漂亮又可怕的女人，能证实她是位了不起的演员。《沉默》中，她一方面失魂落魄，另一方面严苛整洁，井井有条。那是她的双面性。

LB：影片中有几幕可怕的死亡戏，你用的光线几乎可以说是残忍的，不可思议的是英格丽看上去更美了，眼睛变得漆黑一片。

她确实太美了，那目光不可思议。本来出演服务生的是托米·伯格伦（Thommy Berggren），可拍片前他得了急性阑尾炎，我只好去找我的老朋友比耶·马尔姆斯滕来救驾，结果他比托米还要好。一是因为比耶做过酒保，他知道在吧台前前后后张罗找零钱是什么样的；二是因为他眼中带着一种饱含秘密的、像蒙古人一样的神态。他和古内尔·林德布洛姆那场戏很精彩，他把找回去的零钱掉到地上，然后顺势把钱捡起来，从古内尔身边走过，径直走到大街上。

LB：他的回归不同寻常。

如果比耶能改变他的声音，训练发声技巧，他本该是我们最了不起的演员。

图像 11

LB：是啊，至少是最了不起的电影演员。

不，包括戏剧，但他从来不能在舞台上守规矩。

斯蒂格·奥林是个十足的片段型演员，他演不了主角。他在《喜悦》中的表演简直是灾难，我记得当时我把拍好的片子给我的导师赫伯特·葛兰夫尼奥斯看过后，他说："我不知道该怎么说。"这话太伤人了，我对这部片子的自我感觉良好，看不出一点问题。赫伯特就解释说："这片子当中有个大洞。""你什么意思?""我的意思是斯蒂格·奥林是一个平庸的演员。"我就自言自语地说："他演的角色就是一个平庸的人啊。"赫伯特回答我："一个平庸的角色就需要一个优秀的演员把平庸演出来。"这话让我受益匪浅。

我写的剧本《没有面孔的女人》是由古斯塔夫·莫兰德导演的，剧本的内容够残酷的，莫兰德导演做得很好，但在影片结尾男主人公马丁本应该走向深渊，导演却让他回心转意，与美貌妻子和好。我觉得这个结尾太无聊了。可大团圆的结尾是制片方的要求。

我与约兰·斯特林堡有过一段很愉快的合作。《危机》之后我结束了同倒霉的瑞斯林（《危机》的摄影师）的合作，约兰成为我的摄影师。我们一起拍了《雨中情》《开往印度之船》和《黑暗中的音乐》，当然还有《监狱》。他也和我一起拍了几天《小丑之夜》，然后就去美国学摄影了。他的导师，也是斯文·尼科维斯特的导师，取代了他。

LB：如果和贡纳·费舍尔，以及尼科维斯特做比较，约兰·斯特林堡的长处在哪里呢？

斯特林堡对光有种不可妥协的敏感度，这是所有摄影师的头号任务。摄影机的位置经常都是我定的，这对执导演员走位很重要，演员和摄影机中间的位置，绝对不是摄影师来决定的。

斯特林堡、亚伯斯（Albers）、尼科维斯特都和海尔丁·布拉德（Hilding Bladh）合作过，布拉德的招牌是对比强烈的图像，斯特林堡把这一点完全地运用在自己的拍摄中。在布光上，他比尼科维斯特更有新意，更有趣。

看斯特林堡、布拉德、尼科维斯特拍摄的电影，你会感觉演员从来不是聚光的中心，光是从画面内部发散的，光成为画面的一部分寓意。

这一瑞典电影传统对世界电影事业都具有影响，从朱利斯·杨森（Julius Jaenzon）开始。他是一位优秀的灯光师，美国人、法国人都和他学。还有阿夫·克莱克（Georg af Klercker）的电影也极有意义，尤其是光用得特别美。

约兰·斯特林堡让电影画面熠熠生辉，他的布光可以非常复杂。然后是我和尼科维斯特的第一次合作，《冬日之光》，尼科维斯特让一切都简单起来了。

图像 12

LB：你拍了《危机》《雨中情》《开往印度之船》《黑暗中的音乐》《爱欲之港》《监狱》《渴》《喜悦》。

之后是《夏日插曲》，我的第九部片。想到今天的年轻人拍的第一部片，像维尔戈特·斯耶曼拍的第一部片《情人》（*Älskarinnan*），都是非常完整的作品。年轻人是和电影这个媒介一起长大的，他们从一开始就谙熟一切，再想想我拍第一部片时的磕磕撞撞和遇到的各种问题。我记得我拍《开往印度之船》时就在想：我永远也拍不好电影，我的技术完全是严重残疾。然后到了拍《黑暗中的音乐》时，我找到了新方法，我不再去效仿我的那些法国大师们了，我尝试着让那些死去的大神们都赶过去，结果是我的电影没有模式，也混乱不堪。

等我看过罗西里尼的电影后，我就安慰自己，他的电影看上去好业余啊，可他有主题，一个宏大的主题，这是关键。他的片子拍得很一般，充满各种技术性不完善的问题，可画面如此强烈。认识到这点让我感到一丝安慰。

LB：所以你拍了《爱欲之港》……

……对，特别慰藉。

图像 13

　　我的情况开始变好了，一直困扰、敦促我的工作上的经济压力开始减缓，我开始挣钱了。一向只给我发口粮工资的瑞典电影公司被迫给我付钱了，突然间我变成了热门货，这是为什么我可以拍《面孔》的原因，我记得我的朋友玛瑞安·胡可（Marianne Höök，瑞典作家，女性影片人）认为这部电影太奇怪，太粗糙了。我记得她写道："观众感觉很蒙。"现在看来《面孔》是一部超前的电影，今天看就没有那么难懂了。影片的故事情节彼此交错，故事同时发生在好几个层次，这种叙事方式我在《夏夜的微笑》中就用到了，只是没有那么复杂。看一下"瑞典电影记事"里引用的这部影片的评论，他们对这部影片曲折的情节认识还是积极的。老实说，我不明白人们到底疑惑什么，在我看来这部影片很好懂啊。

　　因为片名叫《面孔》，我还记得有位影评人约尔根·施德特（Jurgen Schildt）写道："伯格曼先生，您的脸面在哪里呢？"

　　影片中确实有个情节是关于脸的，阿克塞尔·迪贝里（Axel Düberg）和奥斯卡·杨（Oscar Ljung）坐在厨房里烂醉如泥，坐在厨房另一端的阿克（Acke）说，那个该死的沃格勒，该把他的脸踩烂。他可真是憎恨那张脸。我们得接受面孔确实会激发人的愤怒。我记得我父亲说过乔治·莱德伯格（Georg Rydeberg）那张脸只想让他吐，我看到现任文化部部长的脸，我也呼吸急促。

图像 14

　　要是换在几年前，有些问题我是绝对不能容忍的，比如画面不均匀的曝光和马虎的布光。《小丑之夜》是由三位摄影师完成的，我们首先拍的是马戏团马车里的内景，掌镜的是约兰·斯特林堡，然后是布拉德拍的外景，最后，是斯文·尼科维斯特，他拍了其他的内景戏。所以，影片的摄影水平很不均匀。影片中小丑太太阿尔玛的那场戏是布拉德拍的，他用了一种实验室的技术，用拷贝做了一个新的负片，将画面里的灰色调全部去除掉，之后再做一个负片。用这种方式，画面里中性饱和度的图像都被化解掉，剩下的只有硬光和强烈的反差光。我为这场戏专门写了一个剧本，把戏中摄影机的机位全部标示清楚，这样在拍戏那天我们可以一次过。那天现场很多人：一个军营，骑兵，马戏团的人，演员还有一大堆群众演员。那天我们太有运气了，晴空万里，阳光特别强烈，正是我们需要的强光。

　　看看安德斯·埃克在海滩礁石上走过时鲜血淋淋的脚，那可不是化妆的效果，他坚持不穿鞋子，就连镜头拍不到脚时也不穿。

LB：《祭典》感觉是部蛮有进攻性的影片，这和影片的形式有关的吗？

进攻性和形式没有关系。

这是我少有的几次软弱到让形式驾驭内容的影片，但是，如果内容呼唤一种形式，那么形式继而也能够刺激内容。就如我之前所说：越是情感激烈，越是要安然处理，观察必须做到尊重客观和事实，这是我的理论。我们在认真地研究台词后，就连冲动也是细心安排好的，把台词传递给我们的观众的中枢神经。这就是秘密所在，一旦我们开始参与，开始真哭真笑的时候，一切都完了。那是我所憎恨的业余表演，那种被波·维德伯格（Bo Widerberg）上升为高档艺术的表演形式：先制造一种情感漩涡，然后在慌乱之中试图寻到真正的表达。

这种表演我一点都不信，从来都没信过，那都是抖机灵、耍小聪明人的福音书。

图像 15

德国演员与瑞典演员的表演风格并无大差异，但他们通常在技术上比瑞典演员更娴熟。《傀儡生涯》是一部为技术型演员写的电影，这里面有几出大师级的戏，例如彼得母亲的独白。这段戏文非常混乱，几乎没有什么逻辑关系；台词声东击西，演员一会儿戴上眼镜，一会儿又摘下眼镜，只有在当她意识到自己要从住所搬出去的时候，她崩溃了。演母亲的演员是七十岁的劳拉·缪瑟拉（Lola Muethel），她的演技和情感表达精准而极致，看似简单，但其实真是一段非常精彩的戏。

沃尔特·施密丁格（Walter Schmidinger）的水平也一样高，他简直是在表演杂技。拍戏的现场被我们布置成一家旧书店，对着镜子表演那场戏他特别开心，一场无可替换的新艺术主义风格的戏（Jugendpjäs）。在镜子前演戏本来有些落俗，但这是一名能够掌控全局的演员，还要关照到侧面的目光，技术上非常细腻，难度也很大。这个角色很棒，但施密丁格演得更棒。我起先对让一名同性恋演员出演同性恋角色有点犹豫，但施密丁格是位超级聪明的演员，他让我相信他一定能把角色演得好："我能把握好分寸。"果真，他说到做到。另外就是瑞塔·瑞塞克（Rita Russek）的角色，她在戏里赤裸着身体走来走去，就像穿着工装，既高冷又多疑，她演得很好。

图像 16

LB：来谈谈《蛇蛋》吧，我觉得这部影片尽管有明显的缺陷，但演员的表演很到位，比如杰特·弗罗比（Gert Fröbe）。

确实，他是位了不起的演员，有权威性，他把角色吃得很透，表演得恰到好处，真是位好演员。

LB：他的出色表演让影片仿佛回到了1923年，可还有些角色，像大卫·卡拉丁，他都不知道自己在做什么。

他确实不知道自己在做什么，如果换个知道自己在做什么的演员当然更好，我记得那时卡提卡·法拉格经常从古内尔·林德布洛姆排演《天堂广场》的间隙到慕尼黑来看我，我和他说过，我更想在斯德哥尔摩拍《蛇蛋》，用隧道街做外景，对话用瑞典语拍。

图像 17

LB：你开始写《魔灯》的时候，你的自传题材的剧本《排演之后》已经写完了。

我最初就是这么想的，我只是从自传中节选了一小段。我记得在慕尼黑时把《排演之后》的剧本给你，和你说过我的自传差不多就是这样。拉瑟·伯格斯特罗姆那时费力地绷着脸说："是吗？那太有趣了。"当然了，人家不买账，我记得你当时的表情很失望。

LB：这事我记得。

每个杰出演员的内心深处都有被自己或大或小的成功摧毁的地方，就像蚌壳里面的沙粒，正是因为我们面对的是自己内心如此黑暗的、难以界定的复杂情况，我才特别地要求我自己和我的演员们必须具有极端的自律力，以及友好和关爱他人的善心。要保持周边的清洁，我要求排练场每周都要进行一次彻底的大扫除，每天早上舞台上的地毯都要吸尘，这样当排练开始的时候，确保排练场窗明几净；演员们不许把面包和咖啡带进排练厅，所有人都要准时；不是开始排练前几分钟的准时，而是保证自己有足够的时间在开始排练前安定下来情绪。这一切仪式性的行为，都是为了我们要走近混乱所可能导致的风险做准备。如果我们在走近混乱的时候，自己已经是一团糟，那注定是要失败的。

我是在哥德堡城市剧院工作的时候学会这些的，那边有几位脑子相当混乱、有严重人格障碍的演员，他们可以同时是纳粹分子和反纳粹分子，同时是雅利安人和犹太人。托斯顿·汉马伦对剧团军事管制似的领导很见效，无论是多么糊涂的演员，到了台上全都能够出色表演。你也许还记得我说过一句可能有点傻的话，戏剧是关乎我爱恨情愁的事，即便是仇恨也可以成为了不起的艺术，因为仇恨也是一种感受。

最无意义的是敷衍了事，或者不好不坏。

图像 18

《第七封印》从头至尾有一种很倔强的自信，这种自信足以化解一切问题。十五世纪或者影片中表现的中世纪并不存在烧巫女的历史事件，但这没关系，我们不管它。

再就是我觉得骑士的处境异常险恶，可是他吃草莓喝牛奶那场戏，有一种特别纯洁的感觉。那是具有仪式感的瞬间，人间的祭奠，那个背弃了人类、与人为敌的骑士，突然间被人间的喜悦围绕着，一时间有了归属感。

LB：我一直以为勇思（Jöns）这个角色在影片中是一个玩世不恭者，可其实不是啊，他是个做好事的人道主义者。

骑士安东尼·布洛克（Antonius Block）是个极端憎恨人类的人，至少是蔑视人类。有一段被剪掉的戏里，骑士说他和他的魔鬼以及死神生活在一起，尘世的生活令他感觉格格不入，唯一能和他交流的人是那个姑娘，至少他能够向她吐露那么一点点他的生活。他谈到了自己的妻子，和他做骑士的使命。骑士感觉生活没多大意义，他苦恼于自己没能在十字军中立功创业，所以和死神下棋或许是他生命中所做的唯一一件有意义的事。

勇思是个务实派，他是那种德国人所说的"循规蹈矩"（alle Tassen im Schrank）的人。他这个人性格多变，有点黑色幽默，但不是玩世不恭，也不是骑士的对立面。骑士动则就飘了，勇思非常脚踏实地。他也有柔软的一面，当他站在那儿，看着就要被烧死的姑娘时，他问姑娘看到了什么，"而我们就这么站着，无能为力"。古纳尔把他那种面对人性残酷时的不解与困惑演得真好。

1957年夏天，尼尔斯·波普（Nils Poppe）参加《第七封印》拍摄的时候，他都演过五十多部电影了，他还写过剧本，排演过《钱和气球》(*Pengar och Ballongen*)，总之，他已经事业有成了。

之前我们在电影厂碰到的时候聊过，我们应该一起做点什么。不过他能参与到《第七封印》中是因加·朗格里（Inga Landgré）的功劳，她看到了他充满爱意的眼睛。尼尔斯在那里原地打转，他特别紧张，迈不出来第一步。第一天的拍摄是在摄影棚，我们拉进来一部马戏团的马车，第一幕就是马戏团夫妇约夫和米娅醒来了，约夫出去，再回来的时候给米娅讲他梦见了圣母玛利亚。

可以看出来，尼尔斯和毕比都很紧张。这是毕比和我拍的第一部片子，我觉得她看到尼尔斯比她还要紧张时，自己反倒放松了，这也让尼尔斯轻松起来。要是你仔细看，能看出来尼尔斯不确定自己说台词的能力，他在讲圣母玛利亚的时候，不仅手舞足蹈，头和眼珠也晃来晃去。他没必要这样做，他本身就很棒了。他本来还要演得更夸张，是我成功地劝说了他不要那么费力表演。尼尔斯真是一个可爱的人，一个特别棒的马戏团演员，他会玩杂耍，翻跟头，单手倒立，他就是我想象中的那种中世纪的马戏团小丑。而且，他的目光几乎让人相信他真的看见了玛利亚和小耶稣。

我和贡纳·费舍尔在《第七封印》中的合作非常成功，一切都进行得特别快，不过布光都做到了极致，比如在小酒馆里那场戏。

我和本特·埃切罗特之间保持着职业上彼此的尊重和信任，

尽管我们没有相互的认同感。他把我写的《木画》搬上了大剧院舞台，让我感到很突然。本特常常做些以我为代价的事情，他就像是斯蒂格·达格曼（Stig Dagerman）的孪生兄弟，深受文学界的褒赞。他做导演的能力、他的为人处事，以及他极度缺乏纪律性的表现，我实在不敢恭维；但他有灵敏的听力，讲话带着音乐韵律，就是喝多了也能完美地控制自己的声音。他是个了不起的演员，他演的哈姆雷特太震撼了，无论是在舞台上还是在现实生活中。

《第七封印》是我和马克斯·冯·叙多夫的第一次合作，骑士回到家，说他累了，他那样子真的就像是经历了无数十字军的战斗。这是一个二十八岁的小伙子的表演，太精彩、太强烈了。

图像 19

LB：再问一个关于《处女泉》的问题。你不是说过有关上帝的问题在你这里已经过去了，但编剧乌拉·伊萨克森还是在这里写到了宗教议题？

剧本是根据一个中世纪的民间歌谣《威格村里图尔的女儿》（*Töres döttrar i Vänge*）改编的，歌谣中包含"恶有恶报"的寓意。但剧本中残酷的一点是，遭受惩罚的不仅是强奸犯哥哥，连他无辜的弟弟也受到惩罚。在中世纪的歌谣中，用双手杀死兄弟俩的图尔，又用同一双手建造了一座教堂。这是一个真实的想法，但我对此抱有怀疑。创作者一定要搞清楚故事的内部逻辑，以及真正吸引人的动机是什么。我的动机可不是宣教布道，我是要把内心的攻击性通过创造力释放出来。那时的我一肚子愤懑，需要找个出气口。而且，那段时间我也非常着迷于黑泽明和他的《罗生门》。

LB：《犹在镜中》是一种忏悔吗？

不是。

影片中的一些形式是可以重复再生的：《渴》中火车车厢一场戏在《恋爱课程》中再现，还有《女人的期待》中的电梯戏、《婚姻生活》中办公室的戏。我在拍《面对面》时，本想在戴尔巴的摄影棚里搭建一所房子，我现在学会了要简约，这样当我有勇气、有精力、有能力做一件事的时候，直接去做就好了。

图像 20

迪姆林生病的那段时间，《冬日之光》的制片方由我、拉斯－埃里克·谢尔格伦（Lars–Erik Kjellgren）、哈瑟·埃克曼、肯讷·冯特（Kenne Fant）来接手。肯纳看上去挺靠谱的，他很懂生意，自己还开过电影院，做过导演，而且他样子体面，还会讲法语，他太太是位漂亮的法国女人。

LB：《冬日之光》票房评论遭到冷遇，这和影片太超前有关吧，不加修饰的布景，以及英格丽·图林读信那场戏，都是第一次这样拍吧？

这里面有好多原因吧，我查看了当时的工作日志，读信这场戏是我最后写进去的，那时我很笃定，因为我有英格丽·图林。拍摄当中出了很多技术问题，电影厂的摄影棚不隔音，罗松达的条件总体来说比较简陋。拍一场八分钟的戏，结果最后一分钟听到飞机轰隆隆地从电影厂上空飞过，一切就都得重新来过。我们想了各种隔音的办法，英格丽坐在桌子旁，手肘支撑在桌子上，我们在桌上铺了某种有吸音效果的桌布，麦克风紧贴在画框外，尽量减少老电影厂周围糟糕环境的影响。

图像 21

我需要创作一个无法用语言表达自己，只能通过密码与外部交流的人物，这个人物传递着救赎和理解。大女儿是一个无法平和自我的人，精神紧张到几乎带着杀伤力。

这个野心对《秋日奏鸣曲》来说有点过分，我设想过以英格丽·褒曼坐在火车上、丽芙·乌曼在墓园的镜头来回穿插来结束影片。结尾处的信内容不够清晰，我突然想到，那些像这个女人那样怀着无法和解的心结，同时自我认知又深深地立足在幻觉而非谎言之上的人，她们是无法直视自己心中的怨恨的，一旦发泄出来，就必须立即请求原谅来进行自我保护。母女关系如此反复下去，阿门！不过这就和影片无关了。《秋日奏鸣曲》的结尾以生病女儿的病情发作和母亲读信结尾，我认为在戏剧性上是完全错误的。

我们不应该忘记，是音乐家而不是丝毫没有过精神体验的演员最能够表达天外之音的微妙细腻，这是一件神秘的事情，无法理解，是属于音乐家的秘密。我无数次地惊讶于那些伟大的音乐家，他们怎么就能够对自己毫无兴趣的灵魂世界或者其他不知之事，完全依靠超凡的直觉就做出完美的诠释。

跟着海伦娜的出现，演奏起贝多芬《槌子键琴奏鸣曲》（*Hammerklavier Sonata*）开篇缓慢的一段，埃德温·费舍尔（Edwin Fischer）大师说过，这首曲子的前几个小节就像是祈祷前的膝盖落地，这个表达太准确了。夏洛特（Charlotte）通过一种充满秘密的渠道进入，令人惊讶的表达，可她自己全然无感，只是略微有点窘态，当女儿伊娃和她说起自己去世的丈夫埃里克还活在她身边的时候，夏洛特也同样表现出惊愕。

我和维克多合作《野草莓》的时候，他事先为自己的角色设定了说话的语调和面部表情；在《秋日奏鸣曲》里，英格丽也是这样做的。我把他们建立起来的固式可以说全都彻底摧毁了，可以想见两个人都朝我发火了。

现在想来，当时的我怎么敢这样对待维克多，太不可思议了。他当时又老又病，完全可以拒绝我，让我另请高明。和维克多拍片的前几天简直是噩梦，不过那还无法和同英格丽拍片的噩梦同日而语。多亏我们是在斯德哥尔摩的一个片场排练，我们用屏风椅子安排出一个室内环境，整个团队都感觉踏实安全，尤其是丽芙，她那么忠诚，她完全可以搞英格丽的，但她非但没有这样，反而一路照顾她，忠诚投入。

我们的合作最终甚至让我想到请英格丽来演《芬妮与亚历山大》里的祖母，她有那种威严、美丽、幽默，我愿意再接受一次挑战。现在想来我要感谢把祖母的角色给了贡·沃尔格林，在她那里有祖母身上的温情，这是英格丽·褒曼没有的。

图像 22

《不良少女莫妮卡》中有两场戏被审查部门毙了：一场是亨利跟着莫妮卡回家时，和莱拉打架的戏，原本的打架场面更残暴；再就是莫妮卡和亨利在岛上的一场夜戏，当年的银幕是不能展现性冲动的，我本想给狂野的莫妮卡一个裸照，但这想法被枪毙了。

图像 23

我记得有几个《每日新闻》（*Dagens*）的记者要来《夏夜的微笑》的拍摄现场做参访，一个叫安卓普（Adrup），还有另外一个，都特别强势。我告诉他们要是再不滚蛋，我就上去揍他们了。你可以想象那个报道是什么样的。

LB：不能这样对待《每日新闻》的记者啊！

尤其是我不能这样做，那时候的我简直就是一个处处被人质疑的小混混，我是不是一直都是？我和《每日新闻》的关系可真没什么好说的，尤其是那个奥拉夫·拉格卡兰兹（Olof Lagercrantz），他说我的《夏夜的微笑》是一个乳臭未干的小毛孩的淫秽幻想。

LB：《每日新闻》的记者觉得自己是在给一个神创造的报纸工作，和他们搞好关系不容易。

应该是先有赫伯特·廷斯滕（Herbert Tingsten）[1]，然后才有神，是这个顺序。有一回他们派了尤鲁（Jolo）[2]来采访我，我感到受宠若惊，我现在还记得，文章的标题是"橱柜里的男孩"。那时候我的《小丑之夜》刚刚上线，他把片子叫作"光荣的零蛋"，太侮辱人了，我难过极了，感觉特别受挫。

图像 24

LB：拉格卡兰兹后来收回去了……

1　瑞典政治家、作家和出版人，曾任《每日新闻》执行编辑。——编注
2　扬·奥洛夫·奥尔森（Jan Olof Olsson）的笔名，他是瑞典著名作家，《每日新闻》的记者。——编注

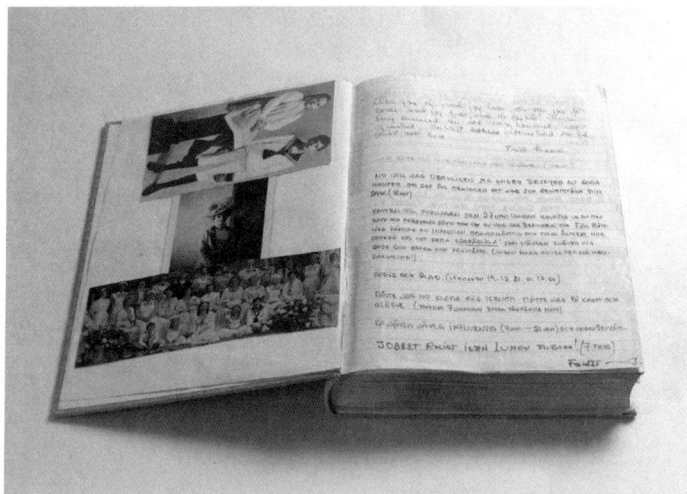

他在自传里用四行字收回了对我来说是数年的侮辱。

LB：《芬妮与亚历山大》的剧本写得太好了，我记得第一次读的时候就想，这简直是一部大手笔的中产阶级家庭小说。

不是小说，是电影剧本。

LB：但你在写作上费了大工夫，尤其是开篇，感觉这个文本从开头就带着宽容和慷慨。

我在极端焦虑的时候，创造力居然井喷，真是有趣。那年秋天，强烈的焦虑困扰着我，我都无法在法罗岛上待着，就跑到慕尼黑以求安宁。这个剧本的主意就是在和我的焦虑情绪做斗争的时候诞生的。整个冬天我忙着做各种事，剧本的主意就躺在那里发酵，我开始渴望把它写出来了。

LB：有趣的是，剧本从一开始，你就确定要写生活的阳光面。

也没什么奇怪吧，我开始写作的时候，周边一切都糟透了。之前我写《假面》，还有《夏夜的微笑》的时候，都有这种情况发生，我想这是因为创造力总是在灵魂与存在岌岌可危的时候，最具有爆发力。有时候，就成功了，比如，《芬妮与亚历山大》《假面》，还有《夏夜的微笑》；也有时候，会一塌糊涂，比如《蛇蛋》。

LB：《芬妮与亚历山大》的和谐氛围是从哪里来的呢？

我想是来自我自身。当我的日常生活能够平静下来，不被打扰，就像在夏天里我能够掌控现实里的每一天时，我会变得善良，不想太多事，没有那么多要守的时间，我的日子变得很像我小时候，尤其是在我外婆家里的日子，平和安静，享受孤独。

LB：《芬妮与亚历山大》中有一句台词，我一直认为那是全剧的钥匙。贡·沃尔格林演的祖母说，生命到了某种阶段，就只有童年和老年了。

对，还有那些被认为那么重要的、之间的日子，都去哪儿了。

LB：我一直认为这句话很苦涩，可其实，这就是《芬妮与亚历山大》的真谛啊。

没错。

传教士父亲的角色是给马克斯写的，母亲艾米丽（Emilie）是写给丽芙的。可是丽芙接了挪威电视台的戏，马克斯提了个天文数字的片酬，对于我们这以国际标准衡量、预算堪称笑话的团队，简直就是侮辱。我生气了，就去找简·马尔姆斯（Jan Malmsjö）他开始有点迟疑，但我成功地把他劝进来了，让我非常高兴。他表现出一个潜力超强的演员的素质，他演一个每天把爱挂在嘴上，可同时完全充满仇恨的人。简的表演庄重威严。

贝蒂尔·古韦演的亚历山大其实有点特别。我在《魔灯》中写过一个场景，当一个孩子的珍爱之物被夺走后，他脸上显露出痛苦的表情；还有一场戏，当艾米丽决定退出剧场，不再当演员了，大伙都来和她告别，这时的亚历山大站在旁边。我们准备拍这一幕时，我对他说：你想想，你是个杀人犯，是你把传教士害死的。就这样，一个小杀人犯站在那里，一个心中藏着黑暗秘密却不受良心谴责的人。突然间就发生了，一切如愿，开心，感恩，惊讶。

电影年表

1944 《折磨》 (*Hets*)

制作、发行: Svensk Filmindustri, 导演: Alf Sjöberg, 制片经理: Harald Molander、Victor Sjöström (艺术总监), 编剧、副导演: Ingmar Bergman, 拍摄脚本: Alf Sjöberg, 摄影: Martin Bodin, 音乐: Hilding Rosenberg, 布景: Arne Åkermark, 剪辑: Oscar Rosander, 首映: 1944.10.02 Röda Kvarn, 时长: 101 分钟, 演员: Stig Järrel (Caligula)、Alf Kjellin (Jan–Erik Widgren)、Mai Zetterling (Bertha Olsson)、Olof Winnerstrand (rektorn)、Gösta Cederlund ("Pippi")、Stig Olin (Sandman)、Jan Molander (Pettersson)、Olav Riégo (direktör Widgren)、Märta Arbin (fru Widgren)、Hugo Björne (läkaren)、Anders Nyström (Bror Widgren)、Nils Dahlgren (kommissarien)、Gunnar Björnstrand (den unge läraren)、Carl–Olof Alm, Curt Edgard, Sten Gester, Palle Granditsky, Birger Malmsten & Arne Ragneborn (gymnasister)

1945 《危机》 (*Kris*)

制作、发行: Svensk Filmindustri, 导演、编剧: Ingmar Bergman (根据 Leck Fischers 的剧作 *Moderhjertet / Moderdyret* 改编), 制片经理: Harald Molander、Victor Sjöström (艺术总监), 摄影: Gösta Roosling, 音乐: Erland von Koch, 布景: Arne Åkermark, 剪辑: Oscar Rosander, 首映: 1946.02.25 Spegeln, 时长: 93 分钟, 演员: Dagny Lind (Ingeborg)、Marianne Löfgren (Jenny)、Inga Landgré (Nelly)、Stig Olin (Jack)、Allan Bohlin (Ulf)、Ernst Eklund (farbror Edvard)、Signe Wirff (moster Jessie)、Svea Holst (Malin)、Arne Lindblad (borgmästaren)、Julia Caesar (borgmästarinnan)、Dagmar

Olsson (sångerska på balen)、Anna–Lisa Baude (kunden i modesa-longen)、Karl Erik Flens (Nellys balkavaljer)、Wiktor Andersson, Gus Dahlström, John Melin, Holger Höglund, Sture Ericson & Ulf Johanson (musiker)

1946 《雨中情》 (*Det regnar på vår kärlek*)

制作：Sveriges Folkbiografer，发行：Nordisk Tonefilm，导演：Ingmar Bergman，制片人：Lorens Marmstedt，编剧：Ingmar Bergman、Herbert Grevenius（根据 Oscar Braathen 的剧作 *Bra mennesker* 改编），摄影：Hilding Bladh、Göran Strindberg，音乐：Erland von Koch，布景：P A Lundgren，剪辑：Tage Holmberg，首映：1946.11.09 Astoria，时长：95 分钟，演员：Barbro Kollberg (Maggi)、Birger Malmsten (David)、Gösta Cederlund (herrn med paraplyet)、Ludde Gentzel (Håkansson)、Douglas Håge (Andersson)、Hjördis Petterson (fru Andersson)、Julia Caesar (Hanna Ledin)、Gunnar Björnstrand (herr Purman)、Magnus Kesster (Folke Törnberg)、Sif Ruud (Gerti Törnberg)、Åke Fridell (pastorn)、Benkt–Åke Benktsson (åklagaren)、Erik Rosén (domaren)、Sture Ericson ("Kängsnöret")、Ulf Johanson ("Stålvispen")、Torsten Hillberg (kyrkoherden)、Erland Josephson (en tjänsteman på pastorsexpeditionen)

1947 《没有面孔的女人》 (*Kvinna utan ansikte*)

制作、发行：Svensk Filmindustri，导演：Gustaf Molander，制片经理：Harald Molander、Victor Sjöström（艺术总监），编剧：Ingmar Bergman、Gustaf Molander（根据伯格曼的想法），摄

影：Åke Dahlqvist，音乐：Erik Nordgren、Julius Jacobsen，布景：Arne Åkermark、Nils Svenwall，剪辑：Oscar Rosander，首映：1947.09.16 Röda Kvarn，时长：102 分钟，演员：Alf Kjellin (Martin Grandé)、Gunn Wållgren (Rut Köhler)、Anita Björk (Frida Grandé)、Stig Olin (Ragnar Ekberg)、Olof Winnerstrand (direktör Grandé)、Marianne Löfgren (Charlotte)、Georg Funkquist (Victor)、Åke Grönberg (Sam Svensson)、Linnéa Hillberg (fru Grandé)、Calle Reinholdz & Karl Erik Flens (två sotare)、Sif Ruud (Magda Svensson)、Ella Lindblom (Marie)、Artur Rolén ("Flotten")、Wiktor Andersson (nattvakten)、Björn Montin (Pil)、Carl–Axel Elfving (brevbäraren)、Carin Swensson (Magdas väninna)、Arne Lindblad (hotellvärden)、Lasse Sarri (piccolon)、David Eriksson (portieren)、Torsten Hillberg (polisdetektiven)、Ernst Brunman (taxichauffören)

1947 《开往印度之船》 (*Skepp till Indialand*)

制作：Sveriges Folkbiografer，发行：Nordisk Tonefilm，导演、编剧：Ingmar Bergman（根据 Martin Söderhjelm 的同名剧作改编），制片人：Lorens Marmstedt，摄影：Göran Strindberg，音乐：Erland von Koch，布景：P A Lundgren，剪辑：Tage Holmberg，首映：1947.09.22 Royal，时长：98 分钟，演员：Holger Löwenadler (kapten Alexander Blom)、Birger Malmsten (Johannes Blom)、Gertrud Fridh (Sally)、Anna Lindahl (Alice Blom)、Lasse Krantz (Hans)、Jan Molander (Bertil)、Erik Hell (Pekka)、Naemi Briese (Selma)、Hjördis Petterson (Sofie)、Åke Fridell (varietédirektören)、Peter Lindgren (en utländsk besättningsman)、Gustaf Hiort af Ornäs & Torsten Bergström (Bloms kumpaner)、Ingrid Borthen (flickan på gatan)、Gunnar Nielsen (en ung man)、Amy Aaröe (en ung flicka)

1947 《黑暗中的音乐》 (*Musik i mörker*)

制作、发行：Terrafilm，导演：Ingmar Bergman，制片人：Lorens Marmstedt，编剧：Dagmar Edqvist（根据其同名小说改编），摄影：Göran Strindberg，音乐：Erland von Koch，布景：P A Lundgren，剪辑：Lennart Wallén，首映：1948.01.17 Royal，时长：87 分钟，演员：Mai Zetterling (Ingrid)、Birger Malmsten (Bengt Vyldeke)、Bengt Eklund (Ebbe)、Olof Winnerstrand (kyrkoherden)、Naima Wifstrand (fru Schröder)、Åke Claesson (herr Schröder)、Bibi Skoglund (Agneta)、Hilda Borgström (Lovisa)、Douglas Håge (Kruge)、Gunnar Björnstrand (Klassson)、Segol Mann (Anton Nord)、Bengt Logardt (Einar Born)、Marianne Gyllenhammar (Blanche)、John Elfström (Otto Klemens)、Rune Andreasson (Evert)、Barbro Flodquist (Hjördis)、Ulla Andreasson (Sylvia)、Sven Lindberg (Hedström)、Svea Holst (postfröken)、Georg Skarstedt (Jönsson)、Reinhold Svensson (en halvfull karl på ölfiket)、Mona Geijer–Falkner (kvinnan vid soptunnan)、Arne Lindblad (köksmästaren)

1948 《爱欲之港》 (*Hamnstad*)

制作、发行：Svensk Filmindustri，导演：Ingmar Bergman，制片经理：Harald Molander，编剧：Ingmar Bergman、Olle Länsberg（根据 Länsbergs 的剧情大纲 *Guldet och murarna* 改编），摄影：Gunnar Fischer，音乐：Erland von Koch，布景：Nils Svenwall，

剪辑：Oscar Rosander，首映：1948.10.18 Skandia，时长：100 分钟，演员：Nine–Christine Jönsson (Berit)、Bengt Eklund (Gösta)、Berta Hall (Berits mor)、Erik Hell (Berits far)、Mimi Nelson (Gertrud)、Birgitta Valberg (socialassistent Vilander)、Hans Stråät (ingenjör Vilander)、Nils Dahlgren (Gertruds far)、Harry Ahlin ("Skåningen")、Nils Hallberg (Gustav)、Sven–Eric Gamble ("Eken")、Sif Ruud (fru Krona)、Kolbjörn Knudsen (en sjöman)、Yngve Nordwall (förmannen)、Bengt Blomgren (Gunnar)、Hanny Schedin (Gunnars mor)、Helge Karlsson (Gunnars far)、Stig Olin (Thomas)、ElseMerete Heiberg (en skyddshemsflicka)、Britta Billsten (en gatflicka)、Sture Ericson (kommissarien)

1948 《伊娃》 (*Eva*)

制作、发行：Svensk Filmindustri，导演：Gustaf Molander，制片经理：Harald Molander，编剧：Ingmar Bergman、Gustaf Molander（根据 Bergman 的电影短篇小说 *Trumpetaren och Vår Herre* 改编），摄影：Åke Dahlqvist，音乐：Erik Nordgren，布景：Nils Svenwall，剪辑：Oscar Rosander，首映：1948.12.26 Röda Kvarn，时长：98 分钟，演员：Birger Malmsten (Bo)、Eva Stiberg (Eva)、Eva Dahlbeck (Susanne)、Stig Olin (Göran)、Åke Claesson (Fredriksson)、Wanda Rothgardt (fru Fredriksson)、Inga Landgré (Frida)、Hilda Borgström (Maria)、Lasse Sarri (Bo, 12 år)、Olof Sandborg (Berglund)、Carl Ström (Johansson)、Sture Ericson (Josef)、Erland Josephson (Karl)、Hans Dahlin (Olle)、Hanny Schedin (barnmorskan)、Yvonne Eriksson (Lena)、Monica Wienzierl (Frida, 7 år)、Anne Karlsson (Marthe)

1948—1949 《监狱》 (*Fängelse*)

制作、发行: Terrafilm，导演、编剧: Ingmar Bergman，制片人: Lorens Marmstedt，摄影: Göran Strindberg，音乐: Erland von Koch，布景: P A Lundgren，剪辑: Lennart Wallén，首映: 1949.03.19 Astoria，时长: 79 分钟，演员: Doris Svedlund (Birgitta Carolina)、Birger Malmsten (Thomas)、Eva Henning (Sofi)、Hasse Ekman (Martin Grandé)、Stig Olin (Peter)、Irma Christenson (Linnéa)、Anders Henrikson (Paul)、Marianne Löfgren (fru Bohlin)、Kenne Fant (Arne)、Inger Juel (Greta)、Curt Masreliez (Alf)、Torsten Lilliecrona (filmfotografen)、Segol Mann (belysningsbasen)、Börje Mellvig (kommissarien)、Åke Engfeldt (en polis)、Bibi Lindqvist (Anna)、Arne Ragneborn (Annas fästman)

1949 《渴》 (*Törst*)

制作、发行: Svensk Filmindustri，导演: Ingmar Bergman，制片经理: Helge Hagerman，编剧: Herbert Grevenius（根据 Birgit Tengroth 的同名短篇小说集改编），摄影: Gunnar Fischer，音乐: Erik Nordgren，布景: Nils Svenwall，剪辑: Oscar Rosander，首映: 1949.10.17 Spegeln，时长: 83 分钟，演员: Eva Henning (Rut)、Birger Malmsten (Bertil)、Birgit Tengroth (Viola)、Mimi Nelson (Valborg)、Hasse Ekman (doktor Rosengren)、Bengt Eklund (Raoul)、Gaby Stenberg (Astrid)、Naima Wifstrand (fröken Henriksson)、Sven–Eric Gamble (arbetare i glasmästeriet)、Gunnar Nielsen (läkarassistenten)、Estrid Hesse (en patient)、Helge Hagerman &

Calle Flygare (präster)、Monica Wienzierl (den lilla flickan på tåget)、
Verner Arpe (den tyske konduktören)、Else–Merete Heiberg (norsk
dam på tåget)、Sif Ruud (pratsjuk änka på kyrkogården)

1949 《喜悦》 (*Till glädje*)

制作、发行：Svensk Filmindustri，导演、编剧：Ingmar Berg-
man，制片经理：Allan Ekelund，摄影：Gunnar Fischer，布景：
Nils Svenwall，剪辑：Oscar Rosander，首映：1950.02.20 Spegeln，
时长：98 分钟，演员：Stig Olin (Stig)、Maj–Britt Nilsson (Marta)、
Victor Sjöström (Sönderby)、Birger Malmsten (Marcel)、John Ekman
(Mikael Bro)、Margit Carlqvist (Nelly Bro)、Sif Ruud (Stina)、Rune
Stylander (Persson)、Erland Josephson (Bertil)、Georg Skarstedt
(Anker)、Berit Holmström (lilla Lisa)、Björn Montin (Lasse)、Svea
Holst (sjuksystern)、Ernst Brunman (vaktmästare i Konserthuset)、
Maud Hyttenberg (biträdet i leksaksaffären)

1950 《城市沉睡了》 (*Medan staden sover*)

制作、发行：Svensk Filmindustri，导演：Lars–Eric Kjellgren，制
片经理：Helge Hagerman，编剧：Lars–Eric Kjellgren、Per Anders
Fogelström（根据 Ingmar Bergman 基于 Fogelström 的 *Ligister* 产
生的想法），摄影：Martin Bodin，音乐：Stig Rybrant，布景：
Nils Svenwall，剪辑：Oscar Rosander，首映：1950.09.08 Skandia，
时长：102 分钟，演员：Sven–Eric Gamble (Jompa)、Inga Landgré
(Iris)、Adolf Jahr (Iris' far)、John Elfström (Jompas far)、Märta Dorff
(Iris' mor)、Elof Ahrle (basen)、Ulf Palme (Kalle Lund)、Hilding

Gavle (hälaren)、Barbro Hiort af Ornäs (Rut)、Rolf Bergström (Gunnar)、

Ilse-Nore Tromm (Jompas mor)、Ulla Smidje (Asta)、Ebba Flygare

(hälarens hustru)、Carl Ström (portvakten)、Mona Geijer-Falkner

(föreståndarinnan)、Alf Östlund (Andersson)、Hans Sundberg (Knatten)、

Lennart Lundh (Slampen)、Arne Ragneborn (Sune)、Hans Dahlberg

(Lång-Sam)、Åke Hylén (Pekå)、Börje Mellvig (åklagaren)、Olav

Riégo (domaren)、Arthur Fischer (en polis)、Harriet Andersson (lucian)、

Henrik Schildt (en festdeltagare)、Julius Jacobsen (restaurangpianisten)、

Gunnar Hellström (ung man på restaurangen)

1950 《夏日插曲》 (*Sommarlek*)

制作、发行：Svensk Filmindustri，导演：Ingmar Bergman，制片

经理：Allan Ekelund，编剧：Ingmar Bergman、Herbert Grevenius

（根据伯格曼的故事 *Mari* 改编），摄影：Gunnar Fischer，音乐：

Erik Nordgren、Bengt Wallerström、Eskil Eckert-Lundin，布景：

Nils Svenwall，剪辑：Oscar Rosander，首映：1951.10.01 Röda

Kvarn，时长：96 分钟，演员：Maj-Britt Nilsson (Marie)、Birger

Malmsten (Henrik)、Alf Kjellin (David)、Annalisa Ericson (Kaj)、

Georg Funkquist (farbror Erland)、Stig Olin (balettmästaren)、Renée

Björling (tant Elisabeth)、Mimi Pollak (lilla damen)、John Botvid

(Karl)、Gunnar Olsson (prästen)、Douglas Håge (Nisse med näsan)、

Julia Caesar (Maja)、Carl Ström (Sandell)、Torsten Lilliecrona (Ljus-

Pelle)、Olav Riégo (läkaren)、Ernst Brunman (båtkaptenen)、Fylgia

Zadig (sjuksystern)、Sten Mattsson (hoppilandkalle)、Carl-Axel Elf-

ving (blomsterbudet)

1950 《不能在此发生》 (*Sånt händer inte här*)

制作、发行：Svensk Filmindustri，导演：Ingmar Bergman，制片经理：Helge Hagerman，编剧：Herbert Grevenius [根据 Peter Valentin（Waldemar Brøgger）的小说 *I løbet af tolv timer* 改编]，摄影：Gunnar Fischer，音乐：Erik Nordgren，布景：Nils Svenwall，剪辑：Lennart Wallén，首映：1950.10.23 Röda Kvarn，时长：84分钟，演员：Signe Hasso (Vera)、Alf Kjellin (Almkvist)、Ulf Palme (Atkä Natas)、Gösta Cederlund (läkaren)、Yngve Nordwall (Lindell)、Stig Olin (den unge mannen)、Ragnar Klange (Filip Rundblom)、Hannu Kompus (prästen)、Sylvia Tael (Vanja)、Els Vaarman (flyktingkvinnan)、Edmar Kuus (Leino)、Rudolf Lipp ("Skuggan")、Lillie Wästfeldt (fru Rundblom)、Segol Mann, Willy Koblanck, Gregor Dahlman, Gösta Holmström & Ivan Bousé (agenter)、Hugo Bolander (hotellföreståndaren)、Helena Kuus (kvinnan på bröllopet)、Alexander von Baumgarten (båtkaptenen)、Eddy Andersson (maskinisten)、Fritjof Hellberg (styrmannen)、Mona Åstrand (en ung flicka)、Mona Geijer–Falkner (kvinnan i hyreshuset)、Erik Forslund (portvakten)、Georg Skarstedt (en bakfull jobbare)、Tor Borong (vaktmästaren/inspicienten)、Magnus Kesster (grannen i Ålsten)、Maud Hyttenberg (studentskan)、Helga Brofeldt (den chockade tanten)、Sven Axel Carlsson (ynglingen)

1950 《离婚》 (*Frånskild*)

制作、发行：Svensk Filmindustri，导演：Gustaf Molander，制片经理：Allan Ekelund，编剧：Ingmar Bergman、Herbert Grevenius，摄影：

Åke Dahlqvist, 音乐：Erik Nordgren & Bengt Wallerström, 布景：Nils Svenwall, 剪辑：Oscar Rosander, 首映：1951.12.26 Röda Kvarn, 时长：103 分钟, 演员：Inga Tidblad (Gertrud Holmgren)、Alf Kjellin (doktor Bertil Nordelius)、Doris Svedlund (Marianne Berg)、Hjördis Petterson (fru Nordelius)、Håkan Westergren (disponent P A Beckman)、Irma Christenson (doktor Cecilia Lindeman)、Holger Löwenadler (ingenjör Tore Holmgren)、Marianne Löfgren ("Chefen fru Ingeborg")、Stig Olin (Hans)、Elsa Prawitz (Elsie)、Birgitta Valberg (advokat Eva Möller)、Sif Ruud (Rut Boman)、Carl Ström (Öhman)、Ragnar Arvedson (byråchefen)、Ingrid Borthen (hans fru)、Yvonne Lombard (den unga vackra frun)、Einar Axelsson (affärsmannen)、Rune Halvarson (reklamkonsulenten)、Rudolf Wendbladh (bankkamreren)、Guje Lagerwall, Nils Ohlin & Nils Jacobsson (middagsgäster)、Hanny Schedin (fru Nilsson)、Harriet Andersson (en platssökande)、Christian Bratt (en tennisspelare)

1952 《女人的期待》 (*Kvinnors väntan*)

制作、发行：Svensk Filmindustri, 导演、编剧：Ingmar Bergman, 制片经理：Allan Ekelund, 摄影：Gunnar Fischer, 音乐：Erik Nordgren, 布景：Nils Svenwall, 剪辑：Oscar Rosander, 首映：1952.11.03 Röda Kvarn, 时长：107 分钟, 演员：Anita Björk (Rakel)、Maj–Britt Nilsson (Marta)、Eva Dahlbeck (Karin)、Gunnar Björnstrand (Fredrik Lobelius)、Birger Malmsten (Martin Lobelius)、Jarl Kulle (Kaj)、Karl–Arne Holmsten (Eugen Lobelius)、Gerd Andersson (Maj)、Björn Bjelfvenstam (Henrik Lobelius)、Aino Taube

(Annette)、Håkan Westergren (Paul Lobelius)、Kjell Nordenskiöld (Bob)、Carl Ström (narkosläkaren)、Märta Arbin (syster Rut)、Torsten Lilliecrona (källarmästaren på nattklubben)、Victor Violacci (le patron)、Naima Wifstrand (gamla fru Lobelius)、Wiktor Andersson (sopgubben)、Douglas Håge (portvakten)、Lil Yunkers (konferencieren)、Lena Brogren (sjukbiträdet)

1952 《不良少女莫妮卡》 (*Sommaren med Monika*)

制作、发行: Svensk Filmindustri, 导演: Ingmar Bergman, 制片经理: Allan Ekelund, 编剧: Ingmar Bergman、Per Anders Fogelström (根据 Fogelströms 的同名小说改编), 摄影: Gunnar Fischer, 音乐: Erik Nordgren、Eskil Eckert-Lundin & Walle Söderlund, 布景: P A Lundgren, 剪辑: Tage Holmberg、Gösta Lewin, 首映: 1953.02.09 Spegeln, 时长: 96 分钟, 演员: Harriet Andersson (Monika)、Lars Ekborg (Harry)、John Harryson (Lelle)、Georg Skarstedt (Harrys far)、Dagmar Ebbesen (Harrys faster)、Åke Fridell (Monikas far)、Naemi Briese (Monikas mor)、Åke Grönberg (verkmästaren)、Gösta Eriksson (direktör Forsberg)、Gösta Gustafsson (kamreren hos Forsbergs)、Sigge Fürst (basen på porslinslagret)、Gösta Prüzelius (försäljaren hos Forsbergs)、Arthur Fischer (chefen på grönsakslagret)、Torsten Lilliecrona (chauffören på grönsakslagret)、Bengt Eklund (förste mannen på grönsakslagret)、Gustaf Färingborg (andre mannen på grönsakslagret)、Ivar Wahlgren (en villaägare)、Renée Björling (hans fru)、Catrin Westerlund (deras dotter)、Wiktor Andersson & Birger Sahlberg (ölgubbar)、Hanny Schedin (fru Boman på 12:an)、

Anders Andelius & Gordon Löwenadler (Monikas kavaljerer)、Nils Hultgren (kyrkoherden)、Nils Whitén, Tor Borong & Einar Söderbäck (lumphandlare)、Bengt Brunskog (Sicke)、Magnus Kesster & Carl–Axel Elfving (arbetare)、Astrid Bodin & Mona Geijer–Falkner (fruar i fönstren)、Ernst Brunman (tobakshandlaren)

1953《小丑之夜》（*Gycklarnas afton*）

制作：Sandrewproduktion，发行：Sandrew–Bauman，导演、编剧：Ingmar Bergman，制片经理：Rune Waldekranz，摄影：Hilding Bladh、Sven Nykvist，音乐：Karl–Birger Blomdahl，布景：Bibi Lindström，剪辑：Carl–Olov Skeppstedt，首映：1953.09.14 Grand，时长：93 分钟，演员：Harriet Andersson (Anne)、Åke Grönberg (Albert Johansson)、Hasse Ekman (Frans)、Anders Ek (Frost)、Gudrun Brost (Alma)、Annika Tretow (Agda)、Gunnar Björnstrand (direktör Sjuberg)、Erik Strandmark (Jens)、Kiki (dvärgen)、Åke Fridell (officeren)、Majken Torkeli (Ekbergskan)、Vanje Hedberg (hennes son)、Curt Löwgren (Blom)、Conrad Gyllenhammar (Fager)、Mona Sylwan (fru Fager)、Hanny Schedin (tant Asta)、Michael Fant (vackre Anton)、Naemi Briese (fru Meijer)、Lissi Aland, Karl–Axel Forssberg, Olav Rié, John Starck, Erna Groth & Agda Helin (skådespelare)、Julie Bernby (lindanserskan)、Göran Lundquist & Mats Hådell (Agdas pojkar)

1953《恋爱课程》（*En lektion i kärlek*）

制作、发行：Svensk Filmindustri，导演、编剧：Ingmar Bergman，制片经理：Allan Ekelund，摄影：Martin Bodin，音乐：Dag Wirén，布景：P A Lundgren，剪辑：Oscar Rosander，首映：1954.10.04 Röda Kvarn，时长：96 分钟，演员：Eva Dahlbeck (Marianne Erneman)、Gunnar Björnstrand (doktor David Erneman)、Yvonne Lombard (Suzanne)、Harriet Andersson (Nix)、Åke Grönberg (Carl–Adam)、Olof Winnerstrand (professor Henrik Erneman)、Renée Björling (Svea Erneman)、Birgitte Reimer (Lise)、John Elfström (Sam)、Dagmar Ebbesen (sköterskan)、Helge Hagerman (handelsresanden)、Sigge Fürst (prästen)、Gösta Prüzelius (konduktören)、Carl Ström (farbror Axel)、Torsten Lilliecrona (portieren)、Arne Lindblad (hotelldirektören)、Yvonne Brosset (dansösen)

1954—1955 《花都绮梦》 (*Kvinnodröm*)

制作：Sandrewproduktion，发行：Sandrew–Bauman，导演、编剧：Ingmar Bergman，制片经理：Rune Waldekranz，摄影：Hilding Bladh，音乐：Stuart Görling，布景：Gittan Gustafsson，剪辑：Carl–Olov Skeppstedt，首映：1955.08.22 Grand，时长：87 分钟，演员：Eva Dahlbeck (Susanne)、Harriet Andersson (Doris)、Gunnar Björnstrand (konsuln)、Ulf Palme (disponent Lobelius)、Inga Landgré (fru Lobelius)、Sven Lindberg (Palle)、Naima Wifstrand (fru Arén)、BenktÅke Benktsson (direktör Magnus)、Git Gay (damen i modeateljén)、Ludde Gentzel (fotograf Sundström)、Kerstin Hedeby (Marianne)、Jessie Flaws (sminkösen)、Marianne Nielsen (Fanny)、Bengt Schött (klädkonstnären i fotoateljén)、Axel Düberg (fotografen i Stockholm)、Gunhild Kjellqvist (den mörka flickan i modeateljén)、Renée Björling (professorskan Berger)、Tord Stål (herr Barse)、Richard Mattsson (Månsson)、Inga Gill (expediten på konditoriet)、Per–Erik Åström (en chaufför)、Carl–Gustaf Lindstedt (portieren)、Asta Beckman (servitrisen)

1955《夏夜的微笑》（*Sommarnattens leende*）

制作、发行：Svensk Filmindustri，导演、编剧：Ingmar Bergman，制片经理：Allan Ekelund，摄影：Gunnar Fischer，音乐：Erik Nordgren，布景：P A Lundgren，剪辑：Oscar Rosander，首映：1955.12.26 Röda Kvarn，时长：108 分钟，演员：Eva Dahlbeck (Desirée Armfeldt)、Gunnar Björnstrand (Fredrik Egerman)、Ulla Jacobsson (Anne Egerman)、Harriet Andersson (Petra)、Margit Carlqvist (Charlotte Malcolm)、Åke Fridell (kusken Frid)、Björn Bjelfvenstam (Henrik Egerman)、Naima Wifstrand (gamla fru Armfeldt)、Julian Kindahl (köksan)、Gull Natorp (Malla)、Birgitta Valberg & Bibi Andersson (aktriser)、Anders Wulff (pojken Fredrik)、Jarl Kulle (greve Carl Magnus Malcolm)、Gunnar Nielsen

1956《双人出局》（*Sista paret ut*）

制作、发行：Svensk Filmindustri，导演：Alf Sjöberg，制片经理：Allan Ekelund，编剧：Ingmar Bergman，摄影：Martin Bodin，音乐：Erik Nordgren、Charles Redland、Bengt Hallberg、Julius Jacobsen，布景：Harald Garmland，剪辑：Oscar Rosander，首映：1956.11.12 Röda Kvarn、Fontänen，时长：103 分钟，演员：Olof Widgren (advokat Hans Dahlin)、Eva Dahlbeck (Susanne Dahlin)、

Björn Bjelfvenstam (Bo Dahlin)、Johnny Johansson (Sven Dahlin)、Märta Arbin (mormor)、Julian Kindahl (Alma)、Jarl Kulle (doktor Farell)、Nancy Dalunde (fru Farell)、Bibi Andersson (Kerstin)、Harriet Andersson (Anita)、Aino Taube (Kerstins mor)、Jan–Olof Strandberg (Claes Berg)、Hugo Björne (lektorn)、Göran Lundquist ("Knatten")、Kerstin Hörnblad, Mona Malm, Olle Davide, Claes–Håkan Westergren, Lena Söderblom & Kristina Adolphson (gymnasister)、Svenerik Perzon (tidningsförsäljaren)

1956《第七封印》（*Det sjunde inseglet*）

制作、发行：Svensk Filmindustri，导演、编剧：Ingmar Bergman（根据其剧作 *Trämålning* 改编），制片经理：Allan Ekelund，摄影：Gunnar Fischer，音乐：Erik Nordgren，布景：P A Lundgren，剪辑：Lennart Wallén，首映：1957.02.16 Röda Kvarn，时长：96分钟，演员：Max von Sydow (Antonius Block)、Gunnar Björnstrand (Jöns)、Nils Poppe (Jof)、Bibi Andersson (Mia)、Bengt Ekerot (Döden)、Åke Fridell (Plog)、Inga Gill (Lisa)、Erik Strandmark (Skat)、Bertil Anderberg (Raval)、Gunnel Lindblom (den stumma kvinnan)、Inga Landgré (Blocks hustru)、Anders Ek (munken)、Maud Hansson (häxan)、Gunnar Olsson (kyrkmålaren)、Lars Lind (den unge munken)、Benkt–Åke Benktsson (krögaren)、Gudrun Brost (kvinnan på värdshuset)、Ulf Johanson (knektarnas anförare)

1957《野草莓》（*Smultronstället*）

制作、发行：Svensk Filmindustri，导演、编剧：Ingmar Bergman，

制片经理：Allan Ekelund，摄影：Gunnar Fischer，音乐：Erik Nordgren、Göte Lovén，布景：Gittan Gustafsson，剪辑：Oscar Rosander，首映：1957.12.26 Röda Kvarn、Fontänen，时长：91 分钟，演员：Victor Sjöström (Isak Borg)、Bibi Andersson (Sara)、Ingrid Thulin (Marianne)、Gunnar Björnstrand (Evald)、Folke Sundquist (Anders)、Björn Bjelfvenstam (Viktor)、Naima Wifstrand (Isaks mor)、Julian Kindahl (Agda)、Gunnar Sjöberg (ingenjör Alman)、Gunnel Broström (fru Alman)、Gertrud Fridh (Isaks hustru)、Åke Fridell (hennes älskare)、Max von Sydow (Åkerman)、Sif Ruud (mostern)、Yngve Nordwall (farbror Aron)、Per Sjöstrand (Sigfrid)、Gio Petré (Sigbritt)、Gunnel Lindblom (Charlotta)、Maud Hansson (Angelica)、Lena Bergman (Kristina)、Per Skogsberg (Hagbart)、Göran Lundquist (Benjamin)、Eva Norée (Anna)、Monica Ehrling (Birgitta)、Ann-Mari Wiman (Eva Åkerman)、Vendela Rudbäck (Elisabeth)、Helge Wulff (promotorn)

1957《生命的门槛》（*Nära livet*）

制作、发行：Nordisk Tonefilm，导演：Ingmar Bergman，制片经理：Gösta Hammarbäck，编剧：Ulla Isaksson（根据其短篇小说 *Det vänliga, värdiga* / *Det orubbliga* 改编），摄影：Max Wilén，布景：Bibi Lindström，剪辑：Carl-Olov Skeppstedt，首映：1958.03.31 Röda Kvarn、Fontänen，时长：84 分钟，演员：Ingrid Thulin (Cecilia Ellius)、Eva Dahlbeck (Stina Andersson)、Bibi Andersson (Hjördis Petterson)、Barbro Hiort af Ornäs (syster Brita)、Max von Sydow (Harry Andersson)、Erland Josephson (Anders Ellius)、Ann-Marie

Gyllenspetz (socialkuratorn)、Gunnar Sjöberg (doktor Nordlander)、Margaretha Krook (doktor Larsson)、Lars Lind (doktor Thylenius)、Sissi Kaiser (syster Mari)、Inga Gill (en nybliven mor)、Kristina Adolphson (ett biträde)、Maud Elfsiö (en sköterskeelev)、Monica Ekberg (Hjördis' väninna)、Gun Jönsson (nattsköterskan)、Gunnar Nielsen (en läkare)、Inga Landgré (Greta Ellius)

1958 《面孔》 (*Ansiktet*)

制作、发行：Svensk Filmindustri，导演、编剧：Ingmar Bergman，制片经理：Allan Ekelund，摄影：Gunnar Fischer，音乐：Erik Nordgren，布景：P A Lundgren，剪辑：Oscar Rosander，首映：1958.12.26 Röda Kvarn、Fontänen，时长：100 分钟，演员：Max von Sydow (Albert Emanuel Vogler)、Ingrid Thulin (Manda Vogler/Aman)、Åke Fridell (Tubal)、Naima Wifstrand (Voglers mormor)、Lars Ekborg (Simson)、Gunnar Björnstrand (medicinalrådet Vergérus)、Erland Josephson (konsul Egerman)、Gertrud Fridh (Ottilia Egerman)、Toivo Pawlo (polismästare Starbeck)、Ulla Sjöblom (Henrietta Starbeck)、Bengt Ekerot (Johan Spegel)、Sif Ruud (Sofia Garp)、Bibi Andersson (Sara)、Birgitta Pettersson (Sanna)、Oscar Ljung (Antonsson)、Axel Düberg (Rustan)、Tor Borong, Arne Mårtensson, Harry Schein & Frithiof Bjärne (tullpoliser)

1959 《处女泉》 (*Jungfrukällan*)

制作、发行：Svensk Filmindustri，导演：Ingmar Bergman，编剧：Ulla Isaksson（根据民谣 *Töres döttrar i Vänge* 改编），摄影：

Sven Nykvist, 音乐: Erik Nordgren, 布景: P A Lundgren, 剪辑:
Oscar Rosander, 首映: 1960.02.08 Röda Kvarn, 时长: 89 分钟,
演员: Max von Sydow (Töre)、Birgitta Valberg (Märeta)、Gunnel
Lindblom (Ingeri)、Birgitta Pettersson (Karin)、Axel Düberg (den
magre)、Tor Isedal (den tunglöse)、Allan Edwall (tiggaren)、Ove
Porath (pojken)、Axel Slangus (brovakten)、Gudrun Brost (Frida)、
Oscar Ljung (Simon)、Tor Borong & Leif Forstenberg (drängar)

1959—1960《魔鬼的眼睛》(*Djävulens öga*)

制作、发行: Svensk Filmindustri, 导演、编剧: Ingmar Bergman(根
据 Oluf Bang 的广播剧 *Don Juan vender tilbage* 改编), 制片经理:
Allan Ekelund, 摄影: Gunnar Fischer, 音乐: Erik Nordgren, 布
景: P A Lundgren, 剪辑: Oscar Rosander, 首映: 1960.10.17
Röda Kvarn、Fontänen, 时长: 87 分钟, 演员: Jarl Kulle (Don
Juan)、Bibi Andersson (Britt–Marie)、Stig Järrel (Satan)、Nils Poppe
(kyrkoherden)、Gertrud Fridh (fru Renata)、Sture Lagerwall (Pablo)、
Gunnar Björnstrand (skådespelaren)、Georg Funkquist (greve Armand
de Rochefoucauld)、Gunnar Sjöberg (markis Giuseppe Maria de Ma-
copanza)、Axel Düberg (Jonas)、Torsten Winge (den gamle)、Kristina
Adolphson (den beslöjade kvinnan)、Allan Edwall (örondemonen)、
Ragnar Arvedson (vaktdemonen)、Börje Lundh (frisören)、Lenn
Hjortzberg (lavemangsdoktorn)、John Melin (skönhetsdoktorn)、Sten
Torsten Thuul (skräddaren)、Arne Lindblad (hans assistent)、Svend
Bunch (förvandlingsexperten)、Tom Olsson (negermassören)、Inga
Gill (husan)

1960 《犹在镜中》 (*Såsom i en spegel*)

制作、发行：Svensk Filmindustri，导演、编剧：Ingmar Bergman，制片经理：Allan Ekelund，摄影：Sven Nykvist，音乐：Erik Nordgren，布景：P A Lundgren，剪辑：Ulla Ryghe，首映：1961.10.16 Röda Kvarn、Fontänen，时长：89 分钟，演员：Harriet Andersson (Karin)、Max von Sydow (Martin)、Gunnar Björnstrand (David)、Lars Passgård (Fredrik, kallad Minus)

1961 《闲趣花园》 (*Lustgården*)

制作、发行：Svensk Filmindustri，导演：Alf Kjellin，制片经理：Allan Ekelund，编剧："Buntel Eriksson" (Ingmar Bergman & Erland Josephson)，摄影：Gunnar Fischer（彩色），音乐：Erik Nordgren，布景：P A Lundgren，剪辑：Ulla Ryghe，首映：1961.12.26 Röda Kvarn、Fanfaren，时长：93 分钟，演员：Sickan Carlsson(Fanny)、Gunnar Björnstrand (David)、Bibi Andersson (Anna)、Per Myrberg (Emil)、Kristina Adolphson (Astrid)、Stig Järrel (Lundberg)、Hjördis Petterson (Ellen)、Gösta Cederlund (Liljedahl)、Torsten Winge (Wibom)、Lasse Krantz (källarmästaren)、Fillie Lyckow (Berta)、Jan Tiselius (Ossian)、Stefan Hübinette (volontären)、Sven Nilsson (biskopen)、Rolf Nystedt (borgmästaren)、Sten Hedlund (rektorn)、Stina Ståhle (rektorskan)、Lars Westlund (postmästaren)、Ivar Uhlin (doktor Brusén)、Birger Sahlberg (polisen)

1961—1962 《冬日之光》 (*Nattvardsgästerna*)

制作、发行：Svensk Filmindustri，导演、编剧：Ingmar Bergman，制片经理：Allan Ekelund，摄影：Sven Nykvist，布景：P A Lundgren，剪辑：Ulla Ryghe，首映：1963.02.11 Röda Kvarn、Fontänen，时长：81分钟，演员：Gunnar Björnstrand (Tomas Ericsson)、Ingrid Thulin (Märta Lundberg)、Max von Sydow (Jonas Persson)、Gunnel Lindblom (Karin Persson)、Allan Edwall (Algot Frövik)、Olof Thunberg (Fredrik Blom)、Elsa Ebbesen (änkefrun)、Kolbjörn Knudsen (Aronsson)、Tor Borong (Johan Åkerblom)、Bertha Sånnell (Hanna Appelblad)、Eddie Axberg (Johan Strand)、Lars–Owe Carlberg (landsfiskalen)、Johan Olafs (en herre)、Ingmari Hjort (Perssons dotter)、Stefan Larsson (Perssons son)、Lars–Olof Andersson & Christer Öhman (två pojkar)

1962《沉默》（*Tystnaden*）

制作、发行：Svensk Filmindustri，导演、编剧：Ingmar Bergman，制片经理：Allan Ekelund，摄影：Sven Nykvist，布景：P A Lundgren，剪辑：Ulla Ryghe，首映：1963.02.11 Röda Kvarn、Fontänen，时长：81分钟，演员：Gunnar Björnstrand (Tomas Ericsson)、Ingrid Thulin (Märta Lundberg)、Max von Sydo、Håkan Jahnberg (våningskyparen)、Birger Malmsten (barkyparen)、"Eduardinis" (dvärgtruppen)、Eduardo Gutierrez (dvärgarnas impressario)、Lissi Alandh (kvinnan i varietélokalen)、Leif Forstenberg (mannen i varietélokalen)、Nils Waldt (kassören)、Birger Lensander (vaktmästaren)、Eskil Kalling (barägaren)、K A Bergman (tidningsförsäljaren)、Olof Widgren (den gamle)

1963 《这些女人们》 (*För att inte tala om alla dessa kvinnor*)

制作、发行：Svensk Filmindustri，导演：Ingmar Bergman，制片经理：Allan Ekelund，编剧：Ingmar Bergman、Erland Josephson，摄影：Sven Nykvist（彩色），音乐：Erik Nordgren，布景：P A Lundgren，剪辑：Ulla Ryghe，首映：1964.06.15 Röda Kvarn，时长：80 分钟，演员：Jarl Kulle (Cornelius)、Bibi Andersson (Humlan)、Harriet Andersson (Isoide)、Eva Dahlbeck (Adelaide)、Karin Kavli (madame Tussaud)、Gertrud Fridh (Traviata)、Mona Malm (Cecilia)、Barbro Hiort af Ornäs (Beatrice)、Allan Edwall (Jillker)、Georg Funkquist (Tristan)、Carl Billquist (ynglingen)、Jan Blomberg (engelsk radioreporter)、Göran Graffman (fransk radioreporter)、Gösta Prüzelius (svensk radioreporter)、Jan-Olof Strandberg (tysk radioreporter)、Ulf Johanson, Axel Düberg & Lars-Eric Liedholm (svartklädda män)、Lars-Owe Carlberg (chauffören)、Doris Funcke & Yvonne Igell (servitriser)

1963—1965 《丹尼尔》 (*Daniel*)

系列剧《刺激》(*Stimulantia*) 中的一集，制作、发行：Svensk Filmindustri，导演、编剧、摄影：Ingmar Bergman，剪辑：Ulla Ryghe，首映：1967.03.28 Spegeln，演员：Daniel Sebastian Bergman、Käbi Laretei

1965 《假面》 (*Persona*)

制作、发行：Svensk Filmindustri，导演、编剧：Ingmar Bergman，制片经理：Lars-Owe Carlberg，摄影：Sven Nykvist，音乐：

Lars Johan Werle，布景：Bibi Lindström，剪辑：Ulla Ryghe，首映：1966.10.18 Spegeln，时长：85 分钟，演员：Bibi Andersson (Alma)、Liv Ullmann (Elisabet Vogler)、Margaretha Krook (läkaren)、Gunnar Björnstrand (herr Vogler)、Jörgen Lindström (pojken)

1966 《豺狼时刻》 （*Vargtimmen*）

制作、发行：Svensk Filmindustri，导演、编剧：Ingmar Bergman，制片经理：Lars-Owe Carlberg，摄影：Sven Nykvist，音乐：Lars Johan Werle，布景：Marik Vos-Lundh，剪辑：Ulla Ryghe，首映：1968.02.19 Röda Kvarn，时长：90 分钟，演员：Liv Ullmann (Alma)、Max von Sydow (Johan)、Erland Josephson (baron von Merkens)、Gertrud Fridh (Corinne von Merkens)、Gudrun Brost (gamla fru von Merkens)、Bertil Anderberg (Ernst von Merkens)、Georg Rydeberg (arkivarie Lindhorst)、Ulf Johanson (kurator Heerbrand)、Naima Wifstrand (damen med hatten)、Ingrid Thulin (Veronica Vogler)、Lenn Hjortzberg (kapellmästare Kreisler)、Agda Helin (pigan)、Mikael Rundquist (pojken i drömsekvensen)、Mona Seilitz (liket på bårhuset)、Folke Sundquist (Tamino i Trollflöjten)

1967 《羞耻》 （*Skammen*）

制作：Svensk Filmindustri、Cinematograph，发行：Svensk Filmindustri，导演、编剧：Ingmar Bergman，制片经理：Lars-Owe Carlberg，摄影：Sven Nykvist，布景：P A Lundgren，剪辑：Ulla Ryghe，首映：1968.09.29 Spegeln，时长：103 分钟，演员：Liv Ullmann (Eva Rosenberg)、Max von Sydow (Jan Rosenberg)、

Gunnar Björnstrand (överste Jacobi)、Birgitta Valberg (fru Jacobi)、Sigge Fürst (Filip)、Hans Alfredson (Lobelius)、Willy Peters (en äldre officer)、Per Berglund (en soldat)、Vilgot Sjöman (intervjuaren)、Ingvar Kjellson (Oswald)、Rune Lindström (en tjock herre)、Frank Sundström (förhörsledaren)、Frej Lindqvist (den krokige)、Ulf Johanson (läkaren)、Björn Thambert (Johan)、Gösta Prüzelius (kyrkoherden)、Karl–Axel Forssberg (sekreteraren)、Bengt Eklund (vakten)、Åke Jörnfalk (den dödsdömde)、Jan Bergman (Jacobis chaufför)、Stig Lindberg (läkarassistenten)

1967 《祭典》 (*Riten*)

制作：Cinematograph，导演、编剧：Ingmar Bergman，制片经理：Lars–Owe Carlberg，摄影：Sven Nykvist，布景、服装：Mago (Max Goldstein)，剪辑：Siv Kanälv，首映：1969.03.25 TV，时长：72 分钟，演员：Ingrid Thulin (Thea Winkelmann)、Anders Ek (Sebastian Fischer)、Gunnar Björnstrand (Hans Winkelmann)、Erik Hell (domare Abrahamsson)、Ingmar Bergman (en präst)

1968 《安娜的情欲》 (*En passion*)

制作：Svensk Filmindustri、Cinematograph，发行：Svensk Filmindustri，导演、编剧：Ingmar Bergman，制片经理：Lars–Owe Carlberg，摄影：Sven Nykvist（彩色），布景：P A Lundgren，剪辑：Siv Kanälv，首映：1969.11.10 Spegeln，时长：101 分钟，演员：Max von Sydow (Andreas Winkelman)、Liv Ullmann (Anna Fromm)、Bibi Andersson (Eva Vergérus)、Erland Josephson

(Elis Vergérus)、Erik Hell (Johan Andersson)、Sigge Fürst (Verner)、Svea Holst (hans fru)、Annika Kronberg (Katarina)、Hjördis Petterson (Johans syster)、Lars–Owe Carlberg & Brian Wikström (poliser)、Barbro Hiort af Ornäs, Malin Ek, Britta Brunius, Brita Öberg, Marianne Karlbeck (kvinnor i drömsekvensen)

1969《法罗档案 1969》 (*Fårödokument 1969*)

制作：Cinematograph，导演：Ingmar Bergman，制片经理：Lars–Owe Carlberg，摄影：Sven Nykvist，剪辑：Siv Lundgren–Kanälv，首映：1970.01.01 TV，时长：78 分钟，演员：Ingmar Bergman (reportern)、Fåröbor

1969—1970《谎言》 (*Reservatet*)

导演：Jan Molander，编剧：Ingmar Bergman，制片人：Bernt Callenbo & Hans Sackemark，图像编辑：Inger Burman（彩色），布景：Bo Lindgren & Henny Noremark，首映：1970.10.28 TV，时长：95 分钟，演员：Gunnel Lindblom (Anna)、Per Myrberg (Andreas)、Erland Josephson (Elis)、Georg Funkquist (fadern)、Toivo Pawlo (Albert)、Elna Gistedt (Berta)、Erik Hell (generaldirektören)、Göran Graffman (Bauer)、Börje Ahlstedt (Feldt)、Sif Ruud (fröken Prakt)、Barbro Larsson (Karin)、Helena Brodin (syster Ester)、Olof Bergström (doktor Farman)、Gun Arvidsson (Magda Farman)、Catherine Berg (Elis' hustru)、Claes Thelander (Fredrik Sernelius)、Irma Christenson (Inger Sernelius)、Leif Liljeroth (Sten Ahlman)、Gun Andersson (Petra Ahlman)、Per Sjöstrand (greve Albrekt)、Margaretha Byström (Karin Albrekt)

1970 《接触》 (*Beröringen / The Touch*)

制作：Cinematograph、ABC Pictures (New York)，发行：Svensk Filmindustri，导演、编剧：Ingmar Bergman，制片经理：Lars–Owe Carlberg，摄影：Sven Nykvist（彩色），音乐：Carl Michael Bellman、William Byrd、Peter Covent，布景：PA Lundgren，剪辑：Siv Lundgren，首映：1971.08.30 Spegeln，时长：115分钟，演员：Elliott Gould (David Kovac)、Bibi Andersson (Karin Vergérus)、Max von Sydow (Andreas Vergérus)、Sheila Reid (Sara、Davids syster)、Barbro Hiort af Ornäs (Karins mor)、Åke Lindström (Holm、läkare). Mimmo Wåhlander (sköterskan)、Elsa Ebbesen (husmor på sjukhuset)、Staffan Hallerstam (Anders Vergérus)、Maria Nolgård (Agnes Vergérus)、Karin Nilsson (granne till Vergérus)、Erik Nyhlén (arkeologen)、Margaretha Byström (Andreas Vergérus' sekreterare)、Alan Simon (museikuratorn)、Per Sjöstrand (kuratorn)、Aino Taube (kvinna i trappan)、Ann–Christin Lobråten (museiarbetaren)、Carol Zavis (flygvärdinnan)、Dennis Gotobed (den engelske tjänstemannen)、Bengt Ottekil (piccolo)

1971 《呼喊与细语》 (*Viskningar och rop*)

制作：Cinematograph、Filminstitutet、Liv Ullmann、Ingrid Thulin、Harriet Andersson、Sven Nykvist，发行：Svensk Filmindustri，导演、编剧：Ingmar Bergman，制片经理：Lars–Owe Carlberg，摄影：Sven Nykvist（彩色），布景：Marik Vos，剪辑：Siv Lundgren，首映：1973.03.05 Spegeln，时长：91分钟，演员：Harriet Andersson (Agnes)、Kari Sylwan (Anna)、Ingrid Thulin (Karin)、Liv Ullmann (Maria/

Marias mor)、Anders Ek (prästen Isak)、Inga Gill (sagoberätterskan)、Erland Josephson (David、läkare)、Henning Moritzen (Joakim、kammarråd、Marias man)、Georg Årlin (Fredrik、diplomat、Karins man)、Linn Ullmann (Marias dotter)、Greta & Karin Johansson (sveperskor)、Rosanna Mariano (Agnes som barn)、Malin Gjörup (Annas dotter)、Lena Bergman (Maria som barn)、Ingrid von Rosen, Ann–Christin Lobråten, Börje Lundh & Lars–Owe Carlberg (åskådare vid bildvisningen)、Monika Priede (Karin som barn)

1972 《婚姻生活》（*Scener ur ett äktenskap*）

制作：Cinematograph，导演、编剧：Ingmar Bergman，制片经理：Lars–Owe Carlberg，摄影：Sven Nykvist（彩色），布景：Björn Thulin，剪辑：Siv Lundgren，首映：1973.04.11 TV（第一集）、1973.04.18 TV（第二集）、1973.04.25 TV（第三集）、1973.05.02 TV（第四集）、1973.05.09（第五集）、1973.05.16 TV（第六集），时长：每集约 49 分钟（1974 年电影版 155 分钟），演员：Liv Ullmann (Marianne)、Erland Josephson (Johan)、Bibi Andersson (Katarina)、Jan Malmsjö (Peter)、Anita Wall (fru Palm)、Rosanna Mariano & Lena Bergman (barnen Eva & Karin)、Gunnel Lindblom (Eva)、Barbro Hiort af Ornäs (fru Jacobi)、Wenche Foss (modern)、Bertil Norström (Arne)

1974 《魔笛》（*Trollflöjten*）

导演、编剧：Ingmar Bergman（根据 Emanuel Schikaneder 为 Wolfgang Amadeus Mozarts 的歌剧 *Die Zauberflöte* 所作歌词改

编），制片人：Måns Reuterswärd，摄影：Sven Nykvist（彩色），音乐：Radiokören、Sveriges Radios Symfoniorkester、指挥 Eric Ericson，布景：Henny Noremark，剪辑：Siv Lundgren，首映：1975.01.01 TV / 1975.10.04 Röda Kvarn，时长：135 分钟，演员：Josef Köstlinger (Tamino)、Irma Urrila (Pamina)、Håkan Hagegård (Papageno)、Elisabeth Erikson (Pagagena)、Britt–Marie Aruhn (första damen)、Kirsten Vaupel (andra damen)、Birgitta Smiding (tredje damen)、Ulrik Cold (Sarastro)、Birgit Nordin (nattens drottning)、Ragnar Ulfung (Monostatos)、Erik Saedén (talaren)、Gösta Prüzelius (förste prästen)、Ulf Johanson (andre prästen)、Hans Johansson & Jerker Arvidson (två vakter i Prövningarnas hus)、Urban Malmberg, Ansgar Krook & Erland von Heijne (tre gossar)、Lisbeth Zachrisson, Nina Harte, Helena Högberg, Elina Lehto, Lena Wennergren, Jane Darling & Sonja Karlsson (sju tärnor)、Einar Larsson, Siegfried Svensson, Sixten Fark, SvenEric Jacobsson, Folke Johnsson, Gösta Bäckelin, Arne Hendriksen, Hans Kyhle, Carl Henric Qvarfordt (nio präster)

1975《面对面》（*Ansikte mot ansikte*）

制作：Cinematograph，导演、编剧：Ingmar Bergman，制片经理：Lars–Owe Carlberg，摄影：Sven Nykvist（彩色），音乐：Wolfgang Amadeus Mozart，布景：Anne Hagegård、Peter Kropénin，剪辑：Siv Lundgren，首映：1976.04.28 TV（第一集）、1976.05.05 TV（第二集）、1976.05.12 TV（第三集）、1976.05.19 TV（第四集），时长：每集 50 分钟（电影版 135 分钟），演员：Liv Ullmann (doktor Jenny Isaksson)、Erland Josephson (doktor Tomas Jacobi)、Aino Taube (mormodern)、Gunnar Björnstrand (morfadern)、Sif Ruud (Elisabeth Wankel)、Sven Lindberg (Jennys make)、Tore Segelcke (damen)、Kari Sylwan (Maria)、Ulf Johanson (Helmuth Wankel)、Gösta Ekman (Mikael Strömberg)、Kristina Adolphson (syster Veronica)、Marianne Aminoff (Jennys mor)、Gösta Prüzelius (Jennys far)、Birger Malmsten & Göran Stangertz (våldtäktsmän)、Rebecca Pawlo & Lena Olin (butiksflickor)

1976 《蛇蛋》（*Ormens ägg / Das Schlangenei / The Serpent's Egg*）

制作：Rialto Film (Berlin)、Dino De Laurentiis Corp (Los Angeles)，发行：Fox–Stockholm，导演、编剧：Ingmar Bergman，制片人：Dino De Laurentiis，摄影：Sven Nykvist（彩色），音乐：Rolf Wilhelm，布景：Rolf Zehetbauer，剪辑：Petra von Oelffen，首映：1977.10.28 Röda Kvarn，时长：119 分钟，演员：Liv Ullmann (Manuela Rosenberg)、David Carradine (Abel Rosenberg)、Gert Fröbe (kommissarie Bauer)、Heinz Bennent (Hans Vergérus)、James Whitmore (prästen)、Glynn Turman (Monroe)、Georg Hartmann (Hollinger)、Edith Heerdegen (Mrs Holle)、Kyra Mladeck (Miss Dorst)、Fritz Strassner (doktor Soltermann)、Hans Quest (doktor Silbermann)、Wolfgang Weiser (en civilbetjänt)、Paula Braend (Mrs Hemse)、Walter Schmidinger (Solomon)、Lisi Mangold (Mikaela)、Grischa Huber (Stella)、Paul Burks (kabaretkomedianten)、Isoide Barth, Rosemarie Heinikel, Andrea L'Arronge & Beverly McNeely (flickor i uniform)、Toni Berger (Mr Rosenberg)、Erna Bruneli (Mrs

Rosenberg)、Hans Eichler (Max)、Harry Kalenberg (rättsläkaren)、Gaby Dohm (kvinnan med babyn)、Christian Berkel (studenten)、Paul Burian (experimentpersonen)、Charles Regnier (läkaren)、Günter Meisner (fången)、Heide Picha (hustrun)、Günter Malzacher (maken)、Hubert Mittendorf (tröstaren)、Hertha von Walther (kvinnan på gatan)、Ellen Umlauf (värdinnan)、Renate Grosser & Hildegard Busse (prostituerade)、Richard Bohne (poliskonstapeln)、Emil Feist (den snikne)、Heino Hallhuber ("bruden")、Irene Steinbeiser ("brudgummen")

1977《秋日奏鸣曲》（*Höstsonaten / Herbstsonate*）

制作：Personafilm (München)，发行：Svensk Filmindustri，导演、编剧：Ingmar Bergman，制片经理：Katinka Faragó，摄影：Sven Nykvist（彩色），布景：Anna Asp，剪辑：Sylvia Ingemarsson，首映：1978.10.08 Spegeln，时长：93 分钟，演员：Ingrid Bergman (Charlotte)、Liv Ullmann (Eva)、Lena Nyman (Helena)、Halvar Björk (Viktor)、Marianne Aminoff (Charlottes sekreterare)、Erland Josephson (Josef)、Arne Bang–Hansen (farbror Otto)、Gunnar Björnstrand (Paul)、Georg Løkkeberg (Leonardo)、Mimi Pollak (pianolärarinnan)、Linn Ullmann (Eva som barn)

1977—1979《法罗档案 1979》（*Fårödokument 1979*）

制作：Cinematograph、Sveriges Radio TV2 1977–79，导演：Ingmar Bergman，制片经理：Lars–Owe Carlberg，摄影：Arne Carlsson（彩色），音乐：Svante Pettersson、Sigvard Huldt、Dag

& Lena、Ingmar Nordströms、Strix Q、Rock de Luxe、Ola and the Janglers，剪辑：Sylvia Ingemarsson，首映：1979.12.24 TV，时长：103 分钟，演员：Fåröbor

1979—1980《傀儡生涯》(*Ur marionetternas liv / Aus dem Leben der Marionetten*)

制作：Personafilm (München)，发行：Sandrews，导演、编剧：Ingmar Bergman，制片人：Horst Wendlandt、Ingmar Bergman，摄影：Sven Nykvist（黑白 / 彩色），音乐：Rolf Wilhelm，布景：Rolf Zehetbauer，剪辑：Petra von Oelffen，首映：1981.01.24 Grand，时长：104 分钟，演员：Robert Aztorn (Peter Egerman)、Christine Buchegger (Katarina Egerman)、Martin Benrath (Mogens Jensen)、Rita Russek (Ka)、Lola Muethel (Cordelia Egerman)、Walter Schmidinger (Tim)、Heinz Bennent (Arthur Brenner)、Ruth Olafs (sköterskan)、Karl Heinz Pelser (förhörsledaren)、Gaby Dohm (sekreteraren)、Toni Berger (vaktmannen)

1981—1982《芬妮与亚历山大》(*Fanny och Alexander*)

制作：Cinematograph för Filminstitutet、Sveriges Television 1、Gaumont (Paris)、Personafilm (München)、Tobis Filmkunst (Berlin)，发行：Sandrews，导演、编剧：Ingmar Bergman，制片人：Jörn Donner，摄影：Sven Nykvist（彩色），布景：Anna Asp，剪辑：Sylvia Ingemarsson，首映：1982.12.17 Astoria / 1983.12.17 Grand 2，时长：197 分钟 / 312 分钟，演员：Pernilla Allwin (Fanny Ekdahl)、Bertil Guve (Alexander)、Börje Ahlstedt (Carl Ekdahl)、Harriet

Andersson (Justina, kökspiga)、Pernilla Östergren (Maj, barnjungfru)、Mats Bergman (Aron)、Gunnar Björnstrand (Filip Landahl)、Allan Edwall (Oscar Ekdahl)、Stina Ekblad (Ismael)、Ewa Fröling (Emilie Ekdahl)、Erland Josephson (Isak Jacobi)、Jarl Kulle (Gustav Adolf Ekdahl)、Käbi Laretei (tant Anna)、Mona Malm (Alma Ekdahl)、Jan Malmsjö (biskop Edvard Vergérus)、Christina Schollin (Lydia Ekdahl)、Gunn Wållgren (Helena Ekdahl)、Kerstin Tidelius (Henrietta Vergérus)、Anna Bergman (fröken Hanna Schwartz)、Sonya Hedenbratt (tant Emma)、Svea Holst–Widén (fröken Ester)、Majlis Granlund (fröken Vega)、Maria Granlund (Petra)、Emilie Werkö (Jenny)、Christian Almgren (Putte)、Angelica Wallgren (Eva)、Siv Ericks (Alida)、Inga Alenius (Lisen)、Kristina Adolphson (Siri)、Eva von Hanno (Berta)

1983 《排演之后》 (*Efter repetitionen*)

制作：Personafilm (München)，导演、编剧：Ingmar Bergman，制片人：Jörn Donner，摄影：Sven Nykvist（彩色），布景：Anna Asp，剪辑：Sylvia Ingemarsson，首映：1984.04.09 TV，时长：70分钟，演员：Erland Josephson (Henrik Vogler)、Lena Olin (Anna)、Ingrid Thulin (Rakel)

1985 《被祝福的那个》 (*De två saliga*)

导演：Ingmar Bergman，编剧：Ulla Isaksson（根据其小说改编），制片人：Pia Ehrnvall、Katinka Faragó，摄影：Per Norén（彩色），布景：Birgitta Bensén，首映：1986.02.19 TV，时长：81分

钟，演员：Harriet Andersson (Viveka Burman)、Per Myrberg (Sune Burman)、Christina Schollin (Annika)、Lasse Pöysti (doktor Dettow)、Irma Christenson (fru Storm)、Björn Gustafson (en granne)、Majlis Granlund (städerskan i skolan)、Kristina Adolphson (en syster på psyket)、Margreth Weivers、Bertil Norström、Johan Rabaeus、Lennart Tollén、Lars–Owe Carlberg

1986 《芬妮与亚历山大》纪录片（*Dokument Fanny och Alexander*）

制作：Cinematograph、Filminstitutet，导演、编剧：Ingmar Bergman，摄影：Arne Carlsson（彩色），剪辑：Sylvia Ingemarsson，首映：1986.08.18 TV，时长：110 分钟

1986 《卡琳的面孔》（*Karins ansikte*）

制作：Cinematograph，导演、编剧：Ingmar Bergman，音乐：Käbi Laretei，首映：1986.09.29 TV，时长：14 分钟

1990 《善意的背叛》（*Den goda viljan*）

制作：Sveriges Television、Zweites Deutsches Fernsehen、Radiotelevisione Italiana RaiDue、Société d'Engénérie et de Programmes de Télévision et d'Audio–Visuels、Danmarks Radio、Yleisradio Ab、Norsk Rikskringkasting、Ríkisútvarpið–Sjónvarpid (RÚV)、Film Four International，导演：Bille August，编剧：Ingmar Bergman，制片人：Stefan Baron、Ingrid Dahlberg，摄影：Jörgen Persson，布景：Anna Asp，首映：1991.12.25 TV，时长：181 分钟，演员：Samuel Fröler (Henrik Bergman)、Pernilla August (Anna

Bergman)、Max von Sydow (Johan Åkerblom)、Ghita Nørby (Karin

Åkerblom)、Lennart Hjulström (disponent Nordenson)、Mona Malm

(Alma Bergman)、Lena Endre (Frida Strandberg)、Keve Hjelm (Fredrik

Bergman)、Björn Kjellman (Ernst Åkerblom)、Börje Ahlstedt (Carl

Åkerblom)、Hans Alfredson (kyrkoherde Gransjö)、Lena T. Hans-

son (Magda Säll)、Anita Björk (drottning Viktoria)、Elias Ringqvist

(Petrus Farg)、Ernst Günther (Freddy Paulin)、Marie Göranzon (Elin

Nordenson)、Björn Granath (Oscar Åkerblom)、Gunilla Nyroos (Svea

Åkerblom)、Michael Segerström (Gustav Åkerblom)、Sara Arnia

(fru Johansson)、Inga Landgré (Magna Flink)、Emy Storm (Tekla

Kronström)、Marie Richardson (Märta Werkelin)、Lena Brogren

(fröken Lisen)、Tomas Bolme (Jansson)、Ingalill Ellung (Mejan)、

Kåre Santesson (Måns Lagergren)、Roland Hedlund (förvaltare Her-

man Nagel)、Inga Ålenius (Alva Nykvist)、Barbro Kollberg (Gertrud

Tallrot)、Björn Gustafson (Jesper Jakobsson)、Eva Gröndahl (Martha

Åkerblom)、Gösta Prüzelius (länsman)、Åke Lagergren (kammarherre

Segerswärd)、Bertil Norström (pastor primaries)、Margaretha Krook

(Blenda Bergman)、Sif Ruud (Beda Bergman)、Irma Christenson

(Ebba Bergman)、Mikael Bengtsson (Arvid Fredin)、Pia Bergendahl

(fru Fredin)、Mats Pontén (Andres Ed)、Dan Johansson (Justus Bark、

Henriks studiekamrat)、Niklas Hald (Baltzar Kugelman、Henriks

studiekamrat)、Marcus Ohlsson (Dag Bergman)、Leif Forstenberg

(Herr Johansson)、Boel Larsson (Mia)、Kerstin Andersson (Susanna

Nordenson)、Erika Ullenius (Helena Nordenson)、Sara Sommerfeld

(Tvillingbarn 1)、Maja Sommerfeld (Tvillingbarn 2)、Gustaf Hammarsten (Torsten Bohlin)、Ernst–Hugo Järegård (teologie professor Sundelius)、Max Winerdal (unge greve Robert)、Sten Ljunggren (Svante, Roberts far)、Örjan Roth–Lindberg (föreläsare i filosofi)、Tord Peterson (kusken)、Puck Ahlsell (pastor Levander)、Sigge Nilsson (Drottning Viktorias lakej)、Cecilia Lagerkvist (ej namngiven roll)

1991 《礼拜日的孩子》 (*Söndagsbarn*)

制作：Sandrew Film & Teater AB、Svenska Filminstitutet、Sweetland Films BV、Sveriges Television、Metronome Productions A/S、Suomen Elokuvasäätiö、Kvikmyndasjóður Íslands、Norsk Film A/S、FilmTeknik AB、Eurimages du Conseil de l'Europe、Nordisk Film & TV fond，导演：Daniel Bergman，编剧：Ingmar Bergman，制片人：Katinka Faragó，摄影：Tony Forsberg，布景：Sven Wichmann，首映：1992.08.28，时长：121 分钟，演员：Thommy Berggren (far)、Henrik Linnros (Pu)、Lena Endre (mor)、Jacob Leygraf (Dag)、Anna Linnros (Lillan)、Malin Ek (Märta)、Marie Richardson (Marianne)、Irma Christenson (moster Emma)、Birgitta Valberg (mormor)、Börje Ahlstedt (morbror Carl)、Maria Bolme (Maj)、Majlis Granlund (Lalla)、Birgitta Ulfsson (Lalla)、Carl Magnus Dellow (urmakaren)、Melinda Kinnaman (fruntimret)、Per Myrberg (Ingmar)、Helena Brodin (syster Edit)、Halvar Björk (farbror Ericsson)、Gunnel Gustafsson (fru Berglund)、Kurt Säfström (kyrkvärden)、Lis Nilheim (kyrkoherdens fru)、Hans Strömblad (Konrad)、Bertil Norström (kyrkoherden)、Suzanne Ernrup (Helga Smed)、Lars Rockström (smeden Smed)、Josefin Andersson (en ung kvinna)、Carl–Lennart Fröbergh (bröllopsgäst)

1994—1995 《私人谈话》 (*Enskilda samtal*)

制作：Sveriges Television、Norsk Rikskringkasting、Danmarks Radio、Yleisradio Ab TV2、Ríkisútvarpið–Sjónvarpid (RÚV)、Nordiska TV–samarbetsfonden，导演：Liv Ullmann，编剧：Ingmar Bergman，制片人：Ingrid Dahlberg，摄影：Sven Nykvist，布景：Mette Møller，首映：1996.12.25—12.26 TV，时长：200分钟，演员：Pernilla August (Anna)、Samuel Fröler (Henrik)、Thomas Hanzon (Tomas Egerman)、Max von Sydow (Jacob)、Anita Björk (Karin Åkerblom)、Vibeke Falk (fröken Nylander)、Kristina Adolphson (Maria)、Gunnel Fred (Märta Gärdsjö)、Hans Alfredson (biskop Agrell)、Bengt Schött (vaktmästare Stille)

1996 《双面哈拉尔》 (*Harald & Harald*)

制作：Sveriges Television、Kungliga Dramatiska Teatern，导演、编剧：Ingmar Bergman，制片人：Måns Reuterswärd，摄影：Jan Wictorinus、Pär–Olof Rekola、Arne Halvarsson，布景：Göran Wassberg，首映：1996.01.14 TV，时长：10分钟，演员：Björn Granath (Harald)、Johan Rabaeus (Harald)、Benny Haag (den vita clownen)

1996—1997 《在小丑面前》 (*Larmar och gör sig till*)

制作：Sveriges Television、Danmarks Radio、Norsk Rikskringkasting、Radiotelevisione Italiana、Yleisradio Ab TV1、Zweites Deutsches Fernsehen，导演、编剧：Ingmar Bergman，制片人：Måns Reuterswärd、Pia Ehrnvall，摄影：Tony Forsberg、Pelle

Norén、Raymond Wemmenlöv、Sven-Åke Visén, 布景：Göran
Wassberg，首映：1997.11.01 TV，时长：120 分钟，演员：Börje
Ahlstedt (Carl Åkerblom)、Marie Richardson (Paulin Thibault)、Er-
land Josephson (Osvald Vogler)、Pernilla August (Karin Bergman)、
Peter Stormare (Petrus Landahl)、Anita Björk (Anna Åkerblom)、
Lena Endre (Märta Lundberg)、Agneta Ekmanner (klovnen Rig-
mor)、Gunnel Fred (Emma Vogler)、Johan Lindell (Johan Egerman)、
Gerthi Kulle (syster Stella)、Anna Björk (Mia Falk)、Folke Asplund
(Fredrik Blom)、Inga Landgré (Alma Berglund)、Alf Nilsson (Stefan
Larsson)、Harriet Nordlund (Karin Persson)、Tord Peterson (Algot
Frövik)、Birgitta Pettersson (Hanna Apelblad)、Ingmar Bergman (en
mentalpatient)

1999 《不忠》（*Trolösa*）

制作：Sveriges Television，导演：Liv Ullmann，编剧：Ingmar
Bergman，制片人：Kaj Larsen，摄影：Jörgen Persson，布景：
Göran Wassberg，首映：2000.09.15，时长：148分钟，演员：
Lena Endre (Marianne)、Erland Josephson (Bergman)、Krister
Henriksson (David)、Thomas Hanzon (Markus)、Michelle Gylemo
(Isabelle)、Juni Dahr (Margareta)、Philip Zandén (Martin Goldman)、
Thérèse Brunnander (Petra Holst)、Marie Richardson (Anna Berg)、
Stina Ekblad (Eva)、Johan Rabaeus (Johan)、Jan-Olof Strandberg
(Axel)、Björn Granath (Gustav)、Gertrud Stenung (Martha)

2002—2003 《萨拉邦德》（*Saraband*）

制作：Sveriges Television、Danmarks Radio、Norsk Rikskring-kasting、Radiotelevisione Italiana、Yleisradio Ab TV1、Zweites Deutsches Fernsehen、Österreichischer Rundfunk、ZDF Enterprises GmbH、Network Movie Filmund Fernsehproduktion GmbH & Co. KG，导演、编剧：Ingmar Bergman，制片人：Pia Ehrnvall，摄影：Per Sundin、Raymond Wemmenlöv、Per-Olof Lantto、Sofi Stridh、Jesper Holmström、Stefan Eriksson，布景：Göran Wassberg，首映：2003.12.01 TV，时长：110分钟，演员：Liv Ullmann (Marianne)、Erland Josephson (Johan)、Börje Ahlstedt (Henrik)、Julia Dufvenius (Karin)、Gunnel Fred

*

1951年，英格玛·伯格曼为 AB Sunlight 公司的 Bris 牌肥皂拍了九部广告片。毕比·安德森也参与了其中之一。

英格玛·伯格曼还将一些戏剧拍成电视作品：海耶玛·伯格曼的《斯里曼先生来了》（*Herr Sleeman kommer*，1957）、《威尼斯人》（*Venetianskan*，1958）、奥勒·赫德贝里的《狂犬病》（1958）、斯特林堡的《暴风雨》（*Oväder*，1960）和《一出梦的戏剧》（1963），以及莫里哀的《妻子学校》（*Hustruskolan*，1983）。

本书图片

图书在版编目（CIP）数据

犹在镜中：伯格曼电影随笔 /（瑞典）英格玛·伯
格曼著；韩良忆，王凯梅译. — 北京：中信出版社，
2022.6（2024.5 重印）
　　书名原文：Ingmar Bergman Bilder
　　ISBN 978-7-5217-4080-6

　　I.①犹…　II.①英…②韩…③王…　III.①散文集
－瑞典－现代　IV.①I532.65

中国版本图书馆 CIP 数据核字（2022）第 037414 号

犹在镜中——伯格曼电影随笔
著者：　　[瑞典] 英格玛·伯格曼
译者：　　韩良忆　王凯梅
出版发行：中信出版集团股份有限公司
　　　　　（北京市朝阳区东三环北路 27 号嘉铭中心　邮编　100020）
承印者：　山东临沂新华印刷物流集团有限责任公司

开本：889mm×1194mm　1/32　　印张：11　　　字数：230 千字
版次：2022 年 6 月第 1 版　　　印次：2024 年 5 月第 2 次印刷
京权图字：01-2022-0893　　　　书号：ISBN 978-7-5217-4080-6
定价：72.00 元